ANGELA OCHEL

# Ein Baby und zwei Opas



atb aufbau taschenbuch

**ANGELA OCHEL**, 1970 in Bielefeld geboren, arbeitete lange Zeit als Projektleiterin. Den Stoff für ihre Romane findet sie in ihrer eigenen Familie. Ochel lebt mit ihrem Mann und ihren zwei Söhnen bei Frankfurt am Main. »Ein Baby und zwei Opas« ist ihr erster Roman.

Mehr zur Autorin unter www.angelaochel.de

Greg und Sara sind »Ärzte ohne Grenzen«. Als sie zu einem neuen Einsatz aufbrechen müssen, bleibt ihnen nichts anderes übrig, als ihren einjährigen Sohn Finn für einige Zeit zu Opa Wilhelm zu bringen. Abgesehen davon, dass Saras Vater nicht mal wusste, dass er einen Enkel hat, ist er von der Idee, ein Kleinkind in seiner Berliner Vorstadtvilla zu beherbergen, ganz und gar nicht begeistert. Allein durch die resolute Fürsprache seiner kolumbianischen Haushälterin Ninfa, die den kleinen Jungen sofort ins Herz schließt, lässt er sich erweichen, Finn übergangsweise aufzunehmen. Finn nimmt es gelassen. Er ist sich seines Babycharmes voll bewusst und findet seinen knurrigen Opa total witzig – da kann ja gar nichts schiefgehen. Doch dann steht plötzlich Opa Gunnar vor der Tür und will Finn abholen. Gunnar ist der Vater von Greg und hat einen Biohof in Brandenburg. Für ihn ist die Unterbringung eines weiteren Geschöpfes gar kein Problem. Notfalls kann man ja im Stroh schlafen! Ehrensache, dass Opa Wilhelm das nicht so einfach auf sich sitzen lässt.

ANGELA OCHEL

# Ein Baby und zwei Opas

Roman

atb aufbau taschenbuch

MIX
Papier aus verantwortungsvollen Quellen
FSC® C083411

ISBN 978-3-7466-3230-8

Aufbau Taschenbuch ist eine Marke
der Aufbau Verlag GmbH & Co. KG

1. Auflage 2016

Umschlaggestaltung Mediabureau Di Stefano, Berlin
unter Verwendung eines Motivs von © Oliver Wetter
Gesetzt in der Minion Pro durch Greiner & Reichel, Köln
Druck und Binden CPI books GmbH, Leck, Germany
Printed in Germany

www.aufbau-verlag.de

# 1
## Es tanzt der Bi-Ba-Butzemann

Das Leben ist eine feine Sache. Manchmal frage ich mich, warum das außer mir keiner merkt. Zum Beispiel Mama und Papa. Die wirken seit einigen Tagen ziemlich angespannt. Heute war es richtig schlimm. Sie sind doch tatsächlich die ganze Zeit während meiner morgendlichen Warme-Milch-und-Kuschel-Stunde herumgerannt. Statt mit mir gemütlich im Bett zu liegen und mir dabei zuzugucken, wie ich meine Milch trinke, haben sie ganz viele Koffer gepackt und anschließend in unser klappriges Auto gestopft. Jedenfalls schien mir die Stimmung im Keller. Dabei ist es endlich Sommer. Das Wetter ist freundlich. Die Sonne scheint. Ich muss nicht mehr so lange und so dick angezogen werden, und die Luft riecht gut nach Blumen.

Erst dachte ich, wir fahren wieder in diese merkwürdige Kinderkrippe, wo es dauernd nach Pups, Seife und Erbsenbrei stinkt. Ich bin nämlich vor kurzem ein Jahr alt geworden. Meine Eltern haben das ganz schön mit mir gefeiert. Das war toll. Weniger toll war, dass wir am nächsten Tag in diese Babyaufbewahrungsanstalt gefahren sind. Mama sagte, ich sei jetzt alt genug. Klar bin ich alt genug, aber ich will da nicht hin. Glücklicherweise wurde sie, kurz nach meiner Eingewöhnungswoche (als ob man sich an Pupsgerüche gewöhnen könnte. Besser, man nennt das

Ich-nehme-es-so-hin-Woche) geschlossen. Ein Riesendrama, Mama war ganz schön verzweifelt. Irgendwo müsse ich ja schließlich jeden Morgen hin, weil meine Eltern was ganz Wichtiges tun, wo ich nicht mitkann. Versteh ich nicht. Bisher konnte ich doch auch überallhin mit.

Jetzt sind wir jedenfalls in dieser gigantischen Villa gelandet. Hier gibt es eine riesige Treppe draußen und zwei riesige Treppen drinnen und ganz viele große Elefanten aus Porzellan. So weit finde ich es ganz okay. Aber wo sind die anderen Kinder? Und ob ich wohl auf den Elefanten herumklettern darf? Oder ist das mal wieder so was, was ich nicht verstehe. So eine Sache, die toll aussieht, die man aber nicht anfassen darf? Mh, scheint so. Aber ich würde den Elefanten trotzdem gerne anfassen. Dazu muss ich Papa allerdings dazu bringen, mich auf den Boden zu setzen. Für solche Fälle hab ich zum Glück immer Hasi dabei.

Hasi ist blau, aus Plüsch und hat durch meine grenzenlose Liebe sowie den Schleudergang der Waschmaschine die Beschaffenheit eines Waschlappens angenommen. Er hat zwei prima große Ohren und ist immer da, wenn ich auf Forschungsreisen aus bin. Oder traurig. Aber ich bin eigentlich selten traurig. Ich sei das fröhlichste Baby, das er je in der Praxis gehabt hätte, sagt mein Kinderarzt Doktor Hintzemann. Der lacht immer, wenn er mich untersucht, und anschließend untersucht er Hasi. Glücklicherweise ist der genauso super gesund wie ich.

In diesem großen Haus scheint gerade mal ein einziger Mensch zu wohnen. Ich glaube, es ist dieser ältere Herr vor uns, der so laut redet, als wären wir alle schwerhörig.

»Wie war das, bitte, liebes Fräulein?« Während er das sagt, rudert er gefährlich mit den Armen. Er wirkt sehr überrascht und irgendwie sehr beleidigt.

»Du hast schon richtig gehört, Papa!«

»Ich kann es nicht glauben!«

Was ist denn das da hinter diesen riesigen Fenstern, das sehe ich ja jetzt erst. Ist das ein Park? Dolle Sache. Riesiges Haus und ein Park drumherum. Ich glaube, Mama hat davon schon einmal gesprochen. Sie findet das, glaube ich, doof mit dem Alleinwohnen und vor allem mit dem Park. Komisch. Zu Papa sagt sie immer, es wäre gut, wenn wir einen Garten hätten, damit ich mehr an die frische Luft komme. Meine Güte, hier gibt es ja wohl einen Haufen frischer Luft, oder? Und außer diesem Mann ohne Haare ist niemand zu sehen. Vielleicht ist der Herr ja auch so erstaunt, weil er nach langer Zeit mal wieder auf Menschen trifft?

»Du bist sein Opa! Du kannst dich nicht aus der Verantwortung schleichen!«

»Schleichen? Ich werde nicht schleichen! Ich bin noch nie geschlichen! Ich werde deine dreiste Bitte einfach laut ablehnen! Laut! Jawohl! Nicht schleichend!«

»Du kannst sie nicht ablehnen! Seine Krippe ist momentan geschlossen. Das Gesundheitsamt hat da in der Küche irgendwas gefunden. Da kann er nicht hin, verstehst du denn nicht?«

»Mit meinen Ohren ist alles in Ordnung, junge Dame! Und ich sage trotzdem nein.«

»Das kannst du nicht machen!« Mama schüttelt den Kopf. Ihre schönen Haare fliegen dabei so fröhlich. Ich mag das.

»Oh, und wie ich das kann ich! Schließlich bist du es, die sich aus der Verantwortung geschlichen hat. Als du hier einfach ausgezogen bist! Zum Studium!«

»Nicht das schon wieder!«

Ich finde solche lauten Gespräche immer faszinierend. Erst mal ist es einfach klasse, wenn jemand laut redet, da verstehe ich wenigstens jedes Wort. Und wenn die Erwachsenen sich beim Reden so anstrengen, dann verändern sich ihre Gesichter so lustig. Mal laufen sie rot an, mal werden die Augen ganz groß, mal ganz klein.

Dieser Mann ist wohl das, worüber meine Eltern seit Tagen aufgeregt diskutieren. Ein Opa. Genauer: Der gehört wohl mir, weil meine Mama immer sagte: »Er ist Finns Opa, der muss ihn nehmen!« Es handelt sich also um meinen persönlichen Opa. Typisch. Ob ich den Opa überhaupt haben will, fragt mal wieder keiner. Als sie mir diesen Schnuller andrehen wollten, damit ich nicht mehr am Daumen lutsche, war das genauso. Da hat auch niemand mal gefragt, ob mir der überhaupt schmeckt. Meine Meinung zählt einfach nicht. Aber egal. Bislang hatte ich noch keinen Opa, ich nehme den also ganz gerne.

»Dieses Kind kann auf keinen Fall hierbleiben! Schau dich doch mal um! Hier ist kein Platz!«, dröhnt es jetzt durch die riesigen Räume.

Kein Platz, er hat wirklich Humor, dieser Opa. Bis eben war ich echt skeptisch, was diese Opa-Sache anging, aber da wusste ich ja auch noch nicht, wie lustig der ist. Nur seltsam, dass Mama das nicht merkt. Wie es aussieht, ist sie ein bisschen knatschig mit ihm. In immer kürzeren Abständen brüllt sie: »Wie kannst du nur so gemein sein, Papa!«

Aber ich kenn das schon, das legt sich. Mit meinem Papa ist sie auch meist knatschig. Sie hat dann auch so eine Falte auf der Stirn. Dann ist es besser, schnell wegzukrabbeln und unterm Tisch eine Runde Daumen zu lutschen, bis sich die Lage wieder beruhigt hat. Ähnlich wie mein Papa hat dieser ältere Papa kein Talent dafür, Mama zu beruhigen. Zu dumm. Dabei muss man sie nur anquieken, dann lacht sie.

»Dieses Kind kann hier nicht bleiben!« Der Opa hat eine respektable Lautstärke auf Lager. Aber nur dass das klar ist: Bei Mama kommt man mit Schreien nicht weiter.

»Dieses Kind ist DEIN Enkel!« Siehste, die kann nämlich kräftig zurückbrüllen.

»Davon wusste ich aber bis eben noch nichts!«

Richtig eingeschüchtert scheint mir dieser Opa nicht. Wow, ich bin beeindruckt.

»Meine Tochter redet ja nicht mit mir! Und sie fand es wohl nicht sonderlich erwähnenswert, mir die Geburt meines ersten Enkels mitzuteilen!«

Aha. Das klärt einiges. Den Opa scheint man auch nie einzubeziehen. Genauso wenig wie mich. Nur, wer ist dieser Enkel?

Abgesehen von ihrer Brüllerei ist Mama eine ganz tolle Frau. Wenn ich sie in einem Wort beschreiben müsste, käme ich schwer in Not. Wunderschön ist da einfach zu wenig. Sie ist stark, witzig und zusätzlich wunderschön. Ganz tolle, helle Haare, die immer kitzeln, wenn sie mich wickelt. Blaue Augen und eine schöne Nase, mit der sie mir in den Bauch stupst.

Frau Hammer, die ältere Dame, die bei uns putzt und ab und zu mal auf mich aufpasst, sagt oft: »Deine Mama lässt sich nicht die Butter vom Brot nehmen.« Ich glaube, sie sagt das, weil mein Papa manchmal so aussieht, als hätte er Hunger. Mein Papa ist ganz dünn und eher still. Er hat dunkle Locken und grüne Augen. Aber wenn er mal was sagt, dann ist es total witzig.

Er ist natürlich mein Held. Und Mama meine Heldin. Wenn es um mich geht, kennen beide kein Pardon. Ich bin genauso, wenn es um Hasi geht.

Papa ist eher für meine kleineren Kümmernisse zuständig. Der umarmt mich, und dann ist auch schnell alles wieder gut. Und er hat mir mal Hasi gewaschen und die ganze Zeit mit mir vor der Waschmaschine ausgeharrt, bis Hasi wieder sauber war. Das war die schlimmste Zeit meines Lebens. Seit dem Zwischenfall wird Hasi übrigens nicht mehr von mir mit Möhrchenmatsch gefüttert.

Papa und ich stehen noch immer in dem Raum mit den Treppen und schauen gebannt zu, wie die beiden sich laut unterhalten. Da Papa mich im Arm hält, habe ich einen ganz guten Überblick. Außerdem merke ich, dass Papa die ganze Sache unangenehm ist. Ab und zu zuckt er, und seine Hände fühlen sich etwas verkrampft an. Ich muss ziemlich lange zerren, bis er endlich Hasi loslässt.

»Du weißt genau, warum ich nicht mehr mit dir geredet habe, Papa! Und jetzt bringe ich dir deinen Enkel.«

»Nein, ich weiß es nicht! Das Wesen des Nichtredens ist es nämlich, nicht sonderlich erklärend zu sein, junge Dame!«

»Das ist jetzt nicht das Thema!« Mama wirft ihre Hände in die Luft. Das macht sie immer so, wenn sie energisch wird. Ich finde das sehr beeindruckend.

»Das ist sehr wohl das Thema!« Schon wieder fliegen

Hände in die Luft, schau an. Der Opa macht das genauso! Interessant.

»Ich will nicht darüber sprechen, Papa!« Mama verschränkt gebieterisch die Arme vor dem Bauch.

»Ich will aber darüber sprechen, junge Dame!« Jetzt verschränkt der Opa ebenfalls die Arme vor dem Bauch.

Ich kann mir nicht helfen. Der Opa ist mir total sympathisch. Er ist so … so … er ist so mütterlich …

»Das kann doch nicht wahr sein! Du bist mein Vater, und ich brauche deine Hilfe. Finn muss die nächsten Wochen irgendwo bleiben, wo er gut aufgehoben ist! Du MUSST mir helfen! Das ist deine verdammte Pflicht! Und wir wissen beide, warum er hier besser aufgehoben ist als irgendwo anders. Wo ist sie überhaupt?«

Okay, man kann das alles auch sicher etwas freundlicher sagen, aber zumindest kommt meine Mama schnell auf den Punkt.

»Ich sagte nein! Und: Sie ist einkaufen.« Ha, der Opa ist mutig. Zu meiner Mama kann man gar nicht NEIN sagen, weiß der das nicht? Ich versuche das fast jeden Tag. Wenn ich besagten Möhrchenmatsch essen soll, zum Beispiel. Aber Mama schafft es eigentlich jedes Mal, mir doch was davon anzudrehen. Und mein Papa kann so viel NEIN sagen, wie er will, er macht dann doch alles, was Mama sagt.

Mein Papa musste zum Beispiel letztens sein Motorrad verkaufen. Dramatische Sache war das. Papa war genauso traurig, wie die doofe Chrystel-Paris, die Tochter unserer nervigen Nachbarn, als sich ihr Meerschweinchen aus dem Fenster gestürzt hat. Ganz ehrlich, bevor ich als Meerschweinchen bei der wohnen müsste, würde ich mich auch lieber irgendwo hinunterstürzen.

»Finn kann nirgendwo sonst hin! Papa. Bitte.«

»Die Nummer zieht bei mir nicht, mein Fräulein. Und höre ich da eigentlich richtig? Finn? Ihr habt ihn Finn genannt?«

Klar, meine Eltern haben mich so genannt, weil man das so gut über den Spielplatz brüllen kann: ›Finn! Nicht den fremden Hund die Rutsche runterschubsen!‹ Oder: ›Finn! Nicht die doofe Chrystel-Paris bis zum Kragen in den Sand einbuddeln!‹ Ich erwähnte bereits, dass ich ein fröhliches Baby bin?

»Ja, Papa. Finn heißt er. Ef I En En.« Mamas Stimme klingt auf einmal ganz weich.

»Aha! Und was ist falsch mit meinem Namen? Warum konnte er nicht heißen wie ich? Warum muss er heißen wie die Sonderangebote in schwedischen Möbelhäusern?«

»Er soll heißen wie du? Wilhelm? Ich bitte dich! Wilhelm fand ich nicht so toll für ein Baby, Papa!«

»ICH war auch mal ein Baby!«

Haha, der und ein Baby? Wie soll das denn gehen? Das wäre das riesigste Baby, das ich je gesehen habe! Allerdings hat er tatsächlich weniger Haare als ich. Aber dafür hat er Haare mitten im Gesicht. Überm Mund nämlich. Diese Borsten bewegen sich so lustig, wenn er redet. Ich muss das dringend mal untersuchen, aber leider ist Mama noch nicht mit Schimpfen fertig.

»Finn bleibt hier!«

»Ich sage nein.«

»Doch!«

»Nein.«

Wie lange halten die das eigentlich durch? Die sind ja störrischer als Chrystel-Paris, wenn man ihr einen Bart anmalen will. Langsam wird mir langweilig. Zeit, mir diesen persönlichen Opa einmal genauer anzuschauen. Er ist ein großer Mann mit einem sehr riesigen Bauch und hat einen ganz schmalen, gestreiften Latz um den Hals. Das kenn ich, das nennt man Schlips. Mein Papa ist dagegen allergisch, sagt der zumindest. Mein Opa hat damit wohl keine Probleme. Unter der Strickjacke sieht man so Hosenträger wie bei Joschka aus der Käfergruppe. Joschka hat die Dinger an, weil er sich dauernd die Hose runterzieht. Ob der Opa das auch macht? Ich fände das okay, wenn mein Opa seine Hose loswerden will. Das darf der ruhig. Ohne Hose ist es schließlich gemütlicher.

»Kann er überhaupt schon sprechen?« Mein Opa zeigt vage in meine Richtung.

Klar!

»Nein. Finn ist doch gerade erst ein Jahr alt geworden!«

Bitte?

»Kann er laufen?«

»Papa! Ich bitte dich! Er ist noch ein Baby. Natürlich kann er nicht laufen!«

Pah, natürlich kann ich laufen! Ich habe dazu nur einfach wenig Lust. Der aufrechte Gang wird meiner Meinung nach vollkommen überschätzt. Beim Rumgetragenwerden hat man doch eine viel bessere Sicht! Und schau sie dir doch alle an, die, die laufen können! Jetzt müssen sie alles selber machen, niemand kommt und hebt sie hoch.

»Junge Dame! Dann ist es ein für alle Mal klar. Wie soll das auch gehen? Ich kann doch kein hilfloses Baby versorgen! Das ist ja unmöglich.« Er wedelt mit dem Zeigefinger vor Mamas Gesicht herum.

»Sicher geht das, Papa. Platz ist reichlich in diesem alten Gemäuer, und du musst nur aufhören, so stur zu sein! Und natürlich muss der blöde, hochherrschaftliche Nippes weggeräumt werden. Ich warte, bis sie wiederkommt. Sie wird das entscheiden.«

»Ich verbitte mir diesen Ton!« Es klingt eher so, als könne er Mama – wie alle Menschen, die ich kenne – nichts abschlagen, aber es ist okay, wenn er das noch nicht zugeben will. Das geht jedem so. Es wäre echt mal witzig herauszubekommen, ob dieser Opa und ich es zusammen schaffen könnten, mal was gegen Mamas Willen durchzusetzen. Zum Beispiel, dieses Daumenlutschverbot. Mit diesem Opa zusammen – das könnte klappen!

»Ich habe keine Zeit für Streit, Papa. Wir müssen los zum Flughafen.«

»Ach, Zeit hat die junge Dame wohl auch nicht? Alle für sich arbeiten lassen, aber selber gemütlich ab in den Flieger!«

»Meine Güte! Papa! Wir wollen nicht in den Urlaub, sondern in ein Krisengebiet. Da können wir den Kleinen ja schlecht mitnehmen! Jemand ist krank geworden, und ich muss einspringen. Ich habe mir das auch anders vorgestellt. Das fällt mir echt schwer.«

»Aha!«

»Natürlich fällt es mir schwer! Sehr schwer sogar. Aber den Menschen dort geht es sonst ganz schlecht. Und ich weiß, dass Finn hier sicher ist. Man muss Opfer bringen in Zeiten der Krisen.« Mama sieht jetzt richtig traurig aus.

»Krisen, Krisen! Meine Tochter muss ja unbedingt die Welt retten! Dies hier ist sehr wohl auch eine Krise. Jawoll! Eine bedeutende Krise, würde ich sogar sagen.«

Oh, mein Papa lacht. Das muss komisch gewesen sein. Ich lache höflich mit. Keiner beachtet mich.

»Da müssen Sie sich gar nicht so amüsieren, junger Mann!« Opa zeigt auf mich und Papa.

»Oh, bitte, Greg, du halte dich mal da raus, ja? Ich kläre das hier mit meinem Vater alleine.«

»Finn hat ein ausgesprochen sonniges Gemüt, du wirst ihn sofort lieben, Papa! Und du hast Ninfa, oder etwa nicht? So dumm wirst du nicht gewesen sein, dieses Goldstück einem anderen zu überlassen!«

»Meine Haushälterin ist nicht dafür da, fremde Babys aufzuziehen!«

»Fremde Babys?«

Oh, oh. Mama ist außer sich. Na, toll, Opa, jetzt kannst du aber was erleben. Eine Frau, die die Krisengebiete dieser Welt bereist, sollte man nicht unnötig reizen. Meine Mama hat es bislang mit allen aufgenommen. Ölmultis, Diktatoren und Malaria. Und mit der doofen Mutter von Chrystel-Paris.

»Fremde Babys?« Wenn Mama sich erst mal in einer unpassenden Formulierung festgebissen hat, dann gute Nacht.

»Hast du gerade FREMDE BABYS gesagt?«

»... äh, ich meinte ja nur ...«

»Du hast dein eigen Fleisch und Blut FREMD genannt? Was bist du nur für ein KALTER MENSCH!«

Der Ausdruck »kalter Mensch« ist reserviert für die ganz, ganz großen Schurken dieser Welt.

»... wollte doch bloß andeuten ...«

»Andeuten?«

»Äh!«

»Andeuten? Was willst du andeuten? Andeuten, dass du ein kaltes Herz hast?«

»So hab ich das nicht gesagt, ich …«

»Andere Menschen wären froh, wenn sie Enkel hätten! Aber du! Du, du, du Griesgram!«

»Nein, nein, das hast du falsch verstanden.« Opa lässt die Schultern hängen. Oh, wie niedlich das aussieht!

»Ich habe dich sehr wohl verstanden! Alle haben dich verstanden! Alle!« Mama muss viel Luft holen, denn sie redet sehr laut. Sie nutzt den riesigen Raum und läuft aufgeregt hin und her.

Opa fehlen die Worte.

Alle gucken auf Mama.

»Nicht zu fassen, dass das mein eigener Vater sagt! Der sonst so menschliche, so hochgelobte Doktor Semmelmann! Der immer so bewundert wird für sein soziales Engagement. Und damals in der Charité! Nicht eingekriegt haben sie sich alle wegen dir. Und jetzt? Kaltherzigkeit! Der eigene Enkel wird verstoßen! Fremd! Also wirklich – wenn ich jetzt die Zeit und die Energie hätte …«

»Aber Sara. So war das ja gar nicht gemeint. Nun beruhige dich mal wieder.« Opa klopft meiner Mama vorsichtig auf die Schulter.

»Vater!« Mamas Stimme vibriert. Ich denke, sie hat es gleich geschafft und diesen Opa bezwungen.

Mein Opa zuckt zusammen und richtet sich augenblicklich sehr gerade auf. Kinn leicht angehoben.

»Papa.« Mama spricht nun unerwartet leise. Ganz sanft und säuselnd. »Also, ich versuche es jetzt noch einmal im Guten.«

»Dieses fremde Kind –« Sie atmet dramatisch ein und

aus, als würde sie gleich explodieren. »DEIN armer, armer Enkel, mit dem schönen Namen Finn, ist ein Jahr alt und ein wunderbares, pflegeleichtes Kind.«

Hört, hört!

»Finn braucht lediglich ein bisschen Wärme und ein sicheres Dach über dem Kopf. Und du weist ihn ab. Was eindeutig belegt …«

Crescendo!

»… dass (Luftholen und volle Lautstärke) du ein ganz, ganz KALTER MENSCH bist!«

Opa, du bist verloren.

»Dass ich mal so enttäuscht von dir werde … von meinem eignen (schweres Atmen) Vater!«

Wow! Opa bekommt die Galavorstellung! Da muss man gute Nerven haben – oder so viel Erfahrung wie ich. Mama weint. Aber es ist dieses wohldosierte Weinen. Nicht das, wenn sie gerührt ist, weil ich ihr über die Wange streiche. Das hier ist die große Show. Ich setze voll auf Mama.

»Wirst du ihn also nehmen, den armen Jungen? Während wir Menschenleben retten?«

Erwähnte ich schon, dass meine Eltern »Ärzte ohne Grenzen« sind? Das sind Leute, die retten andere in Gegenden, wo es ganz, ganz schlimm ist. Sie sind halt Helden. Und mein Opa konnte ja nicht wissen, wen er da als Gegner hat.

»… ich weiß nicht …«

Ich glaube, Opa ist beeindruckt. Die beiden sehen sich übrigens ziemlich ähnlich. Bis auf die Haare natürlich, aber die Augen und das Kinn. Ich glaube, mit Opa komme ich super aus. Nur schade, dass Mama und Papa wieder wegmüssen, ich hab sie gerne bei mir. Aber meinem

Opa werde ich das gemütliche Leben schon beibringen. Das Leben mit mir. Ein bisschen krabbeln, ein bisschen essen, viel schlafen und natürlich etwas Schmusen. Und wenn keiner hinguckt, ein bisschen Daumenlutschen. Ich sag doch, das Leben ist eine feine Sache.

»Ihr habt mich nicht mal zu eurer Hochzeit eingeladen.« Opa klingt deutlich kleinlauter. »Ich nehme mal an, dieser vorlaute Mensch ist der Kindsvater und Ehemann?«

»Ja, Greg ist der Vater von Finn.« Mama räuspert sich und fügt nach einer kleinen Pause hinzu: »Aber wir sind nicht verheiratet. Wir sind Menschen, die sich nichts aus Konventionen machen und auch nichts aus schnödem Reichtum.«

»Ah«, Opa hebt das Kinn, »wie schön! Noch ein Weltverbesserer! Und warum kann man die Welt nicht in einer normalen Arztpraxis verbessern? Sind wir es hier nicht wert, von Frau Doktor gerettet zu werden? Hm? Warum muss man sich deswegen gleich totschießen lassen und sein eigenes Kind aussetzen?«

»ICH SETZE MEIN KIND NICHT AUS!«

Wow, Opa hat voll ins Schwarze getroffen. Mama mag es gar nicht, wenn man meint, sie würde mich nicht genug liebhaben. Jetzt muss ich ihr aber schnell Hasi hinhalten.

Mist, sie beachtet mich gar nicht.

»Und dann noch Ärzte ohne Grenzen! Welch Idiotie! Was glaubt ihr, was ihr seid? Helden? Und der arme, alte Wilhelm soll sich um dieses uneheliche Kind kümmern!« Opa holt auf.

»In welchem Jahrhundert leben wir denn, Herrgott noch mal!« Mama ist außer sich. Oh, und mein Papa ist so verdattert, dass er mich endlich auf den Boden lässt.

Super, ich muss zu diesem Elefanten. Krabbeln geht ja fix. Hey, weicher Boden. Und toll, der Elefant fühlt sich ganz kalt und glatt an. Ich lege Hasi obendrauf. So. Geschafft. Ich muss jetzt erst mal eine Runde Daumen nuckeln, guckt ja gerade keiner. Sie reden lieber alle wild durcheinander.

Meine Güte, sind Erwachsene laut. Schrecklich.

Nanu, was ist das denn für ein neues Geräusch? Ein Schlüssel dreht sich in einer Tür. Das ist ganz in der Nähe. Ach, die Eingangstür geht auf. Wer ist denn das?

»Prinzessin!« Plötzlich steht eine schokoladenfarbene, in Gelb und Rosa gekleidete Riesin im Raum. Sie trägt Tüten, schwer wie die Säcke des Weihnachtsmanns. Es ist doch Sommer!

»Ninfa!« Mama kennt die. Genauer: Mama ist begeistert von ihr.

»Mein Baby ist zurück!« Diese Ninfa hat offenbar für ganz Berlin eingekauft. Sie stellt ihre Taschen eilig auf den Boden und breitet ihre gigantischen Arme aus. Wen meint die bloß mit »Baby«? Mich kennt die doch gar nicht! Oh, Mama rennt auf sie zu und wirft sich in ihre Arme. Und verschwindet fast ganz darin! Das hab ich noch nie gesehen. Jetzt weint Mama, aber echt.

Diese Ninfa ist bestimmt so eine Art Frau Hammer. Eine, die alles wiederfindet, was man verloren, und alles aufräumt, was man verwuschelt hat. Natürlich – jetzt weiß ich auch, warum es bei Opa so ordentlich aussieht. Wenn Papa und ich alleine zu Hause sind, bricht immer das Chaos aus. Dann müssen wir schnell Frau Hammer anrufen.

Hier beim Opa ist alles picobello. Das muss das Werk dieser Ninfa sein. Jetzt zupft sie Mama an den Wangen herum und wischt mit einem riesigen Stofftaschentuch Mamas Tränen weg. Und ihre eigenen.

»Meine kleine Sarrra! Meine Prrrinzessin mit dem goldenen Haar! So lange hab ich nichts von dir gehört! So lange hat mein Herrrz geblutet. Nun hat der Herrrgott ein Einsehen und hat dich zurückgebrrracht!«

Ganz schön viele Rs!

»Das ist meine Haushälterin. Frau Ninfa. Sie ist ursprünglich aus Kolumbien. Sie hat Sara nach dem frühen Tod meiner Frau großgezogen«, erklärt Opa leise in Richtung meines schwer beeindruckten Papas.

Diese Ninfa ist riesig. Mindestens so groß wie mein Opa. Und sie ist überall schokobraun. Das ist meine Lieblingsfarbe! Toll. Außerdem hat sie meine Mama offenbar unfassbar lieb!

Mama tuschelt mit ihr und zeigt dann auf mich. Schnell den Daumen aus dem Mund und hinter den Rücken! Sonst wird mir wieder ein Vortrag gehalten, dass Daumenlutschen schrecklich ungesund sei.

»Aai!«, quiekt jetzt Ninfa und ist ratzfatz bei mir. Ob sie das mit dem Daumen gesehen hat? Zwei riesige Hände packen mich und heben mich hoch. »Ein Prinz!«

Das muss man der Frau lassen, die hat einen guten, festen Griff. Die weiß, wie man mich hochhebt. Ich stelle ihr schnell mal Hasi vor. Hier.

»Und einen Hasi hast du?«

Volltreffer. Die Frau kennt sogar Hasi. Sie setzt mich mit aller Leichtigkeit in ihren Arm. Man thront geradezu auf ihren mächtigen Unterarmen. Ich finde sie augenblicklich klasse und schenke ihr mein charmantestes Stirn-an-Stirn-Legen.

»Aai!«, quiekt Ninfa wieder. Das scheint Ausdruck großer Begeisterung zu sein, die Kommunikation zwischen uns läuft.

»Stell dir bloß vor, Ninfa. Mein Vater will Finn nicht nehmen, er hält ihn für ein FREMDES Kind, und er meint, hier sei kein Platz für so einen FREMDEN!«, petzt Mama, und beide Frauen drehen sich gleichzeitig mit vorwurfsvollem Blick zu meinem Opa um.

Ninfa reißt die Augen auf, sie werden riesengroß. Genau wie ihre phantastischen Zähne sind sie herrlich weiß. Opa geht vorsichtshalber einen Schritt zurück. Papa auch. Ninfa grollt wie der große Tiger im Zoo. Ich lege ihr meine Hand auf die schokobraune Wange. Sie ist sofort abgelenkt.

»Mein Prinz heißt Finn?«

»Finn.« Mama nickt sanft.

»Und doctor Semmelmann ist nicht glücklich, dass Finn hier ist?«

»Ich fürchte nein. Im Gegenteil.« Mama kann andere Leute ganz schön in die Patsche reiten. Ninfa grollt Opa wieder so sehr an, dass er noch ein klitzekleines bisschen weiter zurückweicht; jetzt tut er mir richtig leid, und ich versuche, die Aufmerksamkeit wieder auf mich zu lenken, indem ich Ninfa auf die Nase stupse.

»Aai!« Klar, dass ich die mag, diese Frau! »Du bist also Finn? Ja? Finn? Willst du mein Prinz sein? Du siehst aus, wie deine Mama ausgesehen hat! Sara, sieht er nicht aus wie du?«

Mama nickt mit einem Lächeln und beginnt anschließend eifrig mit ihr zu tuscheln. Zuerst wirkt Ninfa nachdenklich, dann geht sie einen weiteren, bedrohlichen Schritt auf den Opa zu.

»Finn kann hierbleiben, nicht wahr, doctor Semmelmann? Sie wollen nicht, dass der Herrgott böse wird, weil sie dieses liebe Kind mit dem goldenen Haar abgewiesen haben, wie man Maria und Josef abgewiesen hat? Wollen Sie? Wollen Sie?« Kampfbereit hebt sie das Kinn.

»Äh.« Opa fehlen die Worte.

»Ja? Bitte? Was sagen Sie zur armen Ninfa? Darf die arme Ninfa den Prinzen hier behalten und verwöhnen?« Ninfa macht sich noch ein Stück größer.

»Nun. Äh. Meinetwegen für ein paar Tage. Aber ich hätte es vorgezogen, wenn man mich vorher fragte.«

»Ach, Ninfa, du bist ein Schatz! Ein Schatz!« Mama hüpft auf und ab, so habe ich sie noch nie gesehen, aber es ist süß. Ich lasse Hasi auch etwas hüpfen.

»Und das ist Greg.« Mama zieht meinen Papa am Arm herbei. Der mag das nicht, das sehe ich ihm an.

»Ah, der Ehemann?« Ninfa lächelt und zeigt die tollen Zähne. Solche will ich auch mal haben, wenn ich groß bin.

»Sie sind NICHT verheiratet!«, wirft mein Opa eilig ein.

»Nicht?« Ninfa hebt beide Augenbrauen.

»Äh, nein.« Mama wird ihrerseits kleinlaut. Und raunt Ninfa etwas ins Ohr. Die wirft meinem Vater einen nachdenklichen Blick zu und nickt schließlich energisch mit dem Kopf. »Nun gut. Ich mache oben die Zimmer der Prinzessin für den Prinzen fertig. Das eine oder andere müssten wir dann in den nächsten Tagen noch kaufen, doctor Semmelmann.«

Mein Opa hebt kurz beide Hände, dann nickt er und sagt leise: »Wie Sie meinen, Frau Ninfa. Sie haben natürlich freie Hand.«

Ninfa sieht aus, als hätte sie eigentlich immer freie Hand. Mama wirkt nun deutlich erleichtert. »Danke, Ninfa! Danke, du bist ein Engel!«

Finde ich auch. Ich bin total froh. Jetzt macht es mir gar nichts mehr aus, dass meine Eltern mal kurz weg sind. Und da ich ganz fest und doll und riesig weiß, wie lieb sie mich haben, weiß ich auch, dass sie wiederkommen. Trotzdem hatte ich vorher auch ein bisschen Angst. Ich hab nämlich gehört, wie leise der Name von Chrystel-Paris' doofer Mutter geflüstert wurde. Überall, aber bloß nicht dahin. Es muss echt ein Notfall sein, sonst hätten meine Eltern niemals darüber nachgedacht.

Mein Opa sieht irgendwie drollig aus. Total überrumpelt. Komisch, kennt der denn Mama nicht besser? Und jetzt, da Mama sich so freut und ihr vor Erleichterung ein bisschen die Augen glitzern, da kratzt sich Opa am Kopf. Ich glaube, er findet es ein klitzekleines bisschen nicht so schlecht, dass ich bei ihm in diesem riesigen, leeren Haus bleibe. Wenn wir uns besser kennen. Nach der Eingewöhnungswoche sozusagen. Klar, ist ja wohl auch nix los in dieser Bude.

»Ich kann ja noch meinen Vater anrufen, ob der Finn nimmt.« Oh, nö, ne? Mein Papa ist zwar wirklich toll, aber er hat es einfach nicht raus, wann man besser den Mund hält. In den unpassendsten Momenten gibt er noch nach!

Ninfa sieht so aus, als würde sie meinen Papa gleich erwürgen. Meine Mama auch.

Da bin ich wieder gefragt. Schnell, ablenken! Ich halte Opa meinen Hasi hin, damit er schon mal ein bisschen

Tuchfühlung aufnimmt. Wer mich will, muss auch meinen blauen Kumpel nehmen. Klare Sache.

»Oh, das Kind zeigt mir seinen Teddy!«

»Das ist ein Ha-se!«, kommt es von Ninfa und Mama genervt.

Dann bricht plötzlich geschäftige Hektik aus. Ninfa lässt mich nicht mehr aus ihren starken Armen, es ist, als schwebe man mit großer Geschwindigkeit und höchstem Komfort durch das riesige Haus. Es wird mit Mama zusammen in ein paar Taschen geschaut und in der Küche meine super schöne Hasenflasche und mein Hasen-Babygeschirr ausgepackt, und dann müssen Mama und Papa auch schon gehen.

Wir stehen an der Tür und gucken zu, wie sie ins Auto steigen. Das ist immer so traurig. Mein Hals wird ganz eng, und die Augen brennen, und bevor ich nichts mehr sehen kann, hilft Hasi mir, die Tränchen wegzuwischen.

»Wir müssen jetzt tapfer sein, Finn. Mama muss vor allem tapfer sein. Aber du bist hier ja gut aufgehoben!« Ganz sanft küsst sie mich auf den Kopf. Sie ist ganz traurig, ihre Augen sagen das.

»Vielleicht sollten wir doch lieber hierbleiben.« Mamas Augen glitzern noch mehr.

»Du weißt, dass das nicht geht, Sara. Finn geht es gut hier. Und außerdem würdest du das gar nicht aushalten, wenn du anderswo gebraucht wirst. Komm. Gib Finn auch noch einen Kuss«, sagt Papa pragmatisch, aber seine Stimme klingt komisch belegt.

Mama küsst mich wieder. Wieder und wieder und wieder und wieder. Ich merke, wie mein Kopf nass wird.

Dann gibt sie mich zurück zu Ninfa.

Ich versuche zu zeigen, dass ich ganz besonders tapfer bin, das geht aber nur mit Hilfe von Hasi, den ich mir vor die Augen halte. Es ist so traurig.

Traurigkeit tut mir immer im Hals weh. Dann kann ich nicht schlucken. Mama geht es genauso. Sie schluckt ganz schwer und macht die Augen ganz weit auf, damit die Tränen nicht herunterfallen können.

»Na, na. Sara. Das ist doch alles gut geregelt von dir! Prinzessin, nun los mit dir, das Flugzeug wartet nicht!« Ninfa umarmt Mama, und das tut ihr offensichtlich gut.

»Deine Mama und Papa machen das Richtige. Sie sind gute Menschen!«, sagt Ninfa zu mir und streicht meinen Kopf trocken.

Ich mag es nicht, wenn Mama weint. Papa weint auch nicht so oft. Tränchen seien aber nichts Schlimmes, sagt er immer. Wenn der liebe Gott was gegen das Heulen hätte, hätte er keine Papiertaschentücher erschaffen. Oder so ähnlich.

»Ach, mein Baby!« Jetzt ist Mama wieder aus dem Auto ausgestiegen, und Papa muss sie am Arm festhalten und sagen, dass ich ja wohl bei der Ninfa in absoluter Sicherheit sei. Kleinlaut stimmt sie zu, winkt noch mal etwas eckig und schon sind sie hupend um die Ecke gefahren. Ninfa gibt mir einen dicken, langen Kuss und wirft mich in die Luft.

»Aai!«, quiekt sie.

Die ist echt lieb. Das machen Erwachsene immer. Ablenken beim Abschied. Sie tun dann so, als wäre Abschied okay, aber dass er nicht okay ist, hört man in ihren Stimmen, die dann immer einen Hauch höher und quietschiger werden. Sogar mein Opa steht etwas bedröppelt herum.

»Frau Ninfa, werden Sie mir jetzt bloß nicht so gefühlsdusselig. Das ist kein Weltuntergang. Im Gegenteil. Meine Tochter rettet jetzt irgendwen vor irgendwas. So, rein jetzt in die gute Stube und Ruhe. Das Kind soll sich anständig benehmen, ist das klar, Frau Ninfa?« Der ist wohl genauso traurig wie ich, dass meine Mama und mein Papa wegfahren. Die Stimme von ihm ist nämlich ziemlich hoch und ziemlich quietschig. Aber darum kümmere ich mich später. Jetzt ist Zeit für mein Mittagsschläfchen. Ich bin total müde und will nur noch eine warme Milch und ein nettes Plätzchen zum Liegen.

Ist das ein Stress hier.

# 2

## Ilsebilse, niemand willse

Es ist immer ein bisschen traurig, wenn ich nach meinem Mittagsschläfchen aufwache, und mein Papa ist nicht da. Aber jetzt höre ich ein Quieken, und das tröstet ungemein. Ninfa.

»Aai!, ist mein Prinz aufgewacht? Und Hasi auch?« Ninfa hebt mich mit aller Leichtigkeit hoch, und ich schwebe quasi zu einem alten Wickeltisch, der eben noch nicht da stand.

»Siehst du, Finn, Ninfa hat den alten Wickeltisch vom Dachboden holen lassen. Darauf hat Ninfa schon deine Mutter gewickelt! Aber keine Sorge, für dich besorgen wir alles neu!«

Diese Frau hat Humor! Auf diesen Wickeltisch passt meine Mama niemals! Und ganz ehrlich. Zu Hause hat die sich immer selber angezogen. Nur beim Ausziehen half ihr mein Papa manchmal. Da darf ich aber nicht dabei sein. Verstehe ich übrigens nicht, bei mir sind auch immer alle da, wenn ich ausgezogen werde. Dann kann man mir in den Bauch stupsen und mich am Fuß kitzeln. Na. Erwachsene sind vielleicht nicht kitzelig und wollen das nicht so zeigen.

Ich bin in meinem ganzen Leben noch nie so schnell gewickelt worden! Papa braucht immer eine Ewigkeit dafür. Allerdings nimmt der dazu auch seltsame Stoffdinger, jetzt hingegen werde ich in knisternde Tüten gepackt. Oh, Hasi ist da, und ich mühe mich, noch kurz am Daumen zu lutschen, aber Ninfa merkt es sofort.

»Nicht am Daumen lutschen! Nein, das machen wir nicht, wir wollen schöne Zähne bekommen.« Ninfa grinst mich an, und mir wird wieder klar, wie schön Zähne sein können.

»Und schau, Ninfa hat dem Prinzen schnell ein bisschen was zum Anziehen gekauft! Feine Sachen. Fühl mal hier und hier.« Sie hat einen Berg an Klamotten in den Händen. Ich schmuse mit einem Plüschhaufen in diversen Farben als Zeichen meiner Wertschätzung.

Oh, Schuhe. Ich hatte noch nie Schuhe an. Cool. Jetzt sehe ich aus wie Hagen, der coole Erzieher aus der Kita. Der sagt immer: »Jau, Baby, wir machen jetzt einen Wickeljob!«, wenn er uns trockenlegt. Und dann macht er so Singsang-Geräusche. Urkomisch, der Typ. Der hat auch solche Schuhe an.

Ninfa hebt mich lässig in die Höhe und stellt mich probeweise auf die Beine. Ich mag das nicht, aber ich will ihr unbedingt einen Gefallen tun, weil sie sich doch so bemüht und offenbar alles kauft, was in Berlin auf Lager ist. Während ich ein bisschen hin und her balanciere, schaue mich in dem Raum um. In einer Ecke stehen zwei bunte Pappkartons, aus denen Kleidung rausquillt.

»Das ist alles für meinen Prinzen. Der Opa hat alles für dich bezahlt.«

Opa dürfte ratzfatz pleite sein.

»Und er hat noch nicht einmal gemurrt. Ninfa mag das gar nicht, wenn el doctor murrt.«

Na, dann wird er das wohl schön bleibenlassen müssen. Mit Pleitesein kenne ich mich übrigens aus. Mama und Papa sind chronisch pleite. Das hat mir Frau Hammer erklärt. Irgendwie soll Frau Hammer eigentlich für meine Eltern arbeiten, aber offenbar ist es eher so, dass Frau Hammer immer was zu essen mitbringt. Und Mama sagt, sie könne sie leider nicht bezahlen, und dann nickt Frau Hammer und arbeitet trotzdem bei uns den Morgen über. Ich helfe ihr natürlich beim Aufräumen, wo ich nur kann. Und Hasi auch. Frau Hammer findet das klasse. Papa meint allerdings, dass ich nur Unfug mache. Egal. Solange Frau Hammer so herzlich lacht, kann es nicht verkehrt sein.

»Dein Opa meint das nicht so, Finn. Wenn er so tut, als wolle er dich nicht haben.« Ninfa überlegt kurz, wie sie das erklären soll. Ich bin gespannt, ich will nämlich zu gerne wissen, warum Erwachsene etwas tun, obwohl sie es doch ganz anders meinen.

»Ich glaube«, sagt sie nach einer Weile, »er ist etwas schüchtern. Ja, schüchtern. Oder so etwas in der Art. Du bist schließlich sein einziger Enkel. Und der erste. Das ist für ältere Herren wie el doctor Semmelmann was ganz Besonderes! Aber mach dir keine Sorgen, el doctor wird dich schon liebhaben.« Sie atmet schwer durch und guckt aus dem Fenster. Dann zuckt sie mit den Schultern. »Wir müssen da klug rangehen, dann klappt das. Ninfa hat sich schon was ausgedacht, und dann wird er meinen Prinzen nicht mehr hergeben! Ach, dich kann man ja nur lieb haben!« Dabei kitzelt sie mich leicht am Hals, und ich lache und lege meine Arme um sie.

»Aai!«, quiekt sie. Sie ist so toll. Und Hasi mag sie auch.

Kurze Zeit später schwebe ich auf ihrem Arm hinunter in das große Wohnzimmer, die riesigen Glasfenster sind zur Seite geschoben, und wir gehen hinaus in den Park.

»Nun schau, das ist der Garten von deinem Großvater. Das hier sind alles Rosen. Rosen waren die Lieblingsblumen von Frau Semmelmann, deiner Großmutter. Dein Opa hat nur Rosen in seinem Garten. Siehst du. Gelbe Rosen hier, rote dort, weiße dahinten. Und in der Mitte ein Teich. Siehst du? Mit Goldfischen.«

Goldfische? Fische aus Gold? Was soll das denn für ein Unsinn sein? Warum sagen die Erwachsenen immer so komplizierte Sachen? Fische sind doch nicht aus Stein! Was ich auch nie kapiere, sind Luftküsse. Küsse bestehen nicht aus Luft. Küsse sind doch aus Liebe!

Aber schon gut. Ich werde die Erwachsenen, obwohl sie so viel Unsinn reden, weiter unterstützen, wo ich nur kann. Sie haben es bitter nötig.

»Du darfst die Rosen nicht anfassen. Opa will nicht, dass die kaputtgehen. Aber Ninfa findet es nicht gesund, das mit den vielen Rosen. Liebe ist was Gutes und kein Rosengrab. Aber nun bist du da. Nun wird el doctor wieder fröhlich werden. Aber Vorsicht vor den Rosen. Ninfa will bloß nicht, dass ihr Prinz sich an den Dornen weh tut.« Ninfa küsst prophylaktisch meine Finger. Sehr lieb von ihr, aber nicht hilfreich. Ich habe es doch schon so oft erklärt, wenn etwas gefährlich ist, will ich es gerade sehr gerne ausprobieren, und zwar weil es gefährlich ist. Versteht das denn keiner? Vielleicht solltet ihr Erwachsenen eure Strategie ändern und, wenn was gefährlich ist, sagen: »Das ist so langweilig!« Dann verliert jedes Baby die Lust. Gute Idee eigentlich. Muss ich mir merken, wenn

Hasi mal wieder zu nah an den Möhrenmatsch herankrabbelt.

Ninfa zeigt durch den Garten hindurch. Ganz weit hinten sitzt mein Opa und liest Zeitung. »Da sitzt dein Großvater. Um diese Zeit trinkt er Kaffee und isst Kuchen. Magst du Kuchen, Finn, mein Prinz? Ninfa backt dir jeden Kuchen, den du willst. Mit Schokolade und ohne Dinkel! Alles, was du willst.«

Kuchen? Für mich? Ist das wahr? Wenn ich groß bin, dann heirate ich dich! Und Hasi heiratet dich auch! Wenn du wüsstest, wie wenig Kuchen ich in meinem Leben gegessen habe. ›Oh, Kuchen‹, rufen alle, und dann kommt meine Mama und räumt alles weg. Papa darf das auch nicht essen, wegen »der guten Figur«. Ganz ehrlich, was für eine Figur soll das sein, die keinen Kuchen mag? Die Kuchenhasser-Figur? Bei uns gibt es immer nur trockene Kekse und alles ohne Schokolade. Meine Zähne und ein Herr Blutzucker sollen deswegen glücklich sein, aber ich sage nur: Bäh! Spielverderber!

Mein neuerworbener Opa sitzt in einer Art Schloss aus Rosen. Ich finde, das sieht irgendwie interessant aus, aber warum sitzt er da? Es würde doch durch die dünnen Gitter regnen? So ein schöner Garten und so schöne Blumen, und er guckt gar nicht hin, sondern liest nur still vor sich hin. Ich finde das ein bisschen traurig. Er sollte lieber durch seinen Garten hüpfen und jeder Blume sagen, wie schön sie blüht. Oh, da, eine Biene Maja. Und da ist ein großer Vogel in Schwarz-Weiß. Und da ganz hinten, versteckt unter den tiefen Ästen der Tanne, sitzt eine schöne dicke Katze.

Aber mein Opa guckt gar nicht. Wie schade. Vielleicht schaut er sich nur nicht um, weil er sonst merken würde, dass er ganz alleine ist? Ist doch eigentlich auch mal schön, ich kenne das gar nicht. Alleine sein. Ich bin nie alleine. Zu Hause ist immer jemand bei mir. Meist ist es Papa. Und in meiner Krabbelgruppe ist auch nie jemand alleine.

Da! Opa blättert in seiner Zeitung und schüttelt den Kopf. Das kenne ich. Papa schüttelt auch immer den Kopf über das, was da drinsteht. Und dann ist er etwas ärgerlich. Und dann darf er die rascheligen Blätter der Zeitung nicht mehr am Frühstückstisch zwischen sich und uns hochhalten. Das sei unhöflich. Und es stehe da sowieso nichts Gutes drin, sagt Mama. Und er solle sich nicht so aufregen, das sei nicht gesund.

Während wir über den Rasen Richtung Opa spazieren, zeigt Ninfa mir ein sehr schönes Holzhäuschen, das auf einem langen Stock steht. Da wohnt aber gerade keiner drin. Und dann stehen wir vor Opa. Der tut so, als hätte er uns nicht kommen sehen. Das ist natürlich albern, und ich muss lachen, weil Opa die Haare an seinem Mund nach links und rechts glatt streicht. Mama hat gesagt, der Opa sehe aus wie der Kaiser mit seinem dicken Bart. Papa hat das dann nicht verstanden und sagte, ein gewisser Herr Beckenbauer habe doch gar keinen Bart. Egal.

»El doctor Semmelmann? Ihr Enkel ist wach.«

»Ja, danke, liebe Frau Ninfa, ich sehe es. Vielleicht spielen Sie im Haus mit ihm, hier knickt er mir nur die Rosen ab.«

Ninfa wispert etwas sehr Wohlklingendes in mein Ohr, was ich nicht verstehe und wohl auch nicht verstehen soll.

»En boca cerrada no entran moscas.«

Typisch. Die spannenden Sachen darf ich immer nicht wissen. Mama und Papa reden, wenn ich es nicht mitbekommen soll, Englisch. Wahrscheinlich ist es das, was Chrystel-Paris' Mutter meint, wenn sie sagt, ihre Tochter wachse selbstverständlich zweisprachig auf. Die bekommt nämlich auch nie was mit.

»Tut mir leid, die liebe Frau Ninfa muss jetzt die Wäsche machen.« Resolut setzt sie mich auf seinen Schoß. Na, endlich, ich dachte schon, das wird gar nicht mehr passieren! Ich kann mir den guten Mann doch nur richtig erziehen, wenn ich ihn auch anfassen kann.

»Äh! Frau Ninfa, wo gehen Sie hin? Das Kind! Ich, äh, ich mache es bestimmt kaputt! Frau Ninfa. Kommen Sie zurück! Ich weiß doch gar nicht, wie man so ein Baby handhabt! Wo gehen Sie hin? Frau Ninfa!«

Er hält mich so, als habe er Angst, ich könne gleich auf seinem Schoß detonieren. Das machen Erwachsenen immer. Sich extra doof anstellen, um einer Sache zu entgehen. Aber bei Ninfa klappt das nicht, die ist nämlich einfach ins Haus verschwunden. Würde mich nicht wundern, wenn sie uns vom Küchenfenster aus heimlich beobachtet.

Opa macht noch einige merkwürdige, hilflose Geräusche. Aber da ist niemand, der ihm helfen könnte. Wobei eigentlich? Bin ich ihm vielleicht zu schwer?

»Was soll ich denn jetzt mit dem Kind machen?«

Hallo? Das Kind bin ich! Und ich kann dich hören!

»Wieso musste es überhaupt gleich ein Kind sein. Wieso hat Sara ein Kind in die Welt gesetzt, wenn sie keine Zeit dafür hat?«

Mit wem redet er eigentlich? Und was ist das für eine

Frage! Hat man je Zeit für uns? Wenn es nach mir ginge, müsste man nicht nur mehr Babys, sondern gleichzeitig auch mehr Zeit machen.

»Ich kann schon die Nachbarskatze nicht ausstehen, und jetzt ein Kind? Ich muss unbedingt diesen Vater von diesem jungen Mann anrufen, dass der hier das Kind abholt.« Er hebt mich hoch und guckt, ob sein Hosenbein noch sauber ist. ›So schnell kacken die Preußen nicht‹, sagt Hagen aus dem Kindergarten immer.

»Frau Ninfa? Hallo? Frau Ninfa? Kommen Sie bitte, und nehmen Sie das Kind weg!«

Opa, verstehe es doch. Ninfa ist cleverer, als wir alle zusammen. Sie will, dass du lernst, mich liebzuhaben. Guck mich an. Na, los. Hier!

»Ich habe ja nichts gegen Kinder – aber.«

Oh, den Spruch kenne ich. Das funktioniert mit allem, was stört und was man garantiert nicht haben will. Meine Mama sagt zum Beispiel immer, sie habe ja nichts gegen Fernsehen, aber –. Papa sagt, er habe ja nichts gegen den netten Kollegen von Mama, aber –. Nur ich sage, ich finde Chrystel-Paris saudoof. Ohne aber.

Apropos. Es ist so, Opa, guckst du mich mal bitte endlich an? Ja, hier. Wenn das hier mit uns nicht klappt, muss ich zu der schrecklichen Chrystel-Paris. Also um deutlicher zu werden: Ich muss dann die ganz Zeit, während der meine Eltern nicht da sind, bei Chrystel-Paris SCHLAFEN und ESSEN! Weißt du, wie das ist? Den ganzen Tag mit dieser Knalltüte zusammen zu sein?

»Früher, in Preußen, als alles noch so richtig gut war, da kümmerten sich die Frauen um ihre Kinder. Und die Männer zogen in den Krieg. Oder gingen arbeiten.«

Ach. Und dein Garten ist etwa nicht Preußen? Ninfa kümmert sich doch um mich. Da, wo ich herkomme, ist es anders. Da ist bestimmt nicht Preußen, da kümmert sich mein Papa um mich. Und Mama kriegt die Arbeit.

Ich beginne, mit den Armen zu rudern und rumzuzappeln. Jetzt guck mich doch endlich an! Und nun den Rücken durchdrücken. Ja, da guckst du! Das hilft immer. Halt! Was machst du denn da? Du kannst mich doch nicht einfach auf den Boden setzen? Wer bin ich denn? Die Nachbarskatze? Stopp! So wird das nie was mit unserer Männerfreundschaft.

»Bleib da ruhig sitzen, Kind.«

Mein Name ist Finn, einfach nur Finn!

»Wo bleibt denn Frau Ninfa?«

Normalerweise bin ich ja eher der gemütliche Zeitgenosse, aber jetzt sitzt mir Chrystel-Paris im Nacken. Ich muss dich also möglichst schnell um den Finger wickeln. Nur wie? Ach, ich weiß. Ich stelle mich einfach mal hin. Da jubeln doch sonst auch immer alle.

»Was machst du denn da an meinem Hosenbein?«

Hey, hier ist vorn an deiner Hose so eine schöne Falte zum Festhalten. Warte, ich komm dir jetzt entgegen. Und jetzt guckst du auch.

»Oh, du lachst.« Ha, Opa, du wirst schon weich, ich merke es. Warte, jetzt kommt Hasis Einsatz.

»Das ist wohl dein Teddy, was? Aber der lag im Dreck, halte ihn mir bloß nicht so nah ans Gesicht.«

Hasi? Im Dreck? Der arbeitet halt! Los, heb mich wieder auf dein Bein.

»Bleib mal fein da unten. Frau Ninfa kommt sicher gleich wieder und holt dich.«

Opa, ich habe hier nicht den ganzen Tag Zeit, um dich für mich zu begeistern, ich muss hier mal Ergebnisse sehen. Komme her. Kopf näher zu mir. Achtung, gleich kommt mein Weh-getan-Trick.

»Huch, Kind! Weinst du? Hast du dir den Finger weh getan?«

Wusste ich doch, das klappt immer. Und jetzt pusten, guck, ich mach es dir vor.

»Wie goldig. Du willst, dass ich den Finger puste?«

Kopf tiefer. Ach was, ich helfe mal nach. Ich nehme beide Hände und lege sie meinem Opa auf die Wangen, dann muss er mich einfach angucken. »Oh. Äh. Hallo Finn. Ich bin dein Großvater Wilhelm.«

Mensch Opa. Lass uns über die Sahne und den Kuchen auf dem Tisch sprechen. Ich mache jetzt mal laut: »Hmmm«, und zeige auf den Tisch. Hasi, hilf mir! Nein, du sollst nicht in den Kaffee fallen. Hasi, reiß dich zusammen, wir haben hier einen Auftrag!

»Oh. Magst du Kuchen? Äh, darfst du das denn? Also, als ich klein war, da gab es keinen Kuchen für Kinder. Da gab es eigentlich gar nichts für Kinder. Da war gerade der Krieg aus.«

Komisch. Mama sagt, zwischen Männern und Frauen ist immer noch Krieg. Aber Kuchen gibt es wieder. Nur ich krieg nichts ab!

»Willst du wieder auf mein Bein?«

Klar. Endlich hebst du mich wieder hoch. Ich nutze das und grapsche gleich nach der Gabel. Opa windet sie mir mühsam wieder aus der Hand. Stattdessen halte ich mich eben an seinem Schlips fest. Der ist ja wahrscheinlich auch dafür da, oder?

»Ich kann ja mal ein kleines bisschen Kuchen hier abmachen. Oh! Da hat aber jemand ein großes Mäulchen! Und haps! Alles weg. Gefällt dir das?« Er hat das ganz gut raus. Ich glaub, ich habe ihn langsam im Griff.

»Hmmmm.«

Ganz wichtig ist die Kommunikation! Opa muss belohnt werden. Er lacht. Er fühlt sich gut, weil er sich gerade wie ein professioneller Babyflüsterer vorkommt. Ich lache zurück. Er ist entzückt.

Da kommt die Nachbarskatze!

»Schsch!«, macht Opa giftig zu ihr und scheucht sie mit einer Handbewegung weg. Ich falle fast runter.

»Huch. Vorsicht! Du musst schon aufpassen«, brummt er, während er mich im letzten Moment auffängt.

Die Katze scheint zu spüren, dass, solange ich hier bin, sie auch bleiben darf. Sie sieht sehr schön aus. Ganz weiß, und ihre Pfötchen setzt sie ganz elegant auf. Leise fängt sie an zu miauen. Ich winke zu ihr runter.

»Gefällt dir die Katze etwa?«

Wem gefallen denn Katzen nicht? Mein Papa findet Katzen genauso toll wie ich. Das weiß ich, weil er immer über Mama sagt, sie sei katzig und mit Krallen.

Jetzt lockt Opa die schöne Katze an. Mit ein bisschen Sahne. Es klappt, langsam kommt sie näher.

Ich lache. Er lacht auch.

Jetzt aber gerne mal wieder ein bisschen Kuchen für mich, ich wedele mit der Hand.

»Möchtest du wieder Kuchen?« Opa ist Wachs in meinen Händen. Wie erwartet. Als Dank lächle ich ein wenig, das wird er hinreißend finden.

»Warte, dein Opa setzt sich anders hin, so. Und dein

Teddy auch? Oh, das gefällt dir, wenn Teddy auch was bekommt? Und jetzt ab in dein großes Mäulchen. Fein machst du das!« Begeistert zeige ich noch einmal auf den Kuchen. Oh, nun habe ich Sahne am Finger. Was nun? Opa lutscht die Sahne ab. Ha! Körperkontakt. Der Gewöhnungseffekt ist in vollem Gang.

»Sahne ist nicht schlecht, was? Eigentlich wird mir nie Sahne serviert. Frau Ninfa muss sich wohl vertan haben. Ich darf nämlich nichts, was gut schmeckt. Höchstens mal fettfreie Kekse zum Kaffee.«

Ha, wer hätte das gedacht. Opa, wir sind echte Leidensgenossen. Uns beiden enthält man den Kuchen vor! Vor Freude klatsche ich in die Hände.

Die Haare an Opas Mund verziehen sich, und er beginnt ganz tief zu lachen. Ich lege mein Ohr an seinen Bauch, um es besser zu hören.

»Du bist eigentlich ein Staatskerl, Jungchen. Ich hatte ja erst so ein bisschen Bedenken.«

Sag bloß.

Ich muss aber noch ein bisschen mit dir üben. Weißt du, warum Erwachsene Babys in der Regel so anstrengend finden? Weil sie einfach nicht genau hinhören, was die wollen. Dabei bringen wir das eigentlich recht klar zum Ausdruck. Meist dreht es sich um Essen und um Schlaf. Manchmal ist es auch eine Katze, ein Kuchen oder ein Bauklotz. Aber wir üben das jetzt zusammen, Opa, dann verstehst du mich, und dann hast du nie wieder Bedenken. Ein doofer Ausdruck übrigens. Bedenken. Wenn man was richtig bedenken würde, würde man es ja nicht so falsch machen. Aber wer versteht schon die Erwachsenen.

»Und du erinnerst mich an deine Mama. Die war auch so verrückt auf Kuchen. Und sie hatte genauso schönes Haar wie du.«

Klar, meine Mama hat immer noch das schönste Haar auf der Welt. Aber warum hast du plötzlich Tränchen im Auge? Komm her, Opa, die mache ich dir weg. Siehst du, ein bisschen Hasi ins Gesicht, und dann sind sie weg. Das nennt man Trösten; klappt auch bei Erwachsenen.

»Oh, danke.« Er räuspert sich und schaut mich merkwürdig an. Was er jetzt sagen will, ist ihm offenbar peinlich. »Was für ein freundliches Kind du eigentlich bist. Deine Mama mag mich ja nicht so sehr.« Mein Großvater sieht ganz schön bekümmert aus.

Unsinn, Opa. Sie würde mich nicht hierhergebracht haben, wenn sie nicht große Stücke auf dich hielte. Einmal hatte Mama niemanden, der auf mich eine Nacht aufpassen sollte, nur die doofe Mutter von Chrystel-Paris. Bäh, als ich hörte, dass ich bei der bleiben sollte, wurde mir sofort schlecht. Und ich hab geheult. Da hat meine Mama abgelehnt und ist einfach daheim geblieben. Papa sagte später, Mama sollte an dem Abend eigentlich von einem Herrn namens Bundespräsident (komischer Name) einen Preis bekommen für ihre ehrenamtliche Arbeit. Aber sie blieb lieber bei mir. Also: Wenn Mama jemanden nicht mag, dann darf ich da nicht hin. Sie mag dich also. Ist doch ganz einfach.

Plötzlich raschelt es, und Ninfa taucht auf. Opa wird auf einmal ganz unruhig, setzt sich gerade hin und schaut an sich runter, ob sein Schlips ordentlich ist.

»Aber, aber el doctor Semmelmann! Was sehe ich da, Sie haben den ganzen Kuchen aufgegessen?«

»Äh, ich, äh …«

»Sie wissen doch, was el doctor Peters gesagt hat! Sie dürfen nicht so viel essen!«

»Das Kind. Man weiß ja gar nicht, was man mit so Kindern machen soll. Warum haben Sie mich auch damit alleine gelassen!« Er bemüht sich, sehr entrüstet zu klingen. Ninfa sieht es gelassen.

»Das Kind? Meinen Sie Ihren Enkel?« Sie lächelt mit ihren wunderbaren Zähnen. »Also haben Sie den Kuchen an Finn verfüttert, el doctor? Ist das denn so gut?«

»Man wird ja mal ein bisschen was zum Kaffee, also, äh, zum Runterspülen …« Opa scheint nicht zu merken, dass Ninfa beim Schimpfen lächelt.

»Haben Sie dem Kind etwa auch Kaffee gegeben?« Ninfa hat ihren Spaß. Opa ist irritiert.

»Nein! Um Gottes willen! Nur Kuchen!«

»Also haben Sie dem kleinen Prinzen doch von dem Zuckerzeug gegeben?!«

Das also war ihr Plan. Kuchen und mein Charme. Ich denke, wir sind auf einem guten Weg.

»Na ja, wir haben uns ein bisschen kennengelernt, und da ist sicher der ein oder andere Krümel für ihn abgefallen, also ich, äh.«

»Nun gut. Dann zeigen Sie ihm den Rosengarten. Sie müssen sich jetzt viel bewegen.« Ninfa macht eine Geste, als erwarte sie von Opa mindestens einen Marathonlauf. Opa hebt mich hoch. Ich halte mich aber sicherheitshalber an seinem Kopf fest, als er mich mit Ninfas Hilfe auf seine Schultern hebt. Er ist etwas aus der Übung, was das Kindertragen angeht, fürchte ich, aber es wird schon gehen. Oh, Hasi ist runtergefallen.

»Moment, der Teddy ist fahnenflüchtig.« Opa ist ja richtig auf Zack!

»Das ist ein Hase, el doctor Semmelmann.«

»Richtig, richtig. Ein Hase.« Opa nimmt ihn mit einer kleinen Verbeugung entgegen, was etwas schwierig ist mit mir obenauf. Dann schaukeln wir langsam durch den großen Garten. So stelle ich mir vor, wie das ist, auf einem echten Elefanten zu reiten.

Opas Kopf ist ganz glatt. Das nennt man, glaube ich, Glatze. Ich halte mich daran fest, während er mir alles zeigt.

»Na? Wie findest du die Pläte deines Großvaters? Mein Lehrer sagte immer: Glatze ist besser als gar keine Haare. Haha!« Sein Lachen ist wirklich toll. Sein ganzer Körper lacht mit.

Der Garten scheint ihm echt wichtig. Er ist sehr stolz auf ihn, das hört man. Hier ist aber auch eine ganze Menge Rasen, der super kurz und super grün ist. Meine Mama wäre begeistert von der vielen frischen Luft, die auch überall ist. Ab und zu stehen ganz hohe, alte Bäume herum, deren unterste Äste aber ganz weit oben sind und unter denen viel Sonne her scheinen kann. Zum Klettern eignen die sich aber leider so gar nicht. Und eine Schaukel sehe ich auch nicht. Wo schaukelt denn Opa dann?

»Deine Mama hat hier immer gespielt. Das war schön. Wir hatten einen Sandkasten und eine kleine Schaukel, da an dem Baum. Ich habe den Ast absägen lassen, weil er mich so an deine Mutter erinnert. Lassen wir das. Vergangen ist vergangen.« Er schaut ganz lange den Baum an, dann gehen wir etwas weiter.

»Deine Mama war eine fesche kleine Dirn, sag ich dir. Fesch. Und clever. Und mutig.«

Klar.

»Und später hat sie hier im Garten gelegen, und die jungen Herren kamen aus der Nachbarschaft. Alle hätte sie haben können, alle. Und sie hätte wunderbar hier bei mir wohnen bleiben können. Aber dann ist sie fort. Mit diesem Windhund!«

Nein, mit Papa!

Opa geht weiter und sagt mir die Namen von den Rosen. Ganz nah geht Opa mit mir an die Blüten heran, nimmt mich von den Schultern und lässt mich an manchen riechen, passt aber immer auf, dass ich mich nicht piken kann. Ninfa beobachtet uns, während sie das Geschirr abräumt, wirft mir Kusshände zu und lacht. Wir sind uns einig: Das Projekt Opa-um-den-Finger-Wickeln läuft.

Beim nächsten Busch umfasst Opa die zarten Blüten mit seinen großen, starken Händen. Und dann fragt er mich, so, als wäre ich schon richtig erwachsen: »Ist das nicht ein Staatskerl?«

Ich freu mich riesig, dass sich endlich mal jemand für meine Meinung interessiert. Auch wenn ich keine Ahnung habe, was das ist, ein Staatskerl. Aber ich rede sehr gerne mit Opa über Blumen. Wollen wir auch über den grünen Rasen reden?

»Früher war alles besser. Klare Regeln. So wurde es gemacht. Fertig. Alles war besser. Und deine Oma hat da noch gelebt. Eine schöne Frau. Wie deine Mama.«

Ich nicke einmal deutlich. Und er geht weiter mit mir zum Vogelhäuschen.

»Deine Großmutter wäre entzückt von dir, kleiner Mann. Sie hätte dich sofort geliebt.« Nicht doch Opa, du hast ja schon wieder Tränchen in den Augen! Hier, ich lege Hasi drauf, das hilft mir auch immer.

»Ups, ich sehe ja gar nichts mehr.« Opa macht mit der freien Hand eine alberne Bewegung, als würde er im Dunkeln tappen. Ich lache fröhlich und drücke Hasi wieder an mich.

»So, Finn, nun zeige ich dir den Rest vom Garten und dann vom Haus, ja?«

Wir sind auf einem guten Weg. Aber manche Dinge muss ich ihm noch abgewöhnen. Wie das Alleinesein, das Ruhe-haben-Wollen, das unsinnige Katzeverscheuchen und zu guter Letzt das Früher-war-alles-besser-Gerede.

Den Schlips darf er behalten. Irgendwie gefällt er mir, und ich kann mich gut dran festhalten, wenn ich auf seinem Schoß sitze.

# 3

## Schlaf, Kindlein, schlaf

Es ist mein zweiter Morgen bei Opa. Als ich aufwache, liege ich in dem rosa Bettchen meiner Mutter (wie hat die hier nur reingepasst?).

Viele glauben ja, es sei unglaublich schwer, einem Kind das Schlafen beizubringen. Ein Vorurteil, das in Kleinkindkreisen gerne belächelt wird. Wir sagen es in der Regel deutlich, oder wir legen uns einfach hin. Die Kunst besteht darin, als Erwachsener den richtigen Zeitpunkt zu erkennen, uns mal in Ruhe zu lassen. Leider denken die Erwachsenen aber: Jetzt nicht, wenn er jetzt schläft, schläft er später nicht, oder: Schlafe jetzt, ich will meine Ruhe. Oder, sehr beliebt: Schlafe jetzt, dann vergisst du auch, dass ich vergessen habe, dich zu wickeln und zu füttern.

Ich schnapp mir einfach Hasi und mache die Augen zu. Bisher hat das nur bei Papa geklappt. Er hat ein Händchen dafür. Ich glaube, sein Trick ist, dass es ihm egal ist, wann ich schlafe. Ich mache zuweilen meinen Mittagsschlaf direkt neben ihm aufm Teppich, wenn ich eben noch Bauklötze gestapelt habe. Mama dagegen versucht, mich »termingerecht« schlafen zu lassen.

»Finn, du musst jetzt aber wirklich schlafen. Mama muss jetzt arbeiten.« Oder: »Finn, nicht im Buggy eindösen! Dann schläfst du ja gleich nicht mehr!« Was ist das doof!

Gestern hat Ninfa darauf bestanden, dass ich mal endlich ins Bett müsse, ich hätte schon ganz kleine Augen. Schade. Ich hatte es mir gerade auf Opas Bauch gemütlich gemacht und heimlich genuckelt, während Opa Nachrichten guckte. Ich kenne Nachrichten. Die sagen lauter Sachen, die entweder »so was von falsch sind« oder die Mama alle schon kennt. Und »es werden nie die Hintermänner genannt, man packt nur die Kleinen, und die Großen lässt man laufen!«, sagt Mama. Dabei sitzt da meist nur eine Frau. Aber ich guck da auch nicht viel hin. Das ist mir zu flimmerig und so durcheinander. Man kann sich nichts mal in Ruhe anschauen, sofort kommt wieder etwas anderes ins Bild. Ich untersuche dann lieber die Fernbedienung, das ist so ein Ding mit vielen Knöpfchen. Es scheint dem Fernseher sagen zu können, was er machen soll. Hell, dunkel, Farbe oder was ganz anderes.

Mit Opa kann man gut Nachrichten gucken. Er redet nicht dazwischen, und ich kann nuckeln und mich für andere Dinge im Raum interessieren. Außerdem findet Opa es lustig, wenn ich auf ein Knöpfchen der Fernbedienung drücke.

Aber dann hat Ninfa gesagt, dass ich ins Bett muss, und mir ein Hasenfläschchen Milch gebracht, die sich so schön warm anfühlte, als sie ein bisschen auf meinen Bauch tropfte.

Das war gestern. Gestern ist, wenn man einmal zwischendurch geschlafen hat, aber nur, wenn andere auch geschlafen haben.

Nun aber bin ich wach. Ein neuer Tag. Was steht an? Ach, ja. Mit Opa ein bisschen Babysprache üben.

Anders als meine Eltern ist der übrigens schon hellwach und steht zusammen mit Ninfa an meinem Bett.

»Dein Opa fragt schon seit Stunden, wann du wohl aufwachst. Ich glaube, er freut sich darauf, mit dir was zu unternehmen.«

»Unsinn. Ich wollte mich nur informieren!«

»Und deswegen haben Sie mich gefragt, was ein Kind in Finns Alter schon alles kann? Zum Beispiel Modelleisenbahn spielen oder Museumsbesuche?«

»Nein, nein. Da haben Sie mich ganz falsch verstanden. In meinem Alter kann man unmöglich mit einem Kleinkind spielen. Das geht nicht.«

Ich höre ihnen zu und reibe mir die Äugchen.

Hallo? Mein Popo möchte trockengelegt werden, und mein Bauch bräuchte Nachschub. Wer ist zuständig?

Ich fange probeweise ein bisschen an zu strampeln. Sofort beugt sich Opa zu mir runter. »Guten Morgen, kleiner Mann! Gut geschlafen? Ausgeschlafen?« Opa hat ein Strahlen im Gesicht, das durch seinen Bart kaum abgemildert wird. Endlich stehe ich mal wieder im Mittelpunkt. Und Ninfa grinst, dass ihre Zähne die Morgensonne übertrumpfen.

»Dein Opa hat sehr gute Laune, Engelchen. Und er hat heute einen Ausflug in ein Babygeschäft mit dir vor! Aber es gibt keine Modelleisenbahn! Damit das klar ist.«

Ninfa hebt mich aus dem Bett und trägt mich durch das Zimmer. Endlich werde ich gewickelt.

Opa räuspert sich. »Das kaufen wir dann später mal!«, flüstert er mir zu, nachdem Ninfa ihn angewiesen hat, mich zu beaufsichtigen, damit ich nicht von der Wickelkommode runterfalle. Ninfa summt, während sie Windelpackungen aufreißt und Puderdosen entsichert.

»Danke, el doctor, gut gemacht.« Ninfa beherrscht es

gut, dieses Fördern und Fordern. Papa sagt das immer. Das Gute loben, das Schlechte ignorieren. Mama sieht das anders. Bei uns zu Hause läuft sowieso alles anders. Morgens ist nur einer da, und derjenige flüstert nur. Und dann wird geschmust und Milch gegeben. Und eingekauft wird eigentlich nie. Frau Hammer bringt was mit, aber ich kann mich zum Beispiel nicht erinnern, dass wir in einem Geschäft waren, um mir neue Sachen zu kaufen. Ich trage Klamotten von Chrystel-Paris (aber nichts Pinkes!), Ben, Kenan und Mika. Wenn ich rausgewachsen bin, werden die guten Sachen jemand anderem gegeben. Kann man das etwa auch alles neu kaufen?

Soweit ich das verstanden habe, sind meine Eltern dagegen, viel zu kaufen. Papa sagt immer: »Das kann man reparieren, dann ist das noch ganz prima!« Und außerdem haben sie auch nicht so viel Geld. Das liegt bestimmt daran, dass Geld ganz falsch verteilt ist, wie Mama immer sagt. Andererseits sagt sie auch, dass, wer viel Geld hat, blöd ist. Da hat sie sich wohl geirrt, denn Opa hat offenbar einen Haufen von dem komischen Geld und ist nun ganz sicher nicht blöd. Nur unerfahren mit Babys.

»Hier muss noch ein Schrank hin. Und eine Kommode und ein Bettchen; natürlich alles neu. Ich kann unmöglich meinen Enkel herumzeigen, solange es hier oben so aussieht! Außerdem bin ich sicher, dass die Farbe Rosa ihn in seiner Entwicklung hemmen würde.« Opa schreitet in sehr herrschaftlicher Manier den Raum ab.

Das Wort ›reparieren‹ kennt er offenbar nicht. Er steht grübelnd im Raum, während Ninfa mir sehr vergnügt ein schickes total neues Jäckchen anzieht, was offenbar nur Prinzen tragen dürfen.

»Schau, wie schön das dem Prinzen steht!« Ninfa liebt es, mich anzuziehen. »Oh, wie reizend! Was für ein vornehmer Junge!«

Ich bin also neuerdings vornehm. Und ein Prinz. Was ist das überhaupt, ein Prinz? Muss irgendwas sein, das man sehr liebhat. Ich kann mich erinnern, dass meine Mama mal gesagt hat, Prinzen seien immer in so Zeitungen, von denen sie nie eine kaufen würde. Papa sagt, wenn Mama zum Friseur geht, was nur ganz selten vorkommt, dann lese sie diese Zeitungen mit den Prinzen dort. Und daher kenne sie die dann wohl auch alle. Aber das sei nicht schlimm, schließlich sei Mama auch nur ein Mensch und müsse auch mal Blödsinn lesen.

Warum ich wohl plötzlich zu einem Prinz geworden bin? Ob mir das was bringt? Wahrscheinlich nichts, außer Publicity.

»El doctor haben Angst, Finn könne man nicht gut rumzeigen, nur weil sein Zimmerchen nicht neu ausgestattet ist?« Ninfa ist jetzt doch etwas entrüstet.

»Schauen Sie nur, wie der kleine Prinz aussieht! Und wie er lacht!« Sie hat mich auf die Wickelablage gestellt und hält mich so, dass Opa mich sehen kann.

»Ein Staatskerl, mein Enkel! Ein Staatskerl!«

»Das meine ich doch auch!« Ninfa streicht mir über die Wange. Das mag ich. Ihre Haut riecht so gut. Ich merke immer mehr, warum meine Mama so ist, wie sie nun mal ist. Sie war wohl recht viel mit Ninfa zusammen. Wenn ich es richtig verstanden habe, die gesamte Kindheit. Und so eine Kindheit dauert schon ein paar Tage, glaube ich.

»Warum sagen Sie dann, dass Finn so nicht rumgezeigt werden kann, doctor?«

»So ist das nicht gemeint, Frau Ninfa. Aber ich bin ja nun hauptverantwortlich für dieses Kind.«

»Dieses Kind?« Ninfa hebt warnend den Finger.

»Ich meine Finn, meinen Enkel.«

»Einzigen Enkel.«

»Meinen einzigen Enkel, Sie haben recht.«

Ninfa wartet, bis Opa wieder im Nebenraum mit Zettel und Stift und einem Maßband herumfuchtelt, dann flüstert sie mir zu: »Dein Großvater wird heute einen phantastischen Unfug anstellen. Aber das ist sehr gut für seine einsame Seele, verstehst du, Finn? Du musst ihn nach Kräften unterstützen. Er braucht das. Er hat zu viel Geld, das macht dickes Blut.«

Ich verstehe, was sie meint. Geld kann nicht gut sein. Deswegen haben meine Eltern keines. Also weg damit. Aber wie macht man das?

Opa lacht zufrieden vor sich hin, wie Joschka aus der Käfergruppe, wenn er es wieder geschafft hat, seine Hose zu verlieren. Jetzt singt er sogar: »Das wird fein, das wird fein. Alles für das Enkelein!« Schwungvoll malt er etwas auf sein Blatt.

Au ja, Krickelkrackel kann ich auch malen. Gib mal her! Als ich versuche, danach zu greifen, falle ich um. Mist. Opa guckt besorgt, dann kommt er näher und tätschelt mir den Kopf. Endlich bekomme ich den Block zu fassen.

»Oh, interessiert dich das Papier? Schau, ich schreibe auf, was du brauchen kannst. Das muss hier alles weg. Niemand soll mir nachsagen, ich verstünde nichts von Enkeln!«

Ich fuchtle mit meinem Fäustchen vor seiner Nase rum. Gib mir doch einmal den Stift.

»Willst du auch malen?« Unsicher guckt er sich nach Ninfa um. Geschickt nutze ich seine Ablenkung und packe den Bleistift und krackle los.

»Oh! Wie schön du das kannst!«

Ninfa lacht. Ich glaube, sie findet Opa ganz niedlich. Ich auch.

Als Ninfa mich in die Küche bringt, um mir meinen Morgenbrei zu geben, trottet mein Großvater gutmütig brummelnd hinter uns her.

Ich mag die Küche. Sie ist viel größer als bei uns zu Hause. Es steht viel rum. Blumen, Töpfe mit großen Löffeln, gespültes Geschirr, fertiger Kuchen (hm!), Zwiebeln, Obst und schöne Gläser, man hat sogar Töpfe und Pfannen an die Wand genagelt. Die sind sehr schön. Aber wie will man darin kochen?

Und dann erst die Schränke! Die sind voll mit Zeug. Toll. Ninfa hat mich kurz auf den Boden gesetzt, und ich reiße gleich die erste Tür auf. Töpfe. Au, die klappern so schön. Zu Hause darf ich die auch immer haben, wenn Papa kocht. Oder Frau Hammer die Küche aufräumt.

»Ui, ein Konzert! Dafür haben wir aber jetzt keine Zeit. Komm her, du Prinz!« Opa hebt mich hoch in meinen Stuhl. Ich bekomme mein Hasenfrühstücksgeschirr vorgelegt. Mit Brei und Äpfelchen als Nachtisch und dazu frisches Wasser aus der Tasse.

Oh, Hasi ist runtergefallen.

Opa bückt sich mühsam.

»Der fällt aber oft hin.« Er reicht ihn mir.

»Wenn der mal verloren geht –« Ninfa sieht mich zweifelnd an. Opa nickt bedächtig.

»Das wäre fatal.«

Fatal klingt nicht gut. Aber egal. Erst einmal essen.

»Wir brauchen auch mehr Geschirr für den Jungen. Er kann nicht den ganzen Tag vom gleichen Teller essen!«

Noch mehr Geschirr ist prima, schließlich hat man mit einem Opa in der Anlernphase eine Menge zu tun. Da bekommt man Hunger. Und müde wird man auch etwas schneller. Was sagst du, Hasi?

Hasi, wo bist du?

»Schon wieder runtergefallen!« Opa bückt sich. Beim Aufrichten stöhnt er ein bisschen komisch. Kein Wunder, das ist eine Menge an Opa, die wieder hochmuss!

»Was machen wir nur, dass er nicht verlorengeht?«

»Festbinden, el doctor?«

»Hm. Gute Idee. Lassen Sie mich überlegen, wie man das am besten anstellt. Wäre doch gelacht, wenn der Großvater das Problem nicht auf die Schnelle elegant gelöst bekommt.«

Opa macht ein ganz ernstes Gesicht und geht auf und ab. Ich weiß, warum: Denken ist schwer. Papa meint sogar, manchen Leuten tut das Denken regelrecht weh. Dann muss er immer lachen. Ich glaube, meine Eltern denken viel und sind klug. Opa scheint auch ganz schön klug zu sein. Er hat die Hände hinterm Rücken verschränkt und macht langsame Schritte wie ein Storch. Ninfa hingegen tippt sich mit ihrem Zeigefinger auf ihre dick aufgeblasene Wange. Erwachsene sind aber auch zu albern!

»Heureka! So machen wir es, Frau Ninfa.« Offenbar ist Opas Konstruktion nun ausgereift und kann in die Tat umgesetzt werden. Dazu lässt er Ninfa ein Taschentuch mit Hasenmuster um Hasis dünnen Hals knoten und knippst ein langes Schlüsselband dran. Nun sieht es aus, als trüge Hasi eine Leine, an der ich ihn Gassi führen wollte. Dann werde ich von Breiresten befreit und auf den Tisch gesetzt und bekomme das Band diagonal übergestülpt.

Meine fabelhaften Schuhe machen lustige Geräusche auf dem Holz.

»Das sieht großartig aus. So, als wärst du Robin Hood mit Pfeilen im Köcher, kleiner Mann! Kennst du Robin Hood? Bestimmt. Deine Mutter hat für solche Weltverbesserer doch viel übrig!« Opa ist offenbar von seiner eigenen Erfindung begeistert. Ich lache. Hasi ist nun in Sicherheit vor Dieben. Und Opa muss sich nicht mehr bücken.

»So, doctor, dann aber fort mit Ihnen. Kaufen Sie was Schönes. Ach, warten Sie, ich nehme den Jungen bis zum Auto.«

»Das kann ich doch, Frau Ninfa.«

»Nein ich!«

»Nein ich!«

»El doctor, lassen Sie das!«

»Hm. Gut. Dann geht es los!« Opa geht flott voran. In der Garage wird versucht, meinen großen Kindersitz auf die Beifahrerseite zu schnallen, wobei sich Ninfa und mein Opa heftig über dessen vorschriftskonforme Justierung uneinig sind. Um die Hände frei zu haben, setzt mich Ninfa auf die Rückbank und schließt die Tür. Cool hier, ich nutze die Zeit zum Daumenlutschen.

»Frau Ninfa! Das Ding ist kaputt! So passt es nicht!«, höre ich es von vorne.

»Sie bauen es ja auch falsch herum ein.«

»Ich? Nein! Oh. Wie herum muss das denn?«

»So, doctor, das Kind muss ja nach vorne gucken können.«

»Ist das Ding schwer.«

»Es muss ja unseren Finn beschützen, el doctor. Nein, hier ist ein Pfeil, nein, hier drücken. Ja, setzen Sie ruhig die Brille auf.«

»Wer hat das denn konstruiert. Sicher wieder die Chinesen.«

»Chinesen haben ja auch mehr Kinder, el doctor!«

»Und wie geht das jetzt? Warum sind das denn so viele Bänder?«

»Hier muss es enger gemacht werden.«

»Autsch. Es klemmt, Frau Ninfa.«

»Nein, so rum, glaube ich.«

»Wie?«

»Da ist ein Pfeil, el doctor.«

»Bei so vielen Pfeilen weiß man gar nicht, ob das nur ein Muster sein soll.«

Dass die Erwachsenen auch immer so viel reden müssen; besonders, wenn etwas mal wieder nicht klappt. Als würde es dann keiner merken.

Gelangweilt gucke ich mich um. Lustig, da liegt ein kleiner Hut auf der Ablage. Ich stelle mich hin und zieh an dem rosa Stoff. Ist das denn die Möglichkeit? Da ist Klopapier drunter? Hat das Auto etwa ein Klo? Igitt!

»Und jetzt? Irgendwas fehlt.«

»Ja, aber was, doctor?«

»Hm.«

»Hm.«

Beide schauen sich ratlos an, dann gucken sie über die beiden Sitze zu mir nach hinten. Das mit dem Klopapier ist aber nicht schlimm, oder? Wer konnte ahnen, dass es sich so gut abrollen lässt.

»Oh, Himmel! Maria und Josef! Das Kind ist weg!«

»Nein, wo soll er denn hin sein! Er muss auf der Rückbank sein.«

»Das Kind ist da drin! Er wird uns ersticken!«

»Niemand erstickt an Klopapier, Frau Ninfa! Contenance!«

»Hilfe!«

Die Seitentüren werden gleichzeitig aufgerissen.

»Finn? Wo bist du? Oh, unter dem ganzen Zeug. Was hast du nur gemacht?«

Hallo Opa! Nur Spaß. Guck mal.

»Frau Ninfa hilft dir da wieder raus, junger Mann.«

Ja. Heb mich hoch. Ich bin hier fertig.

»Komm her, mein Prinz. Du hast die alte Ninfa aber ganz schön erschreckt!«

»Respekt! Das schafft nicht jeder.« Opa kratzt sich am Kopf. Ninfa räuspert sich. Ich halte den beiden den gestrickten Hut hin.

»Gib mal her, Finn. Das Ding sollte eh lange weg«, sagt Opa schnell und bringt Hut und das abgerollte Papier unter den interessierten Blicken einiger Passanten zum Mülleimer.

»Wozu im Himmels willen fährt man hier in Deutschland überhaupt mit Klopapier auf der Rückbank herum?« Ninfa packt mich derweil und setzt mich auf den Beifahrersitz in den großen Sitz. Den kenne ich gut und helfe beim Sortieren meiner Ärmchen in die Gurte. Das ist nämlich meiner.

»So, el doctor. Der Enkel ist fertig.«

»Sehr gut. Das hat ja schon sehr gut geklappt.« Opa ist zufrieden. Wenn der wüsste, dass Mama total dagegen ist, den Kindersitz auf den Beifahrerstuhl zu schnallen. Aber ich verrate nichts, Ehrenwort! Dafür hat man hier einfach eine viel zu gute Sicht.

Endlich geht es los. Opa startet das Auto. Es knackt laut. Vorne auf der Motorhaube ist was angeklebt, wie vorne auf dem Gewehr von Joschka aus der Käfergruppe. Bestimmt zum Zielen. Das Knacken hat Opa mit dem Griff gemacht. Ich gucke interessiert.

»Bautenzug. Hat nur dieses Fabrikat«, erklärt er und freut sich.

Oh, und ich dachte, das hier ist ein Auto.

»Deine Mama fährt ja so was nicht. Die fährt ja eine Reisschüssel.«

Nein, wir haben auch ein Auto.

»Dies hier ist ein Reisewagen! Siehst du den Stern vorne auf der Motorhaube. Das ist Opas ganzer Stolz. Na, jetzt bist du ja Opas ganzer Stolz, aber vorher war er das.«

Aha. Aber hat der Stern auch einen Hasi?

Mein Opa fährt den Reisewagen selbst. Ich glaube aber, dass der Wagen einem gewissen Ben gehört. Also »Bens« Reisewagen. Oder kurz: »Ein Bens«.

Bei uns zu Hause fährt nur meine Mama. Interessant auch hier wieder: Sie schimpft genauso wie mein Opa über langsame Fahrer vor ihr, Drängler hinter ihr, Zweite-Reihe-Parker und bekloppte Touristen, die nicht wissen, wo sie hinwollen.

Komisch nur, dass Opa und Mama sich nicht so gut verstehen, wo sie doch genau gleich sind.

Nach einer sehr schönen Fahrt, bei der Opa vor lauter Verkehrskommentaren (»Was macht der denn da?« – »Ah, haben wir keinen Blinker da vorne?« – »Weg da, mit Ihrer fahrenden Telefonzelle!«) nicht mitkriegt, wie ich wieder den Daumen in den Mund nehme (und ihn geschickt hinter Hasi verstecke), kommen wir beim Babymarkt an. Ein gigantischer Parkplatz voller Autos lässt erahnen, wie viele Babys in Berlin gerade neue Jäckchen und Möbel bekommen.

Opa hat etwas Mühe mit dem Aussteigen. Er schiebt erst das eine Bein hinaus, dann macht er laut »Hua!« und hebt auch das andere Bein hinaus. Als er endlich steht, wippt das Auto richtig nach. Dann schreitet er bedächtig um das Auto herum und winkt mir immer zu, als habe er Angst, ich würde mich alleingelassen fühlen. Schnell den Daumen rausnehmen und an Hasi trockenreiben. So. Bin fertig zum Raus-nehmen-Lassen.

Nur Opa ist es nicht, er hat mal wieder richtig Mühe mit den Gurten.

»Warten Sie! Ich helfe Ihnen! Das kenne ich, das geht immer etwas schwer!« Eine junge Frau kommt ihm zu Hilfe, was Opa ganz überrascht. Mich auch. Mama wird nie von anderen Damen geholfen. Die gucken in der Regel nur merkwürdig mitleidig. Und jetzt grinst Opa ganz verlegen, als die junge Dame zu mir sagt: »Du hast aber einen stattlichen Großvater!«

»Oh. Äh. Danke«, sagt Opa.

»Und noch so gut zu Fuß!«

Wieso nicht? Der hat doch sogar zwei Füße. Wie wir alle.

Als wir den Laden betreten, bin ich geschockt: Das kann doch jetzt nicht deren Ernst sein! Regale, soweit das Auge blickt. Wer braucht denn so viel Kram? Ich werde ja ganz zappelig dabei.

»Ups, Finn, nicht so rührig werden! Warte, Opa weiß ja auch noch nicht, wo wir hinmüssen!«

Das geht ja immer weiter dahinten? In so einem Laden war ich noch nie. Wir gehen immer nur in ganz kleine Läden. Meine Eltern stehen voll auf kleine Läden. Oder auf Bauernhöfe. Das hier, das würden meine Eltern sicher nicht gut finden. Auf einmal werde ich ganz aufgeregt: Opa macht was Verbotenes mit mir. Cool!

»Wir brauchen so eine Einkaufskarre. Wird nötig sein. Ich finde die Dinger zwar unpersönlich, aber dann brauche ich dich nicht die ganze Zeit zu tragen, junger Mann!«

Ein grellbunter, schon sehr unbequem aussehender Einkaufswagen steht bereit, in den mich Opa, wieder mit Hilfe einer (nun ganz anderen, aber ebenfalls jungen) Dame, reinquetscht. Fast ist das alles zu aufregend für mich. Gut, dass Hasi bei mir ist. Vorsichtig gucke ich mich um.

»Da freut sich aber jemand, mit seinem Großvater einzukaufen, was?« Die junge Dame scheint meinen Opa nett zu finden und lächelt. Langsam sammelt er so viele Komplimente wie ich. Ist ja auch klar. Der Apfel fällt nicht weit vom Stamm. Oder müsste es für Opa heißen: Wo der Apfel ist, ist der Stamm nicht weit?

Opa schiebt resolut den sperrigen Wagen durch die vollen Gänge. Oh, da ein riesiger Teddy. Aufgeregt wedle ich mit den Armen, aber Opa reagiert nicht. Typisch, einen großen Teddy hält kein Erwachsener für wichtig. Aber nicht schlimm. Für solche Fälle habe ich meine Geheimwaffe parat.

»Da!« Ich zeige Richtung Bär.

Ha, das haut den härtesten Opa um. Meiner flippt völlig aus.

»Hast du gerade ›da‹ gesagt? Hast du? Ja? Großer Gott! Du fängst an zu sprechen! Ich habe einfach ein Talent für Babyerziehung! Ich wusste es!« Er richtet sich zur vollen Größe auf und ruft: »Alle mal herhören, mein Enkel spricht!« Süß, der Mann.

Eine mandeläugige junge Dame schwebt auf Opa zu. Sie trägt ein Hemd, auf dem dasselbe Bild drauf ist wie draußen am Haus. Außerdem hat sie betörend langes, schwarzes, glattes Haar.

Opa nuschelt mir ins Ohr: »Donnerwetter! Die ist ja blutjung! Was kann die schon wissen über Babys?«

Opa betont das Wort blutjung so komisch, und seine Stimme klingt plötzlich sanft. Dieses »blutjung« klingt komisch, kann aber nichts Schlechtes sein.

»Wie kann ich Ihnen helfen, mein Herr?« Diese blutjunge Frau lächelt abwechselnd mich und meinen Opa an. Offenbar geben wir ein super Team ab. Ich halte ihr Hasi entgegen. Opa ist total sprachlos. Entweder wegen dieses Blutjungseins oder weil Opa es nicht gewohnt ist, so höflich und hilfsbereit angesprochen zu werden.

»Hast du aber einen feinen Hasi!« Jetzt strahlt die Dame mich an. Diese Augen! Ich kann nicht anders und strahle zurück.

»Das«, beginnt mein Opa und hält inne, damit seine Worte die richtige Wirkung entfalten können, »ist mein Enkel Finn. Ich habe vor, alles neu für ihn zu kaufen. Alles. Mein Name ist Semmelmann. Doktor Semmelmann. Und Sie sind Frau, äh –« Die Verkäuferin zeigt den erwünschten Grad der Beeindruckung, während mein Opa sich zu ihrem Busen hinunterbeugt, um ein kleines Schild zu lesen. Ich persönlich hätte mir ja eher den Busen angeguckt. Da kommen schöne Erinnerungen hoch! Ach, meine Mama hat die schönsten Brüste! Irgendwie bekomme ich plötzlich Hunger.

»Frau Ö- äh, Özil?«

»Özcan. Mein Name ist Özcan. Ich spiele kein Fußball!« Sie lacht so hinreißend, dass ich befürchte, dass mein Opa gleich in Ohnmacht fällt, mir wird auch schon ganz schwindelig …

»Entschuldigung. Mein Türkisch lässt zu wünschen übrig. Verzeihung. Äh, Frau Özcan, ich brauche Babysachen.« Er macht eine Pause, wird rot und fügt hinzu: »Mein Enkel braucht natürlich die Babysachen.«

»Natürlich, Doktor Semmelmann. Ich helfe Ihnen gerne das Richtige zu finden.«

Da Opa nicht weiß, was genau er kaufen soll, beginnen wir gleich da, wo wir sind. Bei den Wickelkommoden. Blaue, Weiße, Rosafarbene. Welche mit Tieren drauf oder mit Störchen. Ich bin erstaunt. Zu Hause hat Papa für mich einfach ein Brett auf eine alte Truhe genagelt. Fertig. Ob hier keiner diesen Trick kennt?

Mit zweifelndem Blick nähert Opa sich einer Wickelkommode, die Frau Özcan aufs Geratewohl anbietet. Ich glaube, sie ist sich nicht ganz sicher, was genau Opa im Sinn hat. Der jedenfalls haut einmal fest drauf, dass alle im Ladengelände zusammenzucken, und sagt: »Das ist nicht gut verarbeitet. Mein Enkel darf nur auf bester Qualität gewickelt werden. Der Junge ist nämlich was ganz Besonderes!«

»Verstehe«, sagt Frau Özcan freundlich und nimmt den gigantischen Schreibblock entgegen, auf den Opa alles mit Ninfa notiert hat, was für mich angeschafft werden soll. Ich glaube, sie ahnt, dass der tolle selbstgemachte Krakel auf dem Block von mir persönlich ist, denn sie zwinkert mir zu.

»Wir haben auch ganze Zimmer, wenn Sie mal schauen wollen, Herr Doktor. So wie ich das sehe«, sie zeigt ein wunderbares Lächeln und tippt mir auf die Nase, »wird dein Großvater für dich heute den Laden leer kaufen.«

»Aha. Ganze Zimmer klingt gut!« Opa schreitet neben ihr her, dass das blutjunge Ding richtig trippeln muss.

Wir erreichen eine Etage, in der lauter gigantische, riesige Puppenzimmer aufgebaut sind.

»Das ist schon besser.« Opa ist erleichtert. Wieder gibt es den Hau-drauf-Test. Dieses Mal wird er bestanden.

»Wir liefern und bauen auch auf.«

Opa wirkt immer zufriedener. Und ich bin einfach nur erleichtert. Ich kann mich nämlich noch an dieses seltsame Schränkchen erinnern, das mein Papa mal zusammengezimmert hat, nachdem wir es als kleines Paket gekauft haben. Die Schubladen lassen sich bis heute nicht öffnen.

»Dann nehmen wir dieses Ensemble. Das scheint mir sehr repräsentativ.« Die Verkäuferin nickt höflich.

»Oder ist das zu wenig?«

»Vielleicht noch einen Schaukelstuhl?« Sie zeigt auf ein schönes Modell mit dicken Plüschkissen.

»Was soll mein Enkel mit einem Schaukelstuhl?«

»Ich dachte eher für Sie.«

»Für mich? Aber hören Sie mal, ich habe ein eigenes Zimmer!«

»Zum Vorlesen?« Frau Özcan denkt praktisch.

»Ah. Natürlich, natürlich. Zum Vorlesen. Fabelhafte Idee, Frau Özil, äh, Özcan. Ich brauche dann gleich auch noch einen Meter Vorleselektüre.«

Im Laufschritt folgen wir der jungen Dame zu den Büchern. Na, alle Achtung! Es gibt ja eine ganze Menge davon.

»Erziehung ist organisierte Verteidigung der Erwachsenen gegen die Jugend!«, ruft Opa plötzlich so laut auf, dass ich zusammenzucke. »Humanistische Bildung, junge Dame, ist das Wichtigste. Wir haben in unserer Jugend noch auswendig gelernt. Und gelesen! Liest Ihre Generation überhaupt noch? Ich meine Bücher, nicht Handy.«

»Oh, leider, nein, Herr Doktor. Wir lesen nur Handy. Zum Glück kann man allerdings auch Mark Twain, den Sie soeben so treffend zitiert haben, auf das Handy herunterladen. Hier. Tom Sawyer.«

»Aha.« Opa streicht sich den Bart links, dann rechts. »Der Punkt ging an Sie, junge Dame.«

Die Verkäuferin deutet eine kleine Verbeugung an, die meinem Opa gefällt, denn er kichert leise.

»Ich will meinem Enkel unbedingt zeigen, dass Lesen ganz wunderbar ist. Verstehen Sie. Ich bin dahingehend für seine Erziehung zuständig. Seine Mutter ist eher schwierig. So wild, so ungeschliffen und so gegen die Gesellschaft.«

»Oh, soll ich dann besser Pippi Langstrumpf wieder aus dem Einkaufswagen nehmen?« Die Verkäuferin zwinkert mir zu. Opa lacht daraufhin dröhnend. Ich glaube, er kauft ab jetzt nur noch hier ein.

Auf dem Weg zur Kasse bleibt mein Opa plötzlich abrupt stehen und zeigt auf den Teddy: »Der muss auch mit. Mein Enkel hat zu ihm ›Da!‹ gesagt. Der muss mit!«, verkündet er sachlich.

Allerdings führt diese unerwartete Kaufbegeisterung dazu, dass der Geschäftsinhaber persönlich erscheinen musste, weil die arme Verkäuferin darauf beharrte, dass der Teddy ein Einrichtungsgegenstand des Geschäftes sei und keinesfalls zum Verkauf stehe. Aber Frau Özcan hat letztendlich ein Herz für Opa. Und vor allem für mich. Ich freu mich so; endlich hört mal jemand auf mich. Und außerdem passt der riesige Teddy gut zu den Elefanten.

Es war etwas mühsam, das Ding ins Auto zu bugsieren, denn Opa hat darauf bestanden, dass wir den gleich selbst mitnehmen. Aber zwei junge Damen haben uns auf dem Parkplatz geholfen. Der Rest wurde kurz darauf geliefert. Eine Horde Handwerker müht sich gerade mit dem Aufbau.

Ninfa hat einen Lachkrampf bekommen beim Anblick des Einkaufsvolumens und kann sich seit Stunden nicht wieder einkriegen. Ich bin echt k. o. von der ganzen Aufregung und liege im Wohnzimmer auf eine Decke, auf dem schönen Ledersofa. Ich mag den Geruch des Sofas. Ein bisschen Leder und ein bisschen Herrenrasierwasser. Die Handwerker schnaufen schwer beim Tragen.

Ninfa macht schnell die Wohnzimmertür zu und setzt sich wieder zu mir. Sie flüstert ein paar Worte, dann ist es im Raum herrlich still. Man hört nur das Gluckern meiner Milchflasche. Ich liebe solche Momente. Es ist, als würden sich meine Ohren entspannen und nur noch ganz, ganz leise summen. Als würden sie schon mal vorschlafen.

»Habe fertig. Flasche leer«, sagt Ninfa und lacht leise in sich hinein, als habe sie sich einen Witz erzählt, den sie noch nicht kannte. Sie setzt mich sanft auf und reibt mir den Rücken. Wir gucken in den Garten. Da ist die Katze. Aber ich bin zu müde zum Winken.

Ninfa summt leise weiter.

Da die Handwerker noch nicht fertig sind, darf ich in Opas Bett schlafen. Ninfa bringt mich nach oben. Opa wartet schon und zeigt auf meine Decke und eine Spieluhr, die schon spielt. Ninfa zieht mir den Schlafsack an. Opa setzt sich neben mich und blättert in einem der vielen Bücher, die er gekauft hat.

»Hier, kleiner Mann, das sind genau die Sachen, die dein Opa, als er noch klein war, gesungen hat.« Er flüstert, weil Ninfa ihm das so aufgetragen hat. Anschließend blättert er etwas und singt ganz leise: »Mein Kindchen ist fein – könnt schöner nicht sein – es hat mir versprochen – sein Herzchen g' hört mein.« Er seufzt. Ich glaube, Opa hat wieder eine Träne im Auge, aber bevor ich mich darum kümmern kann, muss ich dringend schlafen.

Nach dem Aufwachen, Opa liegt neben mir und schnarcht, will ich mal selber versuchen, mich auf meine Beine zu stellen. Ich mag es nicht, wenn alle zugucken und richtig alleine lässt man mich ja nie, wie gesagt. Offenbar sind alle hier ganz wild da drauf, dass ich laufen lerne. Ich wühle mich aus dem Schlafsack, versuche mich hinzustellen und falle prompt vom Bett.

Ups.

Vor dem Bett hatte Ninfa vorsorglich einen Stapel Kissen deponiert. In dem stecke ich nun der Länge nach drin. Toll hier. Hasi? Komm runter. Spring, nun mach schon, du Angsthase! Schnell grapsche ich ihn, und los geht es. Toll. Mal ganz alleine was machen. Das gab es ja noch nie! Da das Krabbeln einfach die schnellste Art der Fortbewegung ist, geht's zunächst auf allen vieren los und ab aus dem Zimmer. Der Flur ist etwas düster. Und lang. Er ist einfach zu lang zum Laufenlernen, beschließe ich, und krabble zur Treppe, die vor der angelehnten Tür anfängt und sich nach unten schlängelt. Im Erdgeschoss höre ich Ninfas Flimmerkiste in der Küche singen. Aber in einer anderen Sprache. Ninfa höre ich auch klappern. Es klingt wie etwas mit Musik, die Papa immer hört. Wenn ich sie jetzt rufe, ist sie bestimmt gleich da. Okay, kurz Daumenlutschpause und Treppe ein bisschen angucken. So. Fertig. Jetzt rufen.

»Naaaa?«

»Finn?« Ninfa läuft unten aus der Küche heraus, dreht sich panisch auf ihren Absätzen um (ich höre sie quietschen) und steht dann augenblicklich schreiend am Fuße der Treppe.

»Finn!«, brüllt sie und hechtet die Treppenstufen hinauf. Plötzlich steht Opa neben mir, und eine ganze Horde in blauen Latzhosen gekleidete Handwerker kommen auch dazu.

Die sind bestimmt alle ganz schön stolz, dass ich ganz allein hierhergekommen bin.

Während sie mich auf den Arm nimmt, schüttet Ninfa eine ganze Menge spanischer Schimpfwörter über meinen völlig verdatterten Opa aus.

Dauert etwas, bis sie fertig ist.

Dann werde ich anständig von Opa und Ninfa geknuddelt. Beide überprüfen mehrfach, ob ich irgendwelche körperlichen Schäden davongetragen habe. Und zum Schluss mault Ninfa die Handwerker an, dass sie sich beeilen sollen. Die nehmen sich das offenbar sehr zu Herzen und verschwinden.

»Morgen gehe ich gleich früh in den größten Baumarkt von Berlin und kaufe Kindersicherungen! Überall Kindersicherungen!«, ruft Opa hinter Ninfa her. Ich glaube, er will sie beruhigen.

## 4

## Wer hat Angst vorm bösen Mann?

Opa und Ninfa streiten sich in der Küche, während ich die Reste des Morgenbreis sorgfältig verrühre. Ich finde das sehr unterhaltsam, wenn jeder den anderen mit ganz vielen Wörtern einschüchtern will. Ninfas Lieblingssatz ist: »Sie sehen ja Farben!«, was sie damit meint, ist mir noch ein Rätsel, aber es klingt gut. »Ihre Ideen, el doctor, sind, bei allem Respekt vor Ihrem Alter, nicht normal. Sie haben eine Meise! Jawohl! Eine Meise.«

Dabei lerne ich auch ständig Neues über meinen Großvater. Zum Beispiel dachte ich immer, er würde keine Tiere mögen. Nur Rosen!

»Aber Frau Ninfa! Wie können Sie so was sagen!«

»Ich kann noch viel mehr sagen!« Sie wedelt mit dem Geschirrtuch. »Dime con quien andas y te diré quien eres.«

Opa reißt die Augen auf und sieht ganz hilflos aus.

»Äh, mein Spanisch ist immer noch etwas eingerostet!«

»*Sage mir, mit wem du gehst, und ich sage dir, wer du bist.* Will heißen: Wenn Sie Ihren Finn diesem, diesem Cabrón überlassen, diesem Fiesling, dann wundern Sie sich nicht, wenn das Goldstück nicht mehr glänzt.«

Beide schweigen. Ninfa atmet schwer.

Opa hat es nicht leicht, glaube ich. Sein »Vermutlich ist

es Ihrer Aufmerksamkeit entgangen« ist natürlich nicht halb so anschaulich wie Ninfas schöne spanischen Sätze, die so wunderbar rollen und grollen.

Ninfa dreht sich jetzt so schwungvoll um, dass es einen Luftzug gibt, und dreht die Flimmerkiste derart laut, dass Opa gar nicht erst versucht, noch etwas zu sagen. Diese interessante, offenbar spanischsprechende Flimmerkiste, die immer an ist, macht Ninfa zur Königin der Küche. Vor allem hat sie eine enorme Lautstärke. Das ist der Wahnsinn. Nicht mal alle Kindergartenmädels zusammen könnten so laut kreischen.

Opa gibt auf. Er steht stumm da und schaut erst mich, dann die Flimmerkiste an.

Da sind zwei bildschöne Menschen zu sehen, die schluchzend an einem Strand in den Sonnenuntergang starren. Ich versuche, schlau daraus zu werden. Geht nicht.

Mama sagt, Fernsehen macht dumm. Ich glaube, in Wahrheit verwirrt Fernsehen nur so, dass die Menschen, die davor sitzen, dumm aussehen. Wie Papa, wenn er heimlich auf sein Handy guckt.

»Frau Ninfa, ich wollte doch nur …« Opa nimmt einen neuen Anlauf.

»Schschschscht!«, unterbricht sie ihn erbost. Witzigerweise lassen beide die Flimmerkiste dabei nicht aus den Augen. Erst dachte ich, die reden mit den Leuten, die da drin sind. Das würde zumindest die Handlung in der Kiste etwas klarer machen. Aber nein, Ninfa und Opa streiten wegen mir. Nur bin ich mir nicht ganz sicher, worum es genau geht.

»Der Enkel meines ehemaligen Chefs, der –« Opa kann ganz schön hartnäckig sein. Ninfa aber auch. Sie wedelt wieder mit dem Geschirrtuch, und ich wedle schnell mit Hasi. Keiner sieht mich. Ich werfe Hasi. Keiner bückt sich.

»El hijo del gato, ratones mata.«

»Bitte?«

»Wie der Vater, so der Sohn!«

»Es ist doch gar nicht bewiesen, dass ...« Ninfa wedelt wieder, dann zeigt sie drohend auf Hasi, auf dem Boden. Opa bückt sich schnell, und ächzt.

»Er hat diese Augen! Und dieser Enkel! Seine Augen sind noch schlimmer! Er ist ein Idiot!«

»Vielleicht braucht er einfach nur eine Brille. Wie dem auch sei, es ist beschlossene Sache. Kann ich jetzt darauf bauen, dass Sie sich wieder in den Griff bekommen? Und legen Sie um Himmels willen dieses Handtuch weg! Ich will, dass sich der Idiot – ich meine natürlich: der Enkel – hier wohl fühlt! Sie machen mich schon ganz kirre!«

»Das ist kein Umgang für meinen Prinzen!« Ninfa pikst mit ihren langen Fingern Opa auf die Brusttasche.

»Oh, doch! Bereits im Sandkasten ist entscheidend, mit wem man spielt. Beziehungen sind in dieser Welt alles. Finn wird mit meiner Hilfe Karriere machen, jawohl. Und wir sollten Gott danken, dass ich ihm diese Möglichkeiten eröffnen kann.«

»Aber el doctor Semmelmann! Das Kind, von dem Sie da reden, sieht aus wie ein Affe! Genau wie ein Affe! Oder ein Frettchen.«

»Bitte?«

»Und der Affenvater ist ein Krimineller!«

»Ich verbitte mir diese Worte, Frau Ninfa!«

»Maria und Josef, warum muss der arme Finn mit einem Affen-Frettchen spielen!«

»Frau Ninfa, sie haben da nicht den Überblick!«

Wutschnaubend wirft Ninfa das Geschirrtuch auf den Boden. Sie grollt. Dass Opa es aber auch so gar nicht raushat, wie man mit Frauen umgeht. Er sollte mir einfach mal aufmerksamer zusehen. Für mich sind die Frauen ein offenes Buch. Zum Beispiel jetzt. Ninfa will etwas nicht. Also sollte man nicht darauf beharren, da sie sonst zu allem fähig ist. Und das kann unschön enden. Und Kuchen gibt es dann auch nicht. Also lieber bleibenlassen und Thema wechseln. Fertig.

Lachend haue ich auf den Tisch.

»Oh, sehen Sie, wie er lacht!« Ninfa strahlt übers ganze Gesicht und drückt mich an sich. »Möchte mein kleiner Prinz ein klitzekleines Stück Kuchen?«

Siehste Opa, so geht man mit Frauen um.

Ich erwache aus meinem Mittagsschlaf, der wieder mal viel zu kurz geraten ist, weil aus dem Garten entsetzliches Geheule zu mir emporschallt. Ganz vorsichtig öffne ich die Augen und denke im ersten Moment, dass Mama an meinem Bettchen steht, dann erkenne ich, dass es Ninfa ist. Komisch, ich habe noch nie jemanden mit meiner Mama verwechselt. Aber sie sind sich so ähnlich, ohne dass sie irgendwie gleich aussehen.

»Pscht! Nicht aufwachen, mein Prinz, sonst musst du mit diesem schrecklichen Affen-Frettchen spielen!«

Zu spät, Opa steht im Türrahmen. Er beugt sich über mein Bett, und ich sehe sein liebes Gesicht. Er lächelt, aber es wirkt etwas gequält. Ich strecke ihm meine Hand hin.

Opa, ich weiß, du möchtest jetzt wieder unbedingt mit mir spielen, stimmt es? Aber ich muss doch auch mal Pause haben. Ich bin noch müde.

Denke ich gerade wie meine Mama?

Nein, die spielt ja gerne mit mir.

Hoffe ich.

»Ah, endlich wach, kleiner Mann? Opa hat dir einen neuen Spielkameraden besorgt.«

»Bäh!« Ninfa schmollt. »Außerdem ist Finn noch ganz müde. Sie lassen ihm nicht genug Mittagsschlaf. Ein Kind braucht Schlaf.«

»Seien Sie nicht so streng! Und dann helfen Sie mir bitte gleich im Garten. Ich fürchte Frettchen, äh, Ferdinand hat allzu heftig mit den Spielsachen herumgetollt.« Opa klopft Ninfa vorsichtig auf ihre breiten Schultern, dann eilt er aus dem Raum, weil das Geschrei aus dem Garten immer weiter anschwillt.

Ich ahne Böses.

»Dieser Ferdinand (ausgiebiges R-Rollen bedeutet eindeutig Missfallen) ist ein Schakal! Ich kann es nicht anders sagen. Er ist ein hässlicher Affen-Schakal! Weißt du, was er getan hat, als er deinen großen Teddy unten in der Halle gesehen hat? Er hat geschrien und geschrien und geschrien, dass er ihn haben will. Als dein Großvater ihn nicht hergeben wollte, hat der kleine hässliche Zwerg versucht, den Teddy kaputtzumachen. Einen der Elefanten hat er zumindest kaputtbekommen!« Ninfa hat mich aus dem Bett gehoben und gewindelt. Jetzt zieht sie mich an. Ich höre ihr und ihren rollenden Rs gebannt zu, während ich zusehe, wie meine Beinchen und Ärmchen in flauschigen Stoff geschoben werden. Zum Schluss drückt sie mich fest, als würde ich auf eine Weltreise gehen.

»Pass gut auf dich auf, Finn! Aber um die Elefanten ist es nicht schade, die sind nicht schön. Die stauben nur zu.« Echt? Die Elefanten fand ich gerade so super. Na, das Frettchen kann was erleben!

In der Küche gibt es Apfelmus und Milch. Das tut gut.

»Sei vorsichtig, wenn du mit dem da draußen spielst!«

Ich bin aufs Schlimmste gefasst. Ehrlich gesagt, hab ich plötzlich so ein neues, so ein komischen Gefühl. Nicht gut. Bislang hab ich gedacht, es kann mir gar nichts Schlimmes passieren, aber jetzt denke ich doch, dass ich da draußen im Garten ganz alleine einem Ungeheuer gegenüberkrabbeln muss.

Ganz alleine! Das war doch noch nie so!

»Kommen Sie jetzt, bitte?« Opa steht in der Tür. Ninfa grollt, wischt mir den Mund sauber und hebt mich hoch.

»Attacke!«, ruft sie und schwenkt Hasi wie eine Fahne. Und schon stürzen wir uns in den Kampf. Im Garten.

Das ist er also.

Frettchen Ferdinand-Clemens.

Mein Magen zieht sich zusammen, und was soll ich sagen? Dieser Ferdinand-Clemens sieht WIRKLICH aus wie ein Affen-Frettchen. Egal, wie ein Affen-Frettchen aussieht!

Ohne mich eines Blickes zu würdigen, spielt er mit meinem nigelnagelneuen Bobbycar, dessen Hinterrad schon bedenklich wackelt.

Warum macht er das kaputt? Das darf nicht sein! Ich nehme Hasi fest in den Arm, als Ninfa mich auf eine große Decke setzt, die man in der Nähe des Teichs ausgebreitet hat. Mein neues Spielzeug ist wahllos im Garten verstreut. Auf dem schönen, grünen Rasen liegen in regelmäßigen Abständen abgerupfte Rosenblätter herum. Offenbar hat das Frettchen schon ganze Arbeit geleistet und die Rosen haben sich kräftig gewehrt. Ich sehe Pflaster an Armen, Händen und Knien meines Besuchers. Geschieht ihm recht.

Opa sieht ziemlich bekümmert aus und versucht verzweifelt, mich vorzustellen. Das Frettchen hört aber gar nicht hin, sondern wirft gleich mit Klötzchen nach mir, nach Opa und allem, was irgendwie in Reichweite ist.

Nachdem sein Opa ihm halbherzig alle Distanzwaffen aus den fetten Fingern gewunden hat, kommt er auf seinen dicklichen Beinchen zu mir gewankt. Plötzlich verzerrt er sein Gesicht zu einem fiesen Grinsen und beginnt zu kreischen:

»Finn! Finn! Finn!« Es klingt, als wolle er mich verhaften. Aber ich tue doch gar nichts. Ich sitze nur hier.

»Finn!«, brüllt er mit so viel Kraft, dass ich berechtigte Hoffnung habe, er platzt gleich. Aber den Gefallen tut er uns leider nicht.

In mir ist da schon wieder dieses mulmige Gefühl. Um mich ein bisschen zu beruhigen, fange ich an, am Daumen zu nuckeln. Warum hilft mir denn keiner?

Opa und der andere Großvater stehen in der Nähe. Sie haben beide die Hände vor dem Bauch verschränkt und unterhalten sich über was, was ich nicht verstehe.

»Ich bin einfach zu der Ansicht gelangt, Herr Professor Müller, dass –«

»Nein, nein, das sehen Sie falsch, Doktor Semmelmann!«

»Aber die Fakten?«

»Was sollen das für Fakten sein?«

»Nein, nein. Ich bleibe beim Nein. So geht das nicht.«

»Vielleicht ist es noch nicht ganz ausgereift!«

»Ganz sicher nicht! Aber Sie sind einfach zu leichtgläubig, Doktor Semmelmann.«

»Wie bitte?«

»Ihre Fakten SIND gar keine Fakten.«

»Aber natürlich!«

»Andere sagen was anderes.«

»Andere? Andere sagen immer was anderes!«

Ganz ehrlich, ich glaube, Opa hat ähnlich viel Spaß mit dem Typen wie ich mit diesem Frettchen, das mich weiter bedrohlich anstarrt und dann an mir vorbeistapft. Ich werfe Ninfa einen erleichterten Blick zu. Erst lächelt sie zurück, doch dann macht sie ein ganz erschrockenes Gesicht. Nanu? Was ist da los? Zu spät bemerke ich, dass das Gastfrettchen sich von hinten an mich herangeschlichen hat und sich jetzt meinen Hasi packt. Mein Hals wird plötzlich innen so eng. Das tut richtig weh. Mein Hasi! Hilfe! Mein Hasi! Tu doch einer was!

Das Frettchen krakeelt siegessicher: »Teddy! Teddy!«, und wedelt mit meinem völlig verdutzten Hasen herum. Innerhalb einer Sekunde stehen Ninfa und Opa neben ihm:

»Gib das wieder her!«

»Jungchen, gib das blaue Ding wieder dem lieben Jungen!«, ergänzt der Opa-Professor lahm.

Zu spät. Das bösartige Schakal-Frettchen wirft meinen treuen Hasi mitten in den Teich.

»El doctor!«, brüllt Ninfa und zeigt auf das schaukelnde, zwischen den Seerosen treibende Plüsch. Opa ist genauso entsetzt wie ich. Den Fremdopa scheint das hingegen irgendwie nicht zu verwundern.

Aber das geht doch nicht! Mein Hasi! Ich heule auf.

Halte durch! Ich schicke Rettung! Nein, ich komme selbst!

Eilig krabble ich zur wackeligen Teichmauer, die nicht sonderlich hoch ist. Ich kann gut hinüberschauen, aber Hasi treibt zu weit in der Mitte des Teiches. Da komme ich nicht ran!

Hilfe! Feuerwehr! THW! Nationalgarde!

Währenddessen johlt das Frettchen freudig vor sich hin.

»Teddy im Wasser, Teddy im Wasser!« Er ist einfach nur doof.

Du Klotzkopf! Wenn ich dich in die Finger bekomme!

Obwohl ich jetzt, in diesem Augenblick, das erste Mal in meinem Leben herumlaufen können möchte, bleibt mir nichts, als nur stumm die Augen aufzureißen und dem Grauen zuzusehen. Mein Hals ist wie zugeschnürt, und ich beginne immer verschwommener zu sehen. Ich weine. Jetzt werde ich von Ninfa gegriffen und hochgehoben. Sie geht ein paar Schritte weg vom Wasser, was ich aber gar nicht will. Ich will Hasi sehen! Ich zeige verzweifelt auf den Teich. Opa stemmt entrüstet die Hände in die Hüften und sieht seinen Gast und dessen Frettchen-Enkel streng an.

»Das kann schon mal passieren. Ist ja nur ein blauer Waschlappen«, wiegelt Professor Müller gelangweilt ab.

Bitte? Das ist Hasi, Sie Trottel!

Ohne ihn kann ich nicht leben, nicht einschlafen, nicht denken!

Mir laufen dicke Tränen über die Wangen, und es ist kein Hasi da, um sie wegzuwischen. In Ninfas Inneren grollt es gewaltig.

»Maria und Josef! Das Frettchen kann was erleben, das verspreche ich dir, Finn«, sie wischt mit ihrem frischen Geschirrhandtuch über mein Gesicht. Aber es kommen immer mehr Tränen.

Mittlerweile hat sich das Frettchen auf mein Bobbycar geschwungen und ist zum Teich gerollt, um dem langsam herabsinkenden Hasi nachzuschauen. Juchzend vor Freude wummert er mit den Vorderrädern in einer entnervenden Gleichmäßigkeit gegen das Teichmäuerchen.

Der sieht bestimmt Farben! Ninfa hat recht!

»El doctor?« Ninfa zupft Opa am Ärmel und deutet Richtung Unglücksstelle. Noch immer steht Opa wie angewurzelt da.

Das Killer-Frettchen klettert auf die Mauer und schaut in aller Seelenruhe dem Todeskampf meines Freundes zu.

Ich strampele wie wild auf Ninfas Arm und will endlich runtergelassen werden, um mich auf Ferdinand-Clemens zu stürzen.

Der steht noch immer auf der Mauer. Direkt hinter ihm steht das Bobbycar. Das kleine Mäuerchen knirscht leise unter den dicken Frettchenfüßen.

Plötzlich durchzuckt mich ein Gedanke: Frettchen, Mauer, wackelig, Bobbycar.

Was fehlt, ist ein bisschen Entschlossenheit. Ich wische mir ein letztes Mal das Wasser von den Augen und schenke Ninfa mein strahlendstes Lächeln. Sie blinzelt mir zu und setzt mich auf den Boden. So schnell, wie ich niemals zuvor gekrabbelt bin, lege ich los.

»Schnapp ihn dir, Tiger!«, höre ich Opa zischen. Und schon bin ich am hinteren Teil des Bobbycars angekommen. Das Frettchen ist ahnungslos. Ich stemme mich hoch, das Bobbycar steht perfekt.

»Sehr gut.« Ninfas Stimme hat diese satte Zufriedenheit, die einen überkommt, wenn ein Plan nur funktionieren KANN.

Mit ganzer Kraft zieh ich mich hoch und stelle mich hin. Mein Blick fällt auf den Teich, von Hasi ist nur noch die Spitze eines Ohres zu sehen. In mir brodelt die Wut. Innerlich nehme ich Anlauf, hole tief Luft und brülle, so laut ich kann: »Daaaaaaa!«, brülle ich. Entsetzt dreht sich das Frettchen zu mir um, während ich im selben Moment das Fahrzeug gegen die Mauer wummse. Für den Bruchteil einer Sekunde ist alles still. Dann deutlich vernehmbar ein Knirschen, das immer lauter wird. Das Frettchen kippt wie in Zeitlupe Richtung Wasser, überrascht, dass ihm so was passieren kann.

»Ah!« Er rudert mit den Armen. Die Mauer poltert. Ein Ziegel löst sich. Das Frettchen rudert immer wilder und fällt und fällt und fällt.

Platsch. Der Länge nach.

Jawoll!

»Um Gottes willen!«, brüllt der Professor.

»Na ja. Das konnte ja jetzt keiner ahnen.« Opa hat Mühe, sich das Grinsen zu verkneifen, ist dann aber erstaunlich fix zur Stelle und packt den Fremdkörper, den nicht mal die Fische fressen würden, am Hosenbund, zieht ihn aus dem Wasser und drückt ihn unwirsch dem verdutzten Professor in den Arm.

Dann watet er in den Teich und greift mit beiden Armen schultertief ins Wasser.

»Oh, doctor, Sie machen sich ganz nass«, säuselt Ninfa voller Anerkennung.

»Ich bin ja nicht aus Zucker«, brummt er mit blitzenden Augen. Dann hält er triumphierend Hasi in die Höhe.

Liebevoll wringt er ihn aus und schlingt ein großes Stofftaschentuch um meinen kleinen Havarie-Hasen, bevor er ihn mir vorsichtig in den Arm legt. Ninfa steht strahlend neben uns und summt »Alle meine Entchen«. Nicht witzig.

Dann dreht sie sich zu unseren tropfnassen Gästen um, macht eine majestätische Geste und donnert: »Professore, verlassen Sie das Gelände bitte mit diesem, diesem (ihre gute Erziehung siegt nur knapp) KIND durch das Gartentor. Ich will keine Flecken auf dem Teppich im Haus!«

Das Projekt mit dem standesgemäßen Freundeskreis legt Opa nun sicher erst mal ad acta.

Und ich habe Hasi wieder! Ich dachte, er wäre für immer fort! Ich bin so erleichtert, dass mir doch wieder die Tränen kommen.

»Na, na!« Opa wirkt unbeholfen, ja fast ängstlich, als er zu mir herunterblickt. Ich strecke ihm meine Hand hin.

Opa, du bist mein Held!

»Schscht. Alles ist wieder gut!«, höre ich Ninfa. Sehen kann ich nun gar nichts mehr, weil ich so weinen muss.

»Wie bekommen wir denn den Kleinen wieder beruhigt?«, flüstert Opa.

»Ein warmes Bad würde dem Jungen guttun. Und Ihnen auch, el doctor. Hier, nehmen Sie den kleinen Prinzen. Ich lasse schon mal heißes Wasser einlaufen.«

Opa brummelt und drückt mich ganz fest an sich.

»Alles wieder gut, kleiner Mann? Opa hat Mist gebaut. Wer konnte auch ahnen, dass dieser dicke, dumme Bengel so ein – so ein –« Opa sucht nach Worten.

Frettchen? Mistkäfer? Schakal?

»– Crétin ist!«

Was immer das ist, es hört sich sehr passend an.

Eine Stunde später sitzen Ninfa, Opa und ich auf einer dicken Decke gemütlich im Keller auf dem Fußboden vor der Waschmaschine. Die macht sssrsssrsssr. Ab und zu taucht Hasi aus dem Strudel aus Schaum und Wasser am Bullauge auf. Opa meint, er habe mächtig Spaß da drin. Trotzdem bin ich erst wieder richtig, richtig froh, wenn Hasi mit diesem Spaß fertig ist.

Ich habe bereits meinen frisch gewaschenen und gebügelten Schlafanzug (mit stimmungsaufhellenden Hasenapplikationen) an und bin in eine der neuen Hasen-Kuscheldecken gehüllt. Und rieche gut. Ich war nämlich eben noch mit Opa in der Badewanne. Das war sehr lustig, weil Ninfa offenbar Opa nicht nackig baden sehen darf und deswegen die Augen zuhalten musste, als sie uns Handtücher brachte. Und einen großen Wischeimer. Und viele Aufnehmer. Opa hatte vorher schnell noch zum Baden seine uralte Badehose angezogen. Das war so witzig. Und dann haben wir ganz viel Schaum gemacht. Mann, sah das Badezimmer danach aus!

Ich rieche jetzt wie Opa.

»Das ist aber kein guter Badeschaum für Kinder! Der Prinz könnte Augenbrennen bekommen!« Ninfa war sehr skeptisch, als sie vor der Tür stand und zuhörte, wie wir in die Wanne kletterten.

»Soll ich helfen, el doctor?«

»Äh, das geht ja schlecht.«

»Sie haben doch was an!«

»Äh, na ja. Ups, der Junge ist glitschig.« Vertraute Stimmen hören sich übrigens in Badezimmern immer alle ganz anders an.

»Ich komme jetzt wieder rein, el doctor!« Sie grinste breit. Das konnte ich sehen, obwohl sie immerzu ihre Hand vor ihre Augen gelegt hatte, weil es wohl nicht üblich ist, bei Opa im Badezimmer zu sein und Opa beim Baden zuzusehen.

»Wir haben gar kein Haarwaschmittel im Haus. Aber bis vor kurzem hatten wir ja nicht mal Haare im Haus!« Das gab lautes Gelächter. »Morgen gehen wir gleich los und kaufen was.« Das Einkaufen kenne ich! Das kann viel Einkauf werden! Sehr viel Einkauf!

Opa hatte mittlerweile ganz gut raus, wie er mich im Wasser auf eines seiner Beine setzen musste, damit ich nicht wegflutsche. Dann hat er mir die Haare gewaschen. Wie Mama. So ganz vorsichtig. Und voller Bewunderung für meine Locken.

»Opa hätte auch gerne so schöne Locken!« Ninfa lachte fürchterlich laut, und dann schwappte die erste Ladung Wasser raus.

»Aufgepasst, doctor!«, rief Ninfa und holte ganz schnell ganz viele Wischlappen.

Ich habe den ersten Schock meines Lebens, glaube ich, ganz gut überwunden. Wie oft werde ich das in meinem Leben noch durchmachen müssen?

## 5

## Ene mene Muh

Haltet euch fest bei dem, was ich euch jetzt sage: Jedes Kind hat nicht nur EINEN Opa, sondern ZWEI Opas! Ist das denn die Möglichkeit? Das nenne ich den wahren Luxus!

Opa zwei steht gerade mit Opa eins im Garten.

Das war so: Heute Morgen war eigentlich alles wie immer. Ich bin wie üblich viel zu früh aufgewacht, wurde noch im Halbschlaf gewickelt und dann in der Küche mit gesundem Zeug versorgt.

Im spanischen Fernsehen dieselben Leute beim Heulen, aber nicht am Strand, sondern am Flughafen.

Dann klingelte es plötzlich an der Tür, und Ninfa macht mit geübtem Handgriff den Ton an der Flimmerkiste aus. In letzter Zeit ist das eigentlich keine Seltenheit. Seitdem Opa den Home-Shopping-Kanal (im Wohnzimmer – die Küche kann nur Spanisch) guckt, klingelt es häufiger. Alles, was mein Großvater brauchbar für meine körperliche und seelische Entwicklung hält, wird bestellt. Telefonisch.

»Guten Tag, hier Doktor Semmelmann. Schreiben Sie mal auf, ich will was bestellen. Für meinen Enkel!« Das hört man dann durch das ganze Haus.

Zumindest hab ich nun einen Haufen Zeugs, das so kompliziert ist, dass Opa meist die kleinen Zettelchen, die dabeiliegen, nicht versteht. Das kann ja nur gut sein für meine Entwicklung, oder?

Es klingelt also an der Tür, Ninfa nimmt mich auf den Arm, um aufzumachen. »Mal sehen, was el doctor Semmelmann wieder für den kleinen Prinzen bestellt hat.«

Statt des Paketboten mit einem unförmigen Karton steht vor der Tür aber nur ein leicht staubiger älterer Herr in Jeanslatzhosen und Strohhut. Glücklicherweise hat Opa genug Bilderbücher gebunkert, dass ich den Herrn zweifelsfrei als Bauern identifizieren kann. Opa sagt übrigens statt Bauer immer »Landwirt«.

»Tagchen. Ich bin Opa Gunnar.«

»Bitte?« Ninfa drückt mich instinktiv fester an ihren Busen.

»Ja. Ich bin Opa Gunnar. Gregor, mein Sohn, hat angerufen. Ich soll meinen Enkel abholen. Mann, war das eine Kurverei hier durch Berlin. Mein Enkel sei hier nicht erwünscht. Ist er das? Was für ein prachtvoller, strammer Bube! Wie kann man den nicht haben wollen?«

Und du bist auch ein Opa? Ich dachte, die tragen alle Schlips?

»Du siehst aus wie dein Vater!«, lacht er, und dieser Opa Gunnar kann richtig, richtig gut lachen. Ich lache mit. Du kennst meinen Papa? Ich finde ja, DU siehst aus wie MEIN Papa. Nur etwas staubiger. Aber deine Stimme ist genauso sanft wie die von Papa.

»Da muss ein Missverständnis vorliegen!«, geht Ninfa scharf dazwischen und dreht sich schnell zur Seite, damit Opa Gunnar meine Hand nicht fassen kann, die ich ihm hinhalte. Ninfas Beschützerinstinkt ist etwas hyperaktiv, fürchte ich.

»Das klären wir schnell. Darf ich wohl mal reinkommen? Frau, äh?«

»Nein. Und mein Name geht Sie nichts an!« Nanu? Sonst ziert sie sich doch auch nicht so!

»Oh.« Der Opa ist irritiert. Genau wie mein Vater. Völlig hilflos, wenn andere Menschen nicht mitmachen wollen.

Hinter uns hört man Geraschel. Opa kommt mit Handschuhen und Lederschürze.

»Was ist hier los?«

»Ah!«, sagt Opa Gunnar fröhlich und reicht meinem verdutzten Erst-Opa die Hand. Der greift reflexartig danach und merkt dann, wie staubig die ist.

»Du bist sicher der bärbeißige Opa Wilhelm Semmelmann. Ich soll hier den kleinen Finn abholen, weil du ihn nicht haben willst. Zu mir kann er auf jeden Fall kommen. Auf meinem Hof ist 'ne Menge Platz und viele Tiere zum Spielen. Und gute Luft.«

»Wie war das? Bärbeißig?« Typisch Opa Wilhelm. Der bekommt immer nur Teile von wichtigen Mitteilungen mit. Wie war das mit den Tieren? Ich grinse den neuen Opa an und halte ihm Hasi hin.

»Oh, einen netten, blauen Teddy hast du!«

»Das«, sagt Opa schnippisch und nimmt mich aus Ninfas Arm, »… ist ein Hase! Und ich wusste nicht, dass wir uns duzen.«

»Nun mach mal halblang.« Der neue Opa kratzt sich verlegen am Kopf und verschiebt dabei keck den Strohhut in den Nacken. Er wirkt nicht so, als wolle er Streit haben.

Ninfa und Opa dagegen schon.

»Was ist denn DAS!«, schreit Opa plötzlich und zeigt auf das kleine Stück Weg von der Einfahrt zur Garage. »Was für ein Monster steht denn da in meinem Vorgarten?« Ein grasgrünes technisches Meisterwerk, das gefährlich dicht an einem Rosenbeet parkt.

Das kenn ich aus den Büchern! Super! Ein grüner Trecker! Aber was für einer! Ich wedele begeistert mit Hasi.

»Gefällt er dir, Jungchen?« Opa Gunnar lächelt mich strahlend an.

»Was DAS ist? Das!«, äfft er den Tonfall meines Opas nach, »das ist mein neuer Trecker. Hat mich eine Stange Geld gekostet, aber der hat ganz viele Reifen, damit er die Erde durch sein Gewicht nicht so verdichtet. Mit GPS! Willste mal fahren? Gehörst ja quasi zur Familie, Dickerchen!«

Die Reifen sehe ich! Die sind ja fast so hoch wie das Haus! Nur leider sehe ich auch, dass »Dickerchen« nicht unbedingt der Titel ist, mit dem mein Opa angesprochen werden will. Aber wie Mama schon immer gesagt hat, Männer können nicht strategisch denken. Lieber zanken, das macht wohl einfach mehr her.

»Wie war das?« Ich werde Ninfa wieder in den Arm gesetzt, da mein Opa die Arme frei haben muss, um wütend damit in der Luft herumzufuchteln.

»Sie kommen hierher und sagen einfach Dickerchen zu mir?« Opa bebt.

»Reg dich doch nicht auf, war nicht böse gemeint!«

»ICH REGE MICH NICHT AUF!«

Opa will gerade so richtig loslegen, da unterbricht ihn Opa Gunnar: »Willste mich nicht endlich reinbitten?« Er guckt Ninfa fragend an.

»Ich meine ja nur, wegen der Nachbarn. Die rufen ja gleich 110, wenn der so weiterbrüllt hier.« Opa Gunnar hat wohl auch gemerkt, dass es nicht klug war, meinen Opa so aufzuregen. Der fuchtelt immer noch.

Aber eine Frage bleibt: Was hilft es, wenn man 110 ruft?

Opa Gunnar kommt ins Haus, und Opa Wilhelm nimmt seine Lederschürze ab und legt seine Rosenschere beiseite, und wir gehen durchs Wohnzimmer auf die Terrasse. Mein Erst-Opa räuspert sich. Offenbar will er die Sache gütlich klären.

Ob er schon bereit ist, das »Dickerchen« zu vergessen? Nein, dafür guckt er zu wütend an sich herunter und klopft sich auf seinen stattlichen Bauch.

Oh, oh. Das wird nix, das sehe ich schon im Ansatz. Ninfa versucht, durch freundliche Gesten die Lage zu entschärfen. Klappt auch nicht. Meine Opas sitzen sich stumm gegenüber und starren sich an.

Ich nutze die Zeit und überlege mir, wie toll es ist, dass ich jetzt zwei Opas habe. Toll. Ob ich wohl noch mehr bekomme? Klingeln die alle an der Tür? Wie viele Opas stehen eigentlich jedem Baby zu?

»Herr, äh, wie war noch Ihr Name?«, versucht es Ninfa.

»Nowak, Gunnar Nowak. Aber sag doch einfach Gunnar.«

»Keine Vertraulichkeiten, bitte!«, geht mein Opa dazwischen.

»Überhaupt Nowak? Auch so ein Allerweltsname! Gut, dass unsere Kinder nicht geheiratet haben.«

»Na, na, na. Also jemand mit Namen Semmelmann sollte vielleicht keine Witze machen.«

»Wie war das? Wollen Sie meinen Namen in den Schmutz ziehen?«

Oh, die beiden sind aber ärgerlich. Wie kann man denn so schnell ärgerlich sein, die haben sich doch noch gar nicht kennengelernt?

»Wie auch immer, Herr Nowak. Sie können hier nicht einfach hereinspazieren und meinen Jungen mitnehmen. Das geht nicht! Das erlaube ich nicht!«

»Ich spaziere doch gar nicht!«

»Natürlich!«

»Quatschkopf!«

»Was erlauben Sie sich!«

»Wie redest du überhaupt mit mir!«

Ninfa hebt gebieterisch die Hände. Beide Männer verstummen. Ich versuche das auch. Aber auf mein Ärmchenheben reagiert gar keiner. Was mache ich falsch? Ich finde, das war schon ziemlich gebieterisch.

»Und ganz ehrlich, ein Bauernhof ist kaum die richtige Umgebung für meinen Enkel.«

»Er ist ja nun mal auch MEIN Enkel und ein Biobauernhof ist genau das Richtige für so einen kleinen Buben!«

»Falsch!«

»Gar nicht falsch!«

»Sie haben nicht den richtigen Überblick!« Opa beginnt wieder zu fuchteln. Opa Gunnars Geduld scheint sich langsam zu erschöpfen. Erst will er was sagen, dann klappt sein Mund zu. Dann guckt er sich im Garten um. Sieht die Rosen, das komische Ding auf einem Sockel, auf dem man die Uhrzeit lesen kann, aber nicht nachts. Hat Opa versucht zu erklären, versteh ich aber nicht. Ich hab mir überlegt, dass es nachts wahrscheinlich gar keine Zeit gibt. Deshalb ist auch sofort nach dem Augenzumachen Morgen. Aber wie ist das beim Mittagsschlaf? Rätsel über Rätsel.

Irgendwie findet der neue Opa das, was er da im Garten der ersten Opas sieht, doof. So doof, dass er komisch auflacht, als er diese eine Frauensteinfigur sieht, die aus einem verbogenen Krug die Blumen zu gießen scheint (aber der Krug ist schon lange leer).

»Biobauernhof nicht gut genug? Aber so ein schrecklicher Garten, der soll gut sein?«

»Was verstehen Sie schon von Stil!« Opa redet sehr laut, dreht sich aber unauffällig um und schaut prüfend in seinen Garten.

»Stil? So ein Barock-Schnickschnack?«

»Das ist Klassizismus!«

»Pah! Das hat ganz sicher keine Klasse! In Gärten sollte was wachsen und nicht alberner Firlefanz rumstehen!«

»Firlefanz? Was erlauben Sie sich!« Mein Erst-Opa ist mittlerweile ganz rot im Gesicht und auf der Glatze.

Ich verstecke mich hinter Ninfas Hand.

»Ich? Wieso ich? Du hast doch angefangen, meinen Hof schlechtzumachen! Und da bin ich empfindlich!«

»Ruhe! Alle beide!« Ninfa kann richtig laut werden. Ich muss mir mit Hasi über die Ohren streichen. Ich bin aber mucksmäuschenstill. Wie zu Hause, wenn Mama und Papa sich zanken. Wenn ich dann etwas sage, dann werde ich hinausgetragen. Und das will ich auf keinen Fall. Ich will ja wissen, wer gewinnt.

Die Stirn meines ersten Opas wird erstaunlich runzelig. Mein neuer Opa sieht zufrieden aus.

»Ihr Trecker ist das Letzte!«

»Und Ihr preußisches Getue ist von vorgestern!«

»Sie Strohhutträger!«

»Sie Bismarckhering!«

»Ruhe, habe ich gesagt!« Ninfa wirkt besonders gefährlich, wenn sie so leise spricht.

Betretenes Schweigen.

Ninfa räuspert sich: »Wir versuchen das jetzt mal wie zwei Gentlemänner zu klären!«

»Der und Gentleman? Dafür reicht doch sein Horizont gar nicht aus! Nur ein echter Preuße hat Ehrgefühl!«

»Pah! Mein preußischer Horizont steht garantiert senkrecht über deinem, du, du, du –« Opa Gunnar kommt nicht weiter. Ihm fällt nichts ein. Kenn ich schon. Mein Papa kann auch niemanden beleidigen.

»Senkrecht?«

»Pah!«

»Ich werde Ihnen meinen Enkel jedenfalls nicht kampflos überlassen!«

»Er ist MEIN Enkel! Der Sohn meines Sohnes. Ich habe viel mehr Rechte als Sie!«

»Bitte? Bauen Sie Drogen an auf Ihrem Biohof? Biohanf? Damit eines jetzt mal klar ist: In diese Drogenhölle kommt mein Junge nicht. Er bleibt hier. Bei mir.«

»Sie hochnäsiger Ignorant!«

»Sie Drogendealer! Das Kind bleibt!«

Oho, das hat Marie-Luise mal zu Hagen gesagt (die ist schon in der Vorschule) und musste dann auf das »Nachdenkkissen«. Da muss man hin, wenn man so einen großen Mist gebaut hat, dass die Kindergärtnerinnen nicht mal mehr Lust haben, einen auszuschimpfen – ganz böse ist das. Wir haben sie sehr bewundert.

»Nee, Keule, so haben wir nicht gewettet! Mein Sohn,

der Gregor, hat mir am Telefon gestern Abend erzählt, wie ihr hier Terz gemacht habt, weil ihr den kleinen Buben nicht wolltet.«

»Falsch! Das hat Ihr Sohn ganz und gar missverstanden.« Opa holt tief Luft und hätte gerne weitergeredet, aber Ninfa bekommt genau in diesem Moment einen kleinen Hustenanfall. Grinst sie etwa?

Mein Zweit-Opa beugt sich zu mir und fragt sanft: »Willst du denn zu Opa Gunnar auf den Bauernhof? Den ganzen lieben langen Tag Trecker fahren?«

Au ja! Das will ich! Und Hasi auch! Ich wedele begeistert mit den Armen und klatsche in die Hände.

»Das will er NICHT! Ganz sicher nicht! AUF GAR KEINEN FALL WILL ER DAS!« Opa Wilhelm starrt stoisch an mir vorbei. Mich fragt mal wieder keiner. Mist, jetzt hält Ninfa sogar meine Hände fest.

»Ist das euer letztes Wort?« Opa Gunnar schnappt nach Luft. Wie gesagt, er ist genau wie mein Papa. Er droht, ohne was zum Drohen zu haben, er gibt nach, wenn er gewonnen hat, und er ist dickköpfig, wo es nicht nottut. Sehr sympathisch, der Mann.

»Sicher. Frau Ninfa, bringen Sie den Herrn zur Tür.« Opa dreht sich einfach weg. Etwas unhöflich, finde ich. Hey, ich will aber noch eine Runde mit meinem neuen Opa spielen!

Aber Opa Wilhelm beachtet mein Wedeln nicht, sondern schmollt in den Garten hinein. Der andere Opa steht wild entschlossen auf. Und tut dann erst mal das, was mein Papa genauso machen würde. Nämlich gar nichts.

»Dann, dann«, er überlegt, womit er drohen könnte, endlich fällt es ihm ein: »Dann werde ich morgen früh wiederkommen. Aber dann bin ich nicht alleine! Nicht alleine. Dann kommt jemand mit! Und dann hole ich meinen Buben! Guten Tag, allerseits!«

»Rechtsanwälte werden Ihnen nichts nützen! Ha! Das werden Sie schon sehen! Da nützt Ihnen gar nichts! Gar überhaupt nichts!«, ruft Opa Wilhelm aufgebracht hinterher. Aber Opa Gunnar winkt nur wütend ab, ohne sich noch einmal umzublicken. Dann bereitet er Ninfa und mir vor der Haustür einen großartigen Anblick. Ich bin begeistert!

Mit einem lauten ÄHÖÖÖÖM startet er den Traktor, der eine super Wolke von sich gibt. Dann ruckt der Traktor leicht nach vorne, wahrscheinlich weil der Traktor genauso sauer ist wie Opa Gunnar. Dann macht er nochmal ÄHÖÖÖÖM (weil es so schön ist, wahrscheinlich), und die Räder rasieren einen Teil der Rosen ab. Die Äste des Baums schleifen quietschend an dem Dach entlang und schwingen dann wippend zurück. Die Hecke nimmt es hin, dass der Trecker zu breit ist für den unteren Teil der Auffahrt. Die Mauer und das Tor entgehen nur knapp einer neuen Frisur.

Das ist ja wohl das tollste Ding, das ich je gesehen habe! Ich freu mich voll auf morgen.

Aber heute muss ich wohl erst mal meinen Opa Wilhelm aufmuntern, der guckt ganz schön traurig aus der Wäsche. Hat der denn nicht hingeguckt? Das war doch toll, oder? Oder ist er traurig, weil sein Auto das nicht kann?

»Diesen Opa Gunnar sehen wir garantiert ziemlich schnell wieder.« Ninfa ist nachdenklich, aber wenig beeindruckt.

»Nennen Sie ihn nicht OPA!«

»Er ist aber auch der Opa von Finn. Familie ist so. Und Familie ist wichtig.« Ninfa hat da mal wieder eine ganz eigene Meinung. Ich finde, sie hat recht, aber Opa will davon nichts hören: »Wer zur Familie gehört, das bestimme ich!«

»Na, na.« Ninfa zwinkert mir zu, wie ich bei Opa aufm Arm sitze. Sie baut ganz auf meine Fähigkeiten als Tröster. Komm her, Opa. Ich lege meine Stirn an deine Stirn und meine Hände auf deine Wangen. Das magst du doch. Aber leider hast du wieder feuchte Augen. Na, na. Der andere Opa hat es doch nicht bös gemeint (als ob das jemals jemanden getröstet hätte!).

»Ich gebe meinen Finn nicht her an so einen dahergelaufenen Bauerntölpel!«

Aber Opa! Der Mann ist super! Er hat einen Trecker!

Den Rest des Tages verbringen wir mit einem ganz langen Spaziergang. Ich habe nämlich einen neuen Kinderwagen, einen sogenannten Buggy, den Opa allerdings Bäggie ausspricht. Wir machen an allen möglichen Parkbänken halt und füttern an einem ganz großen Teich die Enten, bis die endlich aufgeben.

Zwischendurch umarmt mich Opa immer wieder ganz kurz, um sich dann anschließend zu räuspern, als sei ihm das alles schrecklich peinlich.

Als es am nächsten Morgen an der Tür klingelt, bin ich ganz aufgeregt. Der Traktor!

Aber es ist nur ein älterer Herr im schicken Anzug, der

meinen Opa offenbar sehr mag und der ihn als »Wilhelm, du alter Knochen« begrüßt. Opa wirkt so, als würde ihn die Anwesenheit des Anzugmannes etwas beruhigen. Ninfa hat schon mit literweiser Zufuhr von Tee versucht, Opa irgendwie abzulenken. Aber mehr, als dass er nun andauernd Pipi machen muss, ist da nicht bei rumgekommen. Nun bringt mich Ninfa zu den beiden sehr ernsten Männern ins große Wohnzimmer. Ich werde in meiner Spielecke abgesetzt zu meinen Holzklötzen, die wie alles, was Opa für mich kauft, eine unübersichtliche Menge angenommen haben.

»Und das ist der junge Herr, um den es geht?« Der nette Anzugmann zeigt auf mich, als ich aus meinem Meer aus Holzklötzen aufsehe. Ninfa und ich bauen gerne schiefe Türme. Die fallen andauernd um, das ist super. Das klackert prima auf dem Holzfußboden.

»Vorsicht, wegen der Kratzer«, ermahnt mich Opa.

»Da!« Ich zeige ihm einen Klotz.

»Äh. Oh. Ach, das mit den Kratzern ist egal. Spiel einfach, mein liebes Kind.«

Der ältere Herr riecht gut und ist ausgesprochen nett. Er reicht mir die Hand. Das Ritual kenne ich schon und gebe ihm anstandslos meine. Ich weiß, dass Opa das total freut, wenn ich das mache.

Er nennt das »wohlerzogen«. Ich nenne es »Tag sagen«.

»Was für ein netter Junge!« Der ältere Herr ist drauf und dran, sich zu Ninfa und mir auf den Boden zu setzen. Mein Opa hingegen sitzt verstockt auf seinem dicken Plüschsessel und starrt gegen das große Bücherregal. Na, dem muss ich heute aber noch mächtig einheizen, wenn der heute noch mal lächeln soll. Wir bauen mit dem gutriechenden Anzug zu dritt einen riesigen Turm, aber Opa guckt nicht hin.

»Uiii! Da ist der Turm wieder umgefallen!«, ruft der Herr begeistert, als es so richtig knallt und ein Klotz ganz weit über den Boden schlittert. Das kenne ich schon. Türmebauen finden so ziemlich alle Erwachsenen cool. Ich glaube, es liegt daran, dass die in ihrem Erwachsenenleben immer nur alle Sachen vorsichtig aufbauen müssen und dann in Vitrinen stellen und nicht mehr anfassen dürfen. Aber meine Türme darf man hinterher umwerfen.

»Noch einen bauen?« Der Mann guckt mich hoffnungsvoll an.

Was ist das für eine Frage! Natürlich!

Huch! Es klingelt an der Tür.

Erst bewegt sich keiner im Raum, alle starren nur in Richtung Eingang. Opa wird ein bisschen bleich um die Nase.

»Doctor?« Ninfa ist ganz sanft. Die hat sich hingestellt, ihr geblümtes Oberteil glatt gestrichen (sie trägt eigentlich stets knallrote, knallblaue oder knallorange Oberteile, aber heute ist es dezent geblümt) und steht nun da und wartet darauf, dass mein armer Opa sich aus seiner Starre löst. Ich krabble zu seinen Hausschuhen, er trägt flotte, schwarze Lederpantoffeln, und tätschle ihn.

»Doctor? Soll ich aufmachen?«

Stille. Nur die Standuhr tickt.

»Wir gehen alle zusammen.« Opa richtet sich auf. Mann, der ist aber geschockt! An wen erinnert der mich nur so stark?

Ninfa hebt mich hoch, der Rechtsanwalt geht voran. An der Eingangstür erklingt ein zweites Schellen. Alle zucken zusammen. Dann öffnet der Rechtsanwalt auf ein Nicken meines Großvaters die Tür.

Und da steht Opa Gunnar. Statt Jeanslatzhose trägt er einen Anzug, der etwas wurstig an ihm aussieht. Meine Mama sagt zu so was übrigens: »skinny« (aber nur bei sich selber – bei Papa ist es dann eindeutig »wurstig«).

Keiner sagt was.

Ein warmer Wind weht uns entgegen. Die Vögel zwitschern.

Opa Gunnar räuspert sich.

Mein Opa erwidert. Natürlich lauter.

Vom staubigen Strohhut konnte Opa Gunnar sich offenbar ebenso wenig trennen wie von seinem Trecker, der wieder mal schwer was hermacht in der Einfahrt.

Aber Opa Gunnar kommt nicht alleine.

Schweigen.

Alle starren auf Opa Gunnars Begleitung. Wie angedroht hat auch er sich Beistand geholt.

Ich darf jetzt bloß nicht lachen! Hasi und ich müssen uns ganz fest drücken, dass nicht das kleinste Kichern entschlüpft.

Neben Opa Gunnar steht nämlich eine sehr entschlossen wirkende Frau in einem wild gemusterten Kleid, einem förstergrünen Hütchen und einer Handtasche, die ich schon mal im Fernsehen gesehen habe.

Da trug genau diese Handtasche eine sehr nette englische Oma mit einer Krone auf dem Kopf, die in Berlin zu Besuch war. Alle Berliner waren von der englischen Handtasche sehr begeistert.

Die Frau mit der Handtasche vor der Tür hingegen trägt eine Brille und macht dadurch einen ziemlich pfiffigen

Eindruck. Sie dürfte so alt sein wie Ninfa. Nur was Ninfa in Größe aufwiegen kann, hat diese Frau eher in der Breite. Sie reicht Ninfa wahrscheinlich nicht mal bis zur Brust.

»Wir wollen«, Opa Gunnar räuspert sich, offenbar mag er einen Streit genauso wenig vom Zaun brechen, wie es mein Papa wollen würde, »den Finn abholen.«

»AUF GAR KEINEN FALL!«, schallt es durch das ganze Stadtviertel. Ich glaube, Hasi sind dabei ein wenig die Ohren nach hinten geweht.

»Sind Sie sein Rechtsbeistand?«, fragt der gutriechende ältere Herr, von dem ich den Namen immer noch nicht weiß. Die Frau schaut an sich herunter, dann schaut sie auf Gunnar. Der wirkt irritiert.

»Das ist Frau Pietsch. Meine Haushälterin.«

»Früher habe ich aufm Hof geholfen, aber nun kann ich das nicht mehr. Der Rücken, wissen Sie.« Sie spricht direkt mit Ninfa. Die nickt irritiert.

»Ihre Haushälterin?«, fragt der Gutriechende nach. Ninfa hält mich nun etwas entspannter im Arm.

»Ja, Frau Pietsch ist meine Haushälterin.« Opa Gunnar ist offenbar nicht in der Lage, so richtig viel zur Lösung des Problems beizutragen, daher hat er sich entschlossen, die bereits verarbeiteten Informationen zu wiederholen.

Ich mag Opa Gunnar! Wann darf ich denn wohl mal bei dem auf 'n Arm? Strohhut und Trecker, der Opa hat doch echt was zu bieten!

»Sie sind ziemlich schwarz«, sagt Frau Pietsch plötzlich zu Ninfa. Alle halten den Atem an.

Ach ja? Ninfa trägt doch heute geblümt. Ninfa lässt sich nicht aus der Ruhe bringen, sie schaut an sich hinunter, nickt, dann fixiert sie ihr Gegenüber und erwidert: »Und Sie sind ziemlich klein.«

Nun ist es an Frau Pietsch, an sich hinunterzublicken. Sie nickt ihrerseits und sagt, als wäre außer Ninfa und ihr keiner weiter da: »Meinen Sie, wir können uns einigen? Die beiden alten Herren werden das wohl nicht hinbekommen.«

Frau Pietsch seufzt.

Ninfa seufzt mit.

»Kommen Sie doch bitte herein, Señora Pietsch.« Ninfa tritt beiseite, und wir gehen mit Frau Pietsch in die Küche, wo ihr ein Kaffee angeboten wird, sie aber einen Tee bevorzugt. Ich werde ihr auf den Schoß gesetzt. Mir ist Frau Pietsch sehr sympathisch, das liegt schon an der Art, wie ihre Augen hinter der Brille vor sich hin lachen. Und auch ein bisschen an dem grünen, kleinen Hütchen, das mir nun aufgesetzt wird. Cool. Dass Ninfa sie mag, weiß ich, weil sie »Señora« gesagt hat. Frauen, die Ninfa nicht mag, nennt sie »alte Hexe«. Das weiß ich, weil ich mit Ninfa doch neuerdings das spanische Fernsehen gucke. Wenn die Böse mit den vielen Haaren und dem bösen Blick reinkommt, sagt Ninfa: »Da kommt die alte Hexe.«

Frau Pietsch riecht sehr gut nach Seife und hat ganz weiche Hände, die mich gut und sicher festhalten.

Ich zeige ihr Hasi.

»Du hast aber einen feinen blauen Hasen!« Die Frau hat bestanden. Wir merken nach einigen Minuten, dass die drei Männer noch völlig verdattert an der Haustür stehen.

»Ihr könnt euch auch im Wohnzimmer unterhalten. Wir klären das hier«, ruft Frau Pietsch aus der Küche raus.

Ninfa ergänzt: »Aber nicht wieder zanken!« Dann schließt sie die Küchentür.

Ich bin ganz leise, denn ich will nicht ins Wohnzimmer, da ist es jetzt garantiert nicht so spannend wie hier. Die Flimmerkiste wird sogar ganz ausgestellt.

Stille. Nur Geräusche vom Trinken. Ich nehme meine Trinkflasche vom Tisch und trinke mit. Ich will ja nicht auffallen.

Frau Pietsch macht nicht viele Worte.

»Wie machen wir es, Frau –?«

»Ninfa. Nur Ninfa, Señora Pietsch.« Sie geben sich die Hände, die genau gleich aussehen, wenn man davon absieht, dass die von Frau Pietsch etwas blass wirkt.

»Pietsch. Nur Pietsch.«

»Gut. Pietsch.«

»Wie machen wir es, Ninfa?«

»Familie ist wichtig, Pietsch.«

»Vor allem für den jungen Mann hier.«

Beide Frauen gucken mich an. Ich lächle. Das weiß ich nämlich schon lange: Wenn du nicht weiterweißt im Leben, einfach lächeln. Dann geht es gleich besser, weil den anderen Leuten dann nur noch Schönes in den Sinn kommt.

»Sehr wichtig für jeden Enkel sind die Großväter, wenn sie nicht so albern sind wie die beiden da.«

»So ist es.«

»Noch wichtiger aber sind Enkel für Großväter!«

»Noch viel wichtiger.« Frau Pietsch nickt und trinkt hörbar.

»Platz ist bei euch?«

»Jepp.« Frau Pietsch schlürft beeindruckend laut den

Tee, ohne mich auch nur eine Sekunde aus dem Blick zu verlieren. Sie tunkt einen Keks ein und isst den dann. Toll, das sieht ja aus, als könnte man damit riesig gut rummatschen! Ich will auch!

»Erfahrung mit Kindern, Pietsch?« Ninfa scheint eine Art Plan zu entwerfen.

»Drei eigene. Und vier von dem Herrn Nowak großgezogen.«

Wow! Auch meinen Papa?

Ninfa wirkt beeindruckt. »Gut. Sagen wir: eine Woche hier, eine Woche bei Ihnen?«

»Klingt gut. Schaffen das die Alten?«

Na, na, wer wird denn so respektlos von meinen Opas reden.

»Nein.« Ninfa weiß ganz genau, wovon sie spricht.

»Sehe ich genauso.« Frau Pietsch schlürft wieder.

Sie behalten absolut recht. Denn als wir das Ergebnis unserer Küchenbesprechung präsentieren, gibt es ein großes Durcheinander.

»Wir, Ninfa und ich, haben uns beratschlagt. Wir kamen zu einer Entscheidung«, verkündet laut und deutlich Frau Pietsch, die mich noch im Arm hat, was Opa Gunnar freut und Opa Wilhelm (ab nun seine korrekte Amtsbezeichnung, laut Ninfa) ärgert. Frau Pietsch hat ihr Hütchen auf. Offenbar ein Zeichen.

»Si. Una decisión!«, sagt Ninfa und klingt so wie die Leute aus ihrer Flimmerkiste in der Küche. Nur ohne Heulen.

»Jeweils eine Woche ist der kleine Finn bei seinem einen Opa und dann beim anderen. Eine Woche!«

»Una semana!« Ich gebe zu, das hat was, wenn Ninfa so redet. Man traut sich nicht so recht, zu widersprechen.

Stille.

»Wie war das? Eine Woche?« Opa Wilhelm hüpft fast über den Tisch.

»Eine ganze Woche?« Auch für Opa Gunnar scheint dieser Vorschlag inakzeptabel zu sein. Er macht nur nicht so viele Gesten dabei.

»Im Leben nicht!«

»Ganz und gar ausgeschlossen! Der Kleine soll andauernd eine ganze Woche in diesem piefigen Rosengarten spielen?« Opa Gunnar schüttelt heftig den Kopf. Fast kommt es zu Handgreiflichkeiten, da Opa Wilhelm es nicht auf sich sitzen lassen will, dass sein Rosengarten »piefig« sei.

»Das nehmen Sie auf der Stelle zurück!«

»Piefig!«

»Das nehmen Sie auf der Stelle zurück!«

»Piefig!«

»Sie Flegel!«

»Piefig!«

Mann, Mann. Erwachsensein stelle ich mir voll anstrengend vor.

Es entsteht eine brenzlige Situation. Sie können die Eine-Woche-Regelung nicht hinnehmen.

Nun wird es Ninfa zu bunt. »Gut, dann bekommt ihn keiner. Dann rufe ich jetzt das Jugendamt an.« Sie greift zum Telefon.

»Halt!«, brüllen beide Opas gleichzeitig.

»Äh, warten Sie, Frau äh –«

»Ninfa.«

»Ja, genau. Warten Sie. Es gibt sicher eine Lösung. Wenn hier mein Kumpel mal etwas weniger zickig!«

»Ich bin nicht zickig!«

»Ach, nein?« Opa Gunnar macht eine lässige Bewegung mit der Hand.

»Und Ihr Kumpel bin ich schon gar nicht!«

»Das glaube ich auch!«

Bevor Opa Wilhelm noch was sagen kann, hebt Ninfa wieder den Telefonhörer hoch. Ich hebe schnell Hasi hoch.

»Schon gut!« Frau Pietsch will die Lage entschärfen. »Bitte mal wieder Ruhe!«

»Silenciar!«

»Jugendamt, oder Sie finden jetzt eine Regelung!«

»Hm«, macht Opa Gunnar.

»Hmhm«, macht Opa Wilhelm. Eine Pause entsteht, in der alle schwer nachzudenken scheinen. Meine Opas atmen laut durch. Der Mann im Anzug versucht zu vermitteln. Das klappt erst nach einer Weile. Nun beginnt eine Pingpongunterhaltung.

»Dann stundenweise!«

»Nichts da, sechs Tage!«

»Halbe Tage!«

»Vier Tage!«

Ninfa legt ihre Hand an ihre Stirn. Frau Pietsch schüttelt den Kopf und geht zum Fenster, um in den Garten zu gucken.

»Drei!«

»Zwei!«

»Einer!«

»Einer?«

»Einer.«

»Mit Übernachtung?«

»Mit Übernachtung.«

Frau Pietsch und Ninfa grinsen sich kopfschüttelnd an.

»Wir fassen zusammen: Statt der ursprünglichen Idee wird eine Ein-Tag-Regelung vorgezogen, obwohl Pietsch und ich der Meinung sind, dass das für das Goldstück (das bin ich!) ganz und gar nicht gut ist, jeden Tag woanders zu schlafen!«

»Ist das so in Ihrem Sinne?« Frau Pietsch seufzt, wie Hagen im Kindergarten, wenn wir wieder großen Mist gebaut haben, aber nun alles wieder gut ist.

»Einen Tag! Und da zahlen wir ja noch drauf!« Opa Gunnar hebt kämpferisch das Kinn. Ich mag ihn. Er erinnert mich an meinen Papa.

»Na, gut, einen Tag hier und einen Tag bei Herrn Nowak.« Ninfa wirkt erschöpft. »Wenn das nur den Jungen nicht zu sehr aufregt!«

Ach was. Wenn Mama und Papa unterwegs sind, ist es ja auch nicht anders. Mir wird das nichts ausmachen. Hauptsache, ich darf Trecker fahren und Tiere angucken bei Opa Gunnar. Und im Rosengarten spielen und vorlesen lassen von Opa Wilhelm. Hauptsache, es ist einer da, den ich liebhabe und der mich liebhat. Und da dürften ja hier einige versammelt sein, oder?

Ninfa und Frau Pietsch seufzen genervt. Oh, das Seufzen kenne ich. Das machen Erwachsene immer, wenn Kinder total anstrengend sind. Und das ist hier ja der Fall. Nur dass die Opas die Kinder sind. ICH verhalte mich nämlich total professionell. Allerdings bin ich ein wenig in Sorge, ob ich dem Opa, der mich gerade an dem Tag NICHT hat, meinen Hasi zum Trost geben sollte?

Ninfa geht mit Frau Pietsch in mein Zimmer, wir hören sie lachen. Ich krabble zu meinen Bauklötzen und zeige den Männern mit einem charmanten »Da!«, dass sie herzlich eingeladen sind, mit mir Türme zum Umschubsen zu bauen. Der Herr im Anzug, der alle Hände voll zu tun hat, die beiden Streithähne zu einem gütlichen Miteinander zu bringen, macht es vor und setzt sich zu mir. Dann setzt sich Opa Gunnar zu mir (aber wohl vor allem deshalb, weil Opa Wilhelm ihm keinen Sitzplatz angeboten hat). Sofort wittert Opa Wilhelm einen Nachteil für sich und setzt sich schnell auch dazu.

Seht ihr, das geht doch. Na ja, fast. Die Opas sind sich immer noch nicht grün. Sie grummeln sich an. Und Opa Wilhelm droht Opa Gunnar am morgigen Tag eine »gründliche Inspektion« an.

Na, das klingt lustig. Und wer hilft mir nun beim Turmbauen? Oh, schade, Frau Pietsch und Ninfa sind wieder da. Sie grinsen. Offenbar sind die sich sehr einig. Schön. Also morgen bin ich auf dem Bauernhof.

Es wird noch schwer gefeilscht um die Uhrzeit, zu der Opa mich hinbringen soll. Dann ist alles klar. Also morgen wird Trecker gefahren!

Toll. Das wird sicher ein schöner, ruhiger Tag.

## 6

## Eiapopeia, was raschelt im Stroh?

Es ist sagenhaftes Wetter. Das nennt man Mai oder auch Kaiserwetter, sagt Opa. Ich sitze hinten in Opa Wilhelms Auto und bin total vergnügt. Draußen flitzen seit einer Weile nicht mehr große Häuser und Autos vorbei, sondern grüne Bäume und goldgelbe Felder. Es ist auch nicht mehr so kurvig, und die Sonne hat mehr Platz, alles zu bescheinen. Nur Opa wirkt sehr, sehr schlecht gelaunt. Er sitzt schwer atmend hinterm Steuer; manchmal schnauft er sogar. Offenbar brauchen Erwachsene viel Luft, um schlechte Laune zu haben. Ninfa sitzt auf dem Beifahrersitz, guckt über ihre Schulter zu mir und schneidet Grimassen. Ich glaube, sie findet Opa albern.

»Das wird bestimmt sehr nett für unseren Finn!« sagt Ninfa mit einem strahlenden Lächeln. »Und Sie, el doctor Semmelmann, Sie gehen nachher hübsch zum Optiker, endlich Ihre Brille reparieren lassen.«

»Sie müssen mir nicht meinen Tag verplanen.«

»Oh, doch, Sie werden ja ganz unruhig ohne den Prinzen an Ihrer Seite.«

»Unsinn.«

»Sie werden tun, was ich Ihnen auftrage.« Jetzt klingt Ninfa richtig eingeschnappt.

»Erst mal werden wir genau prüfen, ob es sicher ist für Finn auf diesem Biohof.« Die Betonung liegt auf Bio. Es klingt, als sei »Bio« sehr gefährlich und schlecht. »Genau prüfen, jawohl, genau prüfen.«

Ich weiß genau wie Prüfen geht. Ich bin ein Prüfprofi! Man muss: anfassen, dran riechen, reinbeißen. Nur komisch, dass Opa Prüfen plötzlich toll findet, wenn ich prüfen will, schimpft er immer und sagt irgendwas von gefährlich und: keine Sekunde allein lassen.

»Pietsch hat mein ganzes Vertrauen«, sagt Ninfa und schaut dann schnell aus dem Fenster, als wüsste sie genau, was jetzt kommt. Das war nämlich ein großes Kompliment. Ich hab auch Ninfas volles Vertrauen. Zum Beispiel, wenn ich morgens meinen Brei bekomme, dann darf ich den Löffel nehmen und so. Sie vertraut darauf, dass ich den Brei nicht wieder auf dem Tisch verteile. Leider fällt mir meist zu spät ein, dass ich das ja nicht mehr tun wollte. Um es wiedergutzumachen, wische ich dann schnell alles mit dem Ärmel auf. Ninfa schimpft dann trotzdem.

So gesehen kann volles Vertrauen ganz schön nach hinten losgehen, aber Frau Pietsch packt das schon.

»Dass Sie mir so in den Rücken fallen, Frau Ninfa! So in den Rücken fallen! Ich bin so enttäuscht! In all den Jahren! Sie gehörten ja quasi zur Familie.«

Klar tut sie das.

Ninfa antwortet nicht, sondern wedelt nur lässig mit der Hand, was Opa nur noch wütender macht. Er starrt Ninfa so lange von der Seite an, dass wir fast in den Graben fahren. Im letzten Moment muss Ninfa ins Lenkrad greifen und uns schnell wieder auf Kurs bringen. Ich werde Ninfa später heiraten, glaube ich.

Oder Mama.

Aber auf keinen Fall Chrystel-Paris! Kommt gar nicht in die Tüte! Zwar sieht sie mit ihrem gekringelten Pferdeschwanz und der zauberhaften Stupsnase eigentlich sehr nett aus, aber das ist nur Tarnung. Ich sag mal so, wenn Chrystel-Paris einfach mal machen würde, was ich will, wäre sie nur halb so schrecklich. Aber sie ist eine Nervensäge und macht immer das Falsche. Und daher heirate ich die nicht. Auf gar keinen Fall! Außerdem küsst die mich andauernd. Man kann doch keinen heiraten, der einen andauernd küsst! Und sie räumt gerne Sachen auf. Eben hatte ich noch einen super Bauklotz in der Hand, und schon nimmt sie ihn mir weg und steckt ihn in einen Eimer. Ich habe so einen Eimer mit Deckel, wo man die Klötze durch die passende Form reinstecken soll. Ich überlege lange, wie ich es schaffen könnte, ein rundes Klötzchen durchs eckige zu drücken. Denn Papa sagt immer: »Das Runde muss ins Eckige.« Dann kommt die blöde Kuh von nebenan und steckt alles blitzschnell rein. Und ihre Mutter lobt sie auch noch. »Chrystel-Paris hat ja so viel Sinn für Formen und Farben! Wie schnell sie das gemacht hat, nicht wahr?« Bäh. Das kann doch jeder! Und Sinn für Farben KANN die nicht haben. Die trägt ja Pink, ohne zu zucken! Also die heirate ich auf keinen Fall! Und mehr Mädchen scheinen ja nicht zur Verfügung zu stehen.

Überhaupt: Aufräumen! Da haben wir Männer es ja eher nicht so mit. Wie Papa meint. Er sagt, das ist genetisch. Genetisch heißt übrigens: Geht nicht. Hört man ja schon.

»Und da sind wir ja schon! Das sieht aber sehr nett aus, dieser große Biohof, nicht wahr, el doctor?« Ninfa ist zu

Recht begeistert. Wir fahren von der Landstraße ab und kommen zu einem großen Haus, das kariert ist. Ganz, ganz große Bäume stehen auf dem Weg bis zu dem Haus. Toll. Wow, der Bauernhof sieht super aus!

Und da stehen schon Opa Gunnar und Frau Pietsch, die hat aber heute nicht ihr Jägerhütchen auf, sondern ein Kopftuch aus blauen Karos. Es staubt sehr, als Opa schwungvoll an den beiden vorbeifährt.

»Aber doctor Semmelmann! So was tut man nicht!«, schimpft Ninfa ihn an und stupst ihn energisch an den Arm. Er grummelt nur ein bisschen und parkt dann den Wagen.

»Wenn dem Jungen irgendwas passiert! Irgendwas passiert!«, keift Opa Wilhelm, während Ninfa mich aus dem Kindersitz holt. Opa Gunnar, Frau Pietsch und ein anderer Mann, der mir irgendwie bekannt vorkommt, eilen auf uns zu.

»Du bist also mein Neffe!«, sagt der fremde Mann zu mir.

Jetzt weiß ich, an wen er mich erinnert. Er sieht aus wie Papa!

»Ich bin Arthur, der Bruder von Gregor«, sagt er und lüftet dabei sein Baseballkäppi. Dann reicht er Opa Wilhelm die Hand. Der wird leicht von Ninfa geschubst, damit er sich nicht weiter so querstellt.

»Gut, ich zeig dann mal Finn den Hof. Lasst euch nicht länger aufhalten, wir sehen uns dann ja morgen!« Opa Gunnar scheint die ganze Situation unangenehm zu sein. Aber Opa Wilhelm macht keine Anstalten, ins Auto zu steigen, sondern verkündet lauthals: »Wir bleiben!«

»Bitte?«

»El doctor, das kann nicht Ihr Ernst sein!«, schaltet sich jetzt Ninfa ein.

»Was soll'n das werden, wenn es fertig ist?« Opa Gunnar kratzt sich am Kopf.

»Wir bleiben! Bis ich entschieden habe, ob es hier sicher ist für meinen Enkel!«

Alle starren meinen Opa Wilhelm merkwürdig an. Ich schaukle derweil ein bisschen mit den Beinen und schau mich etwas um. Frau Pietsch zeigt auf die schönen Tiere.

»Schau dich um, kleiner Bub. Ist es nicht schön hier?«

Schon schön. Nur dass es überall ein bisschen merkwürdig riecht, aber da ich aus unserer Kita viel Schlimmeres gewöhnt bin, macht mir das nichts.

Oh, da sind Hühner, die laufen ja ulkig. Auf den Bildern in den Büchern zu Hause sieht man das ja leider nie so genau. Immer erst den Kopf voran, dann kommt der Rest hinterher. Toll. Oh, da sind ja ganz viele. Und wie die picken und gackern.

»Das da vorne sind Gänse. Das ist die dicke Bertha. Das ist die Mama von fast allen Gänsen hier«, erklärt Frau Pietsch. »Komm, wir schauen uns das mal an«, sagt sie und winkt Ninfa herbei. Die Frauen tuscheln leise.

Hey, ich will das auch hören.

Oh, ein Hund! Wie niedlich er guckt. Und noch andere Hühner, die sind ja schön, die sind gepunktet!

Frau Pietsch führt uns um das große rotkarierte Haus herum. Dahinter stehen noch mehr Häuser, um einen kleinen Platz mit holprigen Steinen herum. Da stehen auch endlich der Trecker, ein dicker Geländewagen und Fahrräder. Oh, und da ist ein Laden, der ist genauso klein wie die Geschäfte, in die immer meine Eltern gehen.

Plötzlich starren alle Ninfa, die mich auf dem Arm trägt, an. Haben die noch nie ein Baby gesehen? Ich winke mal schnell ein bisschen.

»Guten Tag! Na, wer kommt denn da in unsere Hütte?«

Äh, meint ihr mich? Huch, nicht am Fuß kitzeln. Was für Hüte?

»Das ist der Enkel von Bauer Nowak!«, sagt Frau Pietsch ganz laut und die anwesenden Damen nicken.

»Oh!«

»Ah!«

Ja, ja, das bin ich! Toll, kaum komme ich irgendwohin, schon werde ich bestaunt.

Ninfa greift entzückt und beeindruckt nach den vielen hübsch verpackten Produkten, den vielen Gläsern mit Honig und Gemüse, dem Grünzeug und den Säften.

»Das ist ja ein gutes Angebot! Endlich mal sinnvolle Produkte, die man guten Gewissens kaufen kann. Ich kaufe ja auch nur Bio.«

Ich dachte, du kaufst Möhrenmatsch!

»Finn, nicht anfassen!«

»Nehmen Sie, Ninfa. Bleibt ja in der Familie!« Frau Pietsch drückt Ninfa eine ganze Reihe Pakete in den Arm, während die beiden schlimmer als die Gänse weiterschnattern. Über Rezepte und Gesundheit und so was. Mir ist das zu langweilig. Ich versuche, Ninfa durch Armerudern dazu zu bewegen, sich so hinzustellen, dass ich aus dem Laden rausgucken kann. Vielleicht entdecke ich eine Katze, genau wie bei Opa Wilhelm.

»Mmmmmmmmmuuuuuuuuuhhhhh!«, macht es plötzlich von irgendwoher. Ganz tief und gemütlich.

»Horch! Die Kuh!« Frau Pietsch hebt den Finger. »Aber bevor wir zu der gehen, zeige ich Ihnen noch was, Ninfa.«

Wir gehen weiter durch den Laden. Das wird jetzt aber echt langweilig. Ich darf ja eh nichts anfassen. Die Frauen, die dort einkaufen, scheinen von Ninfas Größe schwer beeindruckt. Frau Pietsch stellt uns den Damen vor. Offenbar gibt es ein großes Hallo, weil Opa Gunnar nun endlich wegen mir ein echter Opa ist und weil der sich das offenbar schon ganz lange gewünscht hat. Unruhig zappele ich herum, wo ist jetzt die Kuh?

»Mmmmmmmmmmmuuuuuuuuuuhhhhh!«

Ich komme ja schon! Wenn ich doch endlich Frau Pietsch und Ninfa von den ganzen Weibern hier loseisen könnte.

Ja, grins, ich bin ein netter Junge, ja doch. Und tolles Grünzeug, was da heute im Angebot ist. Ja, doch. Ja, ich bin ganz der Opa. Ich bin sogar ganz zwei Opas! Und nein, ich kann noch nicht laufen, weil ich lieber getragen werde. Von hier oben kann man nämlich besser gucken.

Wo ist die Kuh?

Endlich geht es weiter. Wir gehen zu einem anderen Gebäude! Da gucken ja überall Pferde aus den Fenstern! Juhu! Hier unten! Oh, was haben die für riesige Köpfe! Und wie die schnüffeln, ganz laut. Wie, ich darf die anfassen? Oh, das fühlt sich ganz weich und warm an! Aber auch ein bisschen nass, igitt.

»Der Junge gefällt mir mehr und mehr. Der hat ja gar keine Angst vor großen Tieren!«

»Kein Wunder. Bei den Großvätern!« Beide lachen herzlich. Jetzt gehen wir durch ein ganz großes Tor in einen riesigen Raum. Noch größer als Opas Wohnzimmer. Und hier, ganz schön ordentlich nebeneinander stehen die Kühe. Frau Pietsch geht mit mir einmal die Reihe entlang, tätschelt die großen Köpfe und nennt den Namen der jeweiligen Kuh. Käte und Lissi und Trudi. Nur Frauenkühe.

Plötzlich höre ich aus dem Nebenzimmer ein neues Geräusch. Ein Grunzen, ganz tief und durch die Nase.

Das kenne ich auch! Das macht Papa immer, wenn ich meinen Brei auf dem Tisch verteile. So machen Schweine! Was das mit meinem Brei zu tun hat, weiß ich jedoch immer noch nicht.

Und die Schweine hier sind riesig! Und gar nicht rosa wie im Bilderbuch.

Im Vorraum des Hauses mit den Tieren entdecke ich etwas ganz Tolles. Ein riesiges glitzerndes Ding, das an die Wand gelehnt steht. Was das wohl ist?

Die beiden Frauen bemerken meine Aufregung und treten ganz nah an das Ding heran. Komisch, das sieht immer wieder anders aus. Ninfa und Frau Pietsch stellen sich davor und sind plötzlich in dem glitzernden Ding drin. Nanu? Und was hat Ninfa da im Arm? Ein Baby!

»Wink mal, Finn!«

Wieso soll ich winken, ich kenne das Kind ja gar nicht!

»Guck, das bist du!« Frau Pietsch hebt meinen Arm und winkt damit zu dem Kind in dem Glitzerding.

Ich? Na, wenn du es sagst. Aber ganz ehrlich, ich bin hübscher. Das Kind ist ja schief im Gesicht.

»Komm, du darfst mal den Spiegel anfassen.« Ninfa nickt Frau Pietsch zu, die den Spiegel aus der Ecke holt und ihn vor mich hält.

»Kann er schon erkennen, dass er es ist?«, fragt sie.

Warum reden Erwachsene eigentlich immer so, als wären wir Kinder taub? Ich höre doch alles!

Also dieser Spiegel ist doof. Wenn Mama eine Grimasse zieht, dann muss ich sofort kichern, und daraufhin grinst Mama dann. Wir wechseln uns also ab mit dem Gesichtermachen. Das Gegenüber hier im Spiegel hingegen reagiert nicht, sondern macht alles gleichzeitig mit mir – komisch. Und langweilig.

»Nein, dafür ist er noch zu klein. Er ist ja gerade erst eins geworden.«

Ich verstehe mehr, als ihr glaubt. Und jetzt verstehe ich, dass eine Kuh und ihre riesige Zunge spannender sind als ein doofes Glitzerding.

Muhhhhhhhh!

Ja, ich komm ja! Los, meine Damen, noch mal zurück zur Kuh!

Endlich gehen wir wieder hinaus in den Hof. In der Sonne ist es ganz schön warm. Am Trecker stehen die Männer. Der Mann, der aussieht wie mein Papa, klettert gerade hoch auf das tolle Ding. Ich will auch! Ich will auch!

»Na, kleiner Mann? Wie gefällt es dir hier?«

»Er ist ganz aufmerksam, ich glaube, er findet es spannend«, antwortet Frau Pietsch.

»Will er zu mir?« fragt der Mann da oben. Wie hieß der noch? Ach ja. Arthur. Gegen Opa Wilhelms Protest werde ich zu meinem Onkel hochgereicht. Na endlich! Ist das toll, Hasi und ich sind begeistert! Opa Wilhelm ist allerdings ganz und gar nicht begeistert. Ich winke ihm, damit er sieht, dass alles okay ist, aber er regt sich gerade fürchterlich auf.

»Das ist lebensgefährlich und nicht bio! Überhaupt, diese schmutzigen Hühner, das soll bio sein? Gesund ist das nicht!«

»Natürlich.« Opa Gunnar wirkt etwas überfordert. »Bio bedeutet umweltschonend, verträglich, alles ganz frisch. Unverschmutzte und gesunde Produkte für den täglichen Bedarf. Wir verzichten selbstverständlich auf Chemikalien, Gentechnik, Herbizide, Fungizide und andere Schadstoffe. Das hat beim Anbau und bei der Viehzucht oberste Priorität.« Wow, Opa hat bislang noch nie so viel hintereinander gesagt. Es klingt ein bisschen so, als habe er das genau so ganz oft gesagt.

»Bio! bio! Das ist doch auch nur, damit ihr es teurer anbieten könnt! Was ist denn daran bio, nur weil das Huhn herumlaufen darf! Das könnte doch aus Versehen unterm Trecker Schweröl trinken.«

»Bitte?«, fragt Arthur amüsiert. Alle anderen gucken irritiert unter den Trecker.

»Meine Hühner trinken kein Schweröl!«, beschwert sich Opa Gunnar.

»Ich halte nichts von bio!«

»Unsinn! Ich kaufe nur bio für Sie, doctor! Und nun lassen Sie uns gehen. Der Prinz hat hier viel Spaß, und er wird sehr gut versorgt.«

»Aber Frau Ninfa!«, ruft Opa Wilhelm entsetzt aus. »Was haben Sie denn da in dem Einkaufsbeutel?«

»Alles bio. Sehr lecker. Ich werde Ihnen da schöne Sachen von kochen, doctor. Schauen Sie doch selber mal in den Laden dort vorne!«

»Ich? Den Teufel werde ich tun! bio, wenn ich das schon höre, werde ich ganz krank!«

»Gesund werden Sie bleiben. Schön gesund. Und hundert Jahre alt werden!« Ninfa klingt begeistert.

»Gott bewahre uns davor«, nuschelt Opa Gunnar. Lauter fragt er:

»Arthur, fährst du jetzt aufs Feld hier vorne?«

»Jau!«

Jau, hat er gesagt. Genau wie mein Papa! Und wie Hagen aus dem Kindergarten. Jau sagen nur die coolen Typen! Der Onkel ist super! Und er sieht so nett aus!

Hui! Jetzt wird der Traktor gestartet. Ein Höllenlärm, und alles vibriert. Bis in meine Nasenspitze hinein.

Arthur fährt los. Tolle Übersicht hat man von hier oben. Damit müsste Ninfa mal mit mir in den Supermarkt fahren, das wäre ein Spaß! Da würde ihr nie wieder jemand den Frauenparkplatz streitig machen!

Wir rollen direkt auf ein Feld zu. Opa Wilhelm vermeidet es ja beim Autofahren, in solche Felder (oder auch nur auf Rasen) zu fahren, aber mit dem Traktor düst Arthur direkt darauf zu. In den großen Rückspiegeln sehen wir, wie die beiden Opas diskutierend hinter uns herkommen. Es staubt gewaltig, aber Opas lassen sich nicht so schnell beeindrucken. Offenbar sind sie fest entschlossen, bei mir zu bleiben. Arthur und ich hüpfen derweil lässig auf dem Fahrersitz herum und düsen durch das Feld.

Völlig verstaubt stehen meine Opas da, als wir nach einer Weile vom Feld wieder runterkommen.

»Und das ist es, was Sie meinem Enkel hier zu bieten haben? Das nenne ich Kinderarbeit! Jawohl!«

Echt? Kinderarbeit hatte ich mir hässlich vorgestellt. Ich liebe Kinderarbeit.

»Kinderarbeit? Hier ist der Junge an der frischen Luft! Und bei seiner Familie! Nicht umringt von deinen piefigen Rosen!«

»Piefige Rosen?«

»Jawohl!«

»Das ist impertinent!«

Was immer das ist, es klingt nicht gut. Frau Pietsch und Ninfa kommen hinzu. Völlig unbeeindruckt von dem Gezanke gehen sie zwischen den Streithähnen hindurch, holen mich von dem Traktor herunter.

»Bist du müde, mein Prinz?«

»Sicher ist er das. Kommen Sie, Ninfa, ich zeige Ihnen Finns Zimmer, in dem schon sein Papa Mittagsschlaf gemacht hat.«

»Gerne. Und dann fahren wir nach Hause, doctor. Ich muss noch Bügelwäsche machen. Und Sie haben auch zu tun!« Ninfa zeigt gebieterisch auf Opa Wilhelms Auto. Direkt daneben stehen zwei Pferde. Aber was machen die denn da? Die stehen ja quasi aufeinander!

»Großer Gott!«, schreit Opa.

»Das ist eher nicht religiös!« Ninfa ist eindeutig amüsiert.

»Wir lassen gerade eine Stute decken«, erklärt Opa Gunnar gelassen.

»Das Kind!« Opa Wilhelm kommt zu mir gelaufen und hält mir die Augen zu.

Was soll das denn?

»Sodom und Gomorrha!« Opa Wilhelm ist außer sich. »Sodom und Gomorrha!« Er kann sich kaum noch einkriegen, während alle anderen ganz gelassen zusehen, ich auch. Ich kann durch seine Finger linsen. Endlich merkt das Pferd auch, dass es das andere Pferd nicht so gut zudecken kann, und geht runter.

»Nix Sodom und Gomorrha. Das sind Lisbeth und der Hengst von Bauer Ribbeck.«

»Ich erwarte eine kindgerechte Umgebung!«, brüllt Opa Wilhelm.

»Kindgerechter kann ein Bauernhof voller Leben ja wohl kaum sein!«

»Hier ist es nicht sicher!«

»Natürlich ist es hier sicher! Hier passt jeder auf jeden auf. Nicht wie in der Stadt, wo lauter hartherzige Menschen sich gegenseitig übersehen!«

»In der Stadt herrschen Sitte und Anstand!«

»Hier herrscht der Frohsinn!«

»Kindgerecht, sage ich! Kindgerecht!«

»Du bist ja albern!«

Die Opas fuchteln sich gegenseitig vor der Nase herum. Mein Onkel kommt und zieht Opa Gunnar ein Stückchen weg. Ninfa packt Opa Wilhelm am Arm. Das reicht aber nicht. Auch auf diese Entfernung bekommen sich meine Opas in die Wolle; eben nur lauter.

»Unmoralisch, jawohl!«

»Lebensfern, sag ich!«

»Wir werden ja sehen, wer die kindgerechtere Umgebung für Finn bieten kann!«, ruft Opa Wilhelm.

»Diese Herausforderung nehme ich gerne an!«, brüllt Opa Gunnar zurück, nimmt den Hut ab und verbeugt sich ganz tief, was nett und sehr höflich aussieht, aber Opa Wilhelm auch wieder nicht recht ist, er grollt ganz laut und muss von Ninfa in Richtung Auto geschubst werden.

Da ich das schon kenne, mache ich nur ganz, ganz kurz meine Äuglein zu. Nur ganz kurz. Ich will ja nichts verpassen. Vielleicht raufen sich meine Opas ja noch im Hof.

Als ich aufwache, liege ich in einem gemütlichen kleinen Zimmerchen. Über mir drehen sich Sonne, Mond und Sterne, obwohl gar nicht Nacht ist. Von der Fensterbank höre ich Vogelgepiepse, vergnügt quieke ich zurück. Und da geht schon die Tür auf. Frau Pietsch ist auf Zack. Sie zeigt auf ein kleines, weißes Kästchen neben dem Bett.

»Das Babyfon hat mir verraten, dass du wach bist Finn.« Sie zeigt auf das Kästchen.

Okay. Baby-Überwachung. Ob das auch bio ist? Ach, nein, denn Mama mag bio sehr, aber Überwachung nicht. Totale Überwachung heißt übrigens Ännäs-Äi. Und darüber kann sich meine Mama stundenlang aufregen. Papa kann sie dann kaum beruhigen. Aber Babyfons findet Mama komischerweise wieder ganz gut. Papa sagt, bei Ännäs-Äi komme es wohl sehr darauf an, ob man der Abhörer oder der Gehörte ist. Glaube ich.

Während sie mich wickelt, singt Frau Pietsch mir ein Lied vor, das ich noch nicht kenne: »Lirum, larum, Löffelstiel – alte Weiber essen viel, junge müssen fasten, Brot liegt im Kasten, Messer liegt daneben. Ei, was ein lustig' Leben!«

Ich kann leider nicht singen, ich lache nur und fasse Frau Pietschs Mund an, weil da die schöne Musik rauskommt. Einen Hunger habe ich, ich könnte glatt in dieses Tuch hier beißen.

»Du hast bestimmt Hunger, was?« Frau Pietsch hat an alles gedacht. Jetzt verstehe ich, warum Ninfa sie mag.

Ich werde in die riesige Küche getragen. Da sind eine ganze Menge Leute, die an einem riesigen Tisch sitzen. Komisch, bei Opa Wilhelm ist es immer ganz ruhig. Hier ist es handfest laut. Als sie mich erblicken, wird es sogar noch lauter. Ich werde rumgereicht und wandere von einer Hand zur anderen.

Guten Tag.

Hallo.

Ja, das ist mein Hase. Und das mein Bauch. Ja, okay, ich bin kitzlig.

Ja, freut mich auch.

Gott sei Dank, Opa Gunnar ist da. Er nimmt mich auf den Schoß. Nun bekomme ich was zu essen. Und was gibt es? Egal. Nur her damit!

Und dann werden Opa Gunnar und ich ratzfatz richtig dicke Freunde. Er zieht mich in dem Bollerwagen meilenweit bis zu einem See, wo wir ein Picknick machen, das Frau Pietsch vorbereitet hat. Mit Breichen und Krümelkeksen. Aus Dinkel, sagt Opa Gunnar stolz.

Es kommt auch ein Hund mit, der »Hundi« heißt. Opa zeigt mir Piepvögel am Himmel und Bienchen, die in einer Kiste wohnen und die ich nur von weitem angucken soll. Mann, was gibt es doch viel zu sehen! In Opa Wilhelms Park gibt es ja auch viel, aber anders.

Als wir zurückkommen, Hasi und ich mussten mal kurz die Äugchen zumachen im Bollerwagen, erwartet uns Frau Pietsch. Sie sieht zufrieden aus.

»Na, haben Sie sich gut verstanden? Och, der Junge ist wohl ganz erschöpft!«

»Natürlich haben wir uns gut verstanden! Großvater und Enkel! Ich bin sowieso ein viel besserer Großvater als der andere.« Opa Gunnar rümpft die Nase.

»Unsinn.«

»Dieser Grunewald-Hampelmann kann was erleben! Dem zeig ich es, wer hier der bessere Opa ist. Kindgerecht, pah, das ist ein Klacks für einen echten Landwirt wie mich!«

Das klingt nach Ärger. Und nach großartiger Unterhaltung!

## 7

## Mich dünkt, wir geben einen Ball, sprach die Nachtigall

Nun geht es wieder in die große Stadt, wo es laut Opa Gunnar so schrecklich stinkt. Ich freu mich trotzdem riesig auf Opa Wilhelm, aber schade, dass ich dann Opa Gunnar abgeben muss.

Wenn ich schon sprechen könnte, würde ich meine Opas mal kräftig ausschimpfen, wie Mama das immer macht, wenn ich mich mit Chrystel-Paris zanke. Mein wildes Armerudern, als Friedensintervention, verstehen sie nämlich nicht. Zu schade das.

Für die Rückfahrt haben wir leider nicht den Trecker genommen, sondern einen Kleinwagen. Frau Pietsch fährt. Der gehört wohl auch ihr, weil er ganz sauber ist. Opa Gunnars Fahrzeuge sind bestimmt alle schrecklich staubig.

»Wer arbeitet, macht auch Dreck!«, sagt er. Aber ist dann Putzen keine Arbeit? Irgendwie habe ich das Gefühl, dass sich die Erwachsenen in diesem Punkt uneinig sind.

Frau Pietsch trägt ihren kleinen, grünen Jägerhut und eine kleine, feste Handtasche am Arm. Opa Gunnar ist so aufgebracht, dass er gar nichts sagen kann. Nur ab und zu brummt er: »Der kann was erleben!«

Er meint bestimmt Opa Wilhelm. Klar, kann der was erleben. Mit mir kann man viel erleben. Oder meint er, weil Frau Pietsch noch so viele schöne Sachen aus dem Laden in den Kofferraum gepackt hat? Ach nein, das soll Opa Gunnar ja nicht wissen. Das bleibt ja unter uns.

Nach einer halben Stunde kommen wir an. Irgendwas ist anders als sonst. Da stehen Sachen rum, die ich noch nie zuvor gesehen habe. Als Frau Pietsch klingelt, öffnet Ninfa im selben Moment. Komisch, sie stand wohl neben der Tür. Sonst ist sie morgens doch immer in der Küche und hat die Flimmerkiste laut.

»Aai!«, begrüßt sie mich. Frau Pietsch setzt mich in ihren Arm, was für sie sehr mühsam ist, da sie so viel kleiner ist als Ninfa.

»Wir bleiben!«, sagt Opa Gunnar, als Opa Wilhelm an der Tür erscheint.

Ninfa und Frau Pietsch wechseln einen kurzen Blick.

»Tee, Pietsch?«

»Gerne, Ninfa.«

Ninfa freut sich sehr über die Tüte mit den ganzen Essenssachen und schließt Frau Pietsch kurz in ihre Arme.

»Was gibt es Neues, Ninfa?«

»Fragen Sie nicht, Pietsch, fragen Sie nicht, Sie werden es ja doch nicht glauben.«

»Oh, berichten Sie!«

»Schauen Sie in den Garten. Ich mag mir das schon gar nicht mehr ansehen«

»In den Garten?« Frau Pietsch geht zum Fenster. Sie sagt nichts, sondern reißt nur die Augen auf.

»Äh!«, macht sie, als sie sich schließlich neben Ninfa und mich an den Tisch setzt.

Ninfa nickt. Komisch. Alles wirkt eigentlich ganz friedlich. Zumindest in der Küche. Sogar die Leute in der Flimmerkiste sind freundlich zueinander. Aber irgendwas brummt doch? Von irgendwoher kommt Lärm. Es klingt wie Opas Traktor, aber der kann es nicht sein!

»Sie werden sich gegenseitig den Krieg erklären!«, stellt Ninfa trocken fest. Mama sagt, Krieg sei nicht zu erklären. Das verstände nie jemand wirklich, wozu der gut sein soll. Wieso sollen ausgerechnet meine beiden Opas sich das gegenseitig erklären können?

»Sollen sie ruhig, dann sind sie wenigstens beschäftigt.« Frau Pietsch nimmt ihren Hut ab. Es wirkt nicht so, als würde sie irgendeinen meiner Opas für sehr schlau halten. Sie macht nämlich so eine Handbewegung, die Mama macht, wenn Papa irgendwas vorgeschlagen hat. Und dann jammert Papa, dass Mama ihn für dumm hält.

Ich werde in meinen Sitz gesetzt und bekomme eine gekühlte Möhre, auf der ich herzhaft herumkaue. Dann stellen sich beide Frauen ans Fenster und betrachten gemeinsam etwas in einem, sagen wir, stillen Staunen. Nein, vielleicht ist es besser beschrieben mit: sprachlosem Entsetzen.

»Was Frau Semmelmann wohl dazu gesagt hätte?«, flüstert Ninfa nach einer Weile und schüttelt so langsam den Kopf, als habe sie Angst, ihre Haare könnten verrutschen. Frau Pietsch setzt immer wieder die Teetasse an ihre Lippen, kann es aber nicht über sich bringen, zu trinken.

Was, zum Kuckuck, geht denn in dem Garten nur vor, dass diese beiden Frauen derart beeindruckt sind? Jetzt mal ehrlich, die beiden bringt doch eigentlich gar nichts aus der Ruhe. Kein Tyrannosaurus Rex, kein fehlendes Puzzleteil und nicht mal die Nachricht, dass die im Supermarkt meine Lieblingskekse aus dem Sortiment genommen haben. Gar nix. Kein Schluckauf, kein Ferdinand-Clemens, kein Baby, das plötzlich vor der Tür steht.

Aber das da im Garten, das macht die beiden Damen stumm. Mist, ich kann einfach nichts erkennen. Hasi? Siehst du was?

Ich vermute, das hat was damit zu tun, dass meine beiden Opas sich gegenseitig den Krieg erklären. Vielleicht malen sie Bilder dazu?

»Das sehen wir uns aus der Nähe an!«, beschließt Frau Pietsch und stellt ihre Teetasse ab.

»Was werden bloß die Nachbarn denken? Pietsch, was denken nur die Nachbarn?«

»Ich weiß es nicht, Ninfa. Vielleicht hat einer einen Notarzt gerufen. Die beiden sind ja nicht mehr ganz bei sich!«

Endlich kommt Fahrt in die Sache. Ninfa packt mich, und dann geht es ab nach draußen. Zunächst sehe ich nur Opa Gunnar, der seinen Strohhut abgenommen hat und sich den Kopf kratzt. Etwas daneben steht Opa Wilhelm mit einem ganz, ganz großen Plan in der Hand. Erst dann sehe ich den Rest.

Respekt!

Im Garten laufen irre viele Leute mit gelben Helmen herum.

Und wo sind die schönen Rosen?

Da, wo vorher dieser prachtvolle Rosengarten war mit dem präzise geschnittenen, supergrünen Rasen, steht auf einem Berg aus Sand ein riesiger Bagger. Es ist richtig laut hier. Am hohen gusseisernen Gartenzaun stehen Leute und gaffen.

»Das wollen wir doch mal sehen, wer die kindgerechtere

Umgebung für den Jungen bieten kann!«, brüllt Opa Wilhelm gegen den Baulärm an.

Opa Gunnar lässt das nicht auf sich sitzen: »Pah!« Einen Moment vermuten wir alle, dass Opa Gunnar noch mehr sagen wird, aber da kommt nichts. Er ist halt genau wie mein Papa.

»Das hier wird ein Spielparadies! Hochfeiner Sand! Antiallergen! Holzgerüste. Eine Wasserspielanlage! U3-Spielgeräte! Hier kann Finn sich kindgerecht selbst verwirklichen!«

»Schluss mit dem Lärm!«, brüllt jemand vom Zaun herüber. Ich erkenne Professor Müller. Ferdinand-Clemens steht neben ihm und versucht, seinen dicken Kopf durch das Gitter zu stecken. Na, wenn er das schafft, bleibt er da am Zaun für immer. Dann müssen wir den jeden Tag füttern, wie die Katze, die Ninfa heimlich mit Leckerchen versorgt.

Ninfa seufzt laut auf und lässt sich in den nächstbesten Stuhl fallen, was schade ist, so kann ich den Bagger weniger gut sehen. Frau Pietsch setzt sich dazu, und beide Frauen wechseln verzweifelte Blicke.

Also, ich finde es etwas laut hier, und das mag ich eigentlich gerade nicht so, auch wenn der Bagger grundsätzlich eine gute Idee ist. Ich halte mir mal die Ohren zu. Hasi, leg dich mal auf mein Ohr.

»Pietsch, das ist jetzt nicht wahr, oder?«

»Ninfa, ich bin untröstlich.«

»Wie groß soll das werden?«

»Keine Ahnung.«

»Und der Junge hält sich jetzt schon die Ohren zu.«

»Armer Finn. Mit seinen Opas hat er nur Ärger.«

An uns kommen eine Reihe Männer und Frauen vorbei, die Rosenbüsche zur Vorderseite des Hauses kutschieren. Wusste gar nicht, dass Rosen auch mal mit einem Buggy spazieren gehen!

»Was würde nur Frau Semmelmann sagen!«

»Die schönen Rosen!« Pietsch leidet mit und tätschelt Ninfas Hand.

»Sie haben den Verstand verloren.«

»Wer weiß, ob sie je einen hatten!«

Professor Müller in der ersten Reihe am Zaun kämpft mittlerweile damit, dass Ferdinand-Clemens nicht dauernd versucht, seinen dicken Kopf zwischen die Gitterstäbe zu pressen. Gleichzeitig scheint er gegen den Baulärm anbrüllen zu wollen. Man hört aber nix. Nur den Bagger.

»Hole die Polizei!«, verstehe ich in einer kurzen Baggerpause. Toll. Ich liebe Polizeiautos.

Bislang habe ich nur ein einziges Mal blinkende Polizeiautos und Feuerwehrautos gesehen. An dem Tag, an dem Marie-Luise unsere Heldin wurde im Kindergarten, weil sie den Feuerwehralarm ausgelöst hatte. Aber wer konnte auch ahnen, dass dieser hübsche Knopf hinter der Scheibe in dem schönen roten Rahmen der Feuerwehr gehört? Ich muss sagen, Marie-Luises Ansehen stieg schlagartig an. Niemand von uns hatte es bis dahin geschafft, an diesen schönen, runden Knopf hinter der Scheibe auch nur ansatzweise ranzukommen. Aber Marie-Luise ist ja auch schon in der Vorschule.

Also ich wäre für Polizei! Los, Professor, ruf mal da an! Warte, hier liegt das Telefon neben Ninfa. Wenn ich da nur rankommen könnte.

»Oh, Prinz, nicht da auf die Tasten kommen. Hinterher telefonierst du noch mit China.«

»Geben Sie mir das Telefon, Ninfa, ich leg es auf den Tisch, wo der Kleine nicht hinkommt.« Mist. Wie kann ich die Polizei sonst rufen? Ich versuche es so.

»Oh, der Junge lacht! Schauen Sie, Frau Pietsch, was für ein gutes Kind, trotz dieses Lärms!«

»Ja, ganz laut ist es hier!«

Ich lache doch nicht, ich rufe die Polizei!

Es sammeln sich immer mehr Leute an dem Zaun. Manche staunen nur, andere schütteln den Kopf. Zumindest hat es Professor Müller immer schwerer, seinen Platz in der ersten Reihe zu behaupten.

»Ich war zuerst hier!«

»Mein Kind will auch mal was sehen!«

Man kennt das.

Jetzt erscheint ein großer Laster an der gegenüberliegenden Seite des Gartens. Es sollen wohl große Bauteile angeliefert werden.

Junge, Junge! Da heult Ferdinand-Clemens aber vor Neid!

Ninfa wird immer noch von mir und Pietsch getätschelt. Sie ist blass, aber nicht zu knapp. Erstaunlich eigentlich, wenn man schokoladenbraune Haut hat.

Opa Gunnar ist sauer, aber wie mein Vater kann er sich der Anziehungskraft eines große Baufahrzeuges nicht entziehen und steht nun neben dem Berg Sand und den sorgfältig aufgeschichteten Holzteilen.

Opa Wilhelm hält den Plan hoch, und viele Helme kommen zusammen und versuchen, aus seiner Zeichnung schlau zu werden.

»Ich hole Ihnen mal Schnaps!« Frau Pietsch steht auf.

»Der Aguardiente steht links im Schrank neben dem Herd«, flüstert Ninfa fassungslos.

Respekt, Opa. Ninfa an den Rand ihrer Gelassenheit zu bringen, dazu gehört was.

Die Männer um Opas Bauplan herum schütteln alle den Kopf. Der junge Mann in dem Bagger versucht auf die Spitze des Sandbergs zu kommen.

Was will er denn da oben?

Es macht höllisch Lärm. Irgendwann bekommen das die Männer, die mit Opas Plan beschäftigt waren, mit und schreien laut auf.

»Komm da wieder runter!«

»Weg da!« Sie wedeln lustig mit ihren Helmen. Ich winke auch.

Ups. Zu spät.

Der Bagger ist oben angekommen, aber er bleibt nicht ruhig stehen. Er wippt leicht. Es wird ein Schaukeln.

»Weg da!«

Der Bagger wippt weiter, und nun kippt er nach vorne. Die hinteren Räder machen laut »Wrum!«.

»Oh!«, machen die Leute am Zaun.

Er kippt.

Und kippt.

»Er kippt!«

»Und wie der kippt! Die Schaufel ist zu schwer, der kippt auf die Schaufel!«

Stimmt.

Ganz, ganz langsam beugt sich der schöne Bagger auf dem schönen Sandberg nach vornüber.

»Mist! Was macht der denn da!«

»Kack noch mal! Komm da runter!«

»So eine Scheiße! Komm da weg!«, brüllt einer mit einem extraschönen Helm und wirft den auf den Boden.

»Nicht vor dem Jungen!«, ruft Ninfa entrüstet.

Kann ich den Helm haben?

Der Bagger ist in seinem Vornüberkippen einfach stecken geblieben. Er steht nun auf seiner Schaufel, der Bagger-Popo zeigt in die Luft. Die hinteren Räder verstummen plötzlich. Das Publikum am Zaun ist mucksmäuschenstill, die Leute mit Helm auch.

Leiser, sehr schüchterner Applaus ist jetzt aus der Richtung des Zauns zu hören. Der junge Mann im Bagger ist erst nicht zu sehen, dann sehen wir eine Hand, die zwei Finger nach oben zeigt, dann klettert er raus.

Wieder kommt Applaus auf.

»Gott sei Dank. Dem Baggerfahrer ist nichts passiert. Den Unfallbericht hätte ich ungern geschrieben!«, sagt der Mann mit dem besonderen Helm und kratzt sich am Bart.

Pietsch kommt herausgerannt und stellt sich zu uns. In der Hand hält sie eine Flasche und zwei Wassergläser.

»Was ist passiert? Was habe ich verpasst?« Sie ist ganz aufgeregt. Ganz anders als Ninfa, die immer stiller wird.

Guck mal, Frau Pietsch, der Bagger macht Kopfstand. Ist das nicht toll?

»Alle sind endgültig irre geworden hier Die sehen doch Farben! Verrückt. Total verrückt«, flüstert Ninfa fassungslos. Frau Pietsch kippt ihr eilig ein ganzes Glas voll mit dem Zeug aus der Flasche.

»Hier, Ninfa. Versuchen Sie die Fassung zu wahren. Es kommt nun alles auf uns an. Bleiben Sie stark!«

Ninfa trinkt einen Schluck. Dann guckt sie auf das Glas, das nun nur noch halb voll ist.

»Anis und Zuckerrohr. Das erinnert mich an meine Heimat Kolumbien.«

»Oh. Heimweh ist ein schlechtes Zeichen.« Frau Pietsch streichelt Ninfa über den Arm. »In Berlin ist es auch ganz schön, Ninfa, meine Liebe. Vielleicht ein bisschen viele Irre, aber eigentlich ist es hier ja auch nett, oder?« Ich glaube, Frau Pietsch hat Angst, dass Ninfa sie verlässt. Und nun trinkt Frau Pietsch auch was. Sie schluckt und hustet.

»Himmel! Was ist das denn?« Frau Pietsch betrachtet respektvoll das Etikett der Flasche.

»Das ist echter, guter kolumbianischer Schnaps. Schickt mir mein Bruder immer.«

In Kolumbien wohnen wohl nur kluge Leute. Wann fahren wir da mal hin? Morgen?

»Na, dann. Prost, Ninfa. Kopf hoch.« Frau Pietsch holt tief Luft (wie Papa, wenn ich tauchen muss beim Babyschwimmen) und trinkt den Rest in einem Zug aus. Ninfa lacht darüber und bekommt wieder die tiefe, herrliche Farbe von gesunder Schokolade.

»Pietsch, Sie sind richtig!« Und auch sie trinkt ihr Glas leer.

Es riecht nach Lakritze. Ich versuche, mit den Fingern an Flasche oder Gläser dranzukommen, aber immer wenn ich es fast geschafft habe, nimmt einer der beiden Frauen die Flasche, füllt die Gläser und trinkt selber. So ein Pech! Kann ich nicht auch was haben? Vielleicht in meine Milchflasche?

Da! Blaulicht! Ich klatsche Beifall, wie die Leute am Zaun. Oh, da kommen echte Polizisten!

»Was ist hier los? Wer hat uns gerufen?«, fragt der erste Polizist. Alle gucken beschämt nach unten. Dann sieht er den Bagger. »Wer hat das zu verantworten?« Der Polizist braucht nicht lange zu raten. Dem talentierten Baggerfahrer werden gerade freudig die Hände geschüttelt, und er wird sofort vor dem Bagger fotografiert. Als er die Polizei sieht, wird er jedoch etwas schüchtern.

»Äh, ich kann das erklären!«

»Na, das überlässt du schön uns.« Die anderen Helmträger packen ihn dezent am Kragen und verkrümeln sich in die hintere Ecke des Gartens. Opa Wilhelm und Opa Gunnar verhandeln mit der Polizei. Einer der Helmträger läuft eilig nach vorne zu ihrem Laster und kommt mit einer ganz großen Rolle rot-weißen Bandes wieder und beginnt, den Kopfstandbagger mit dem Flatterband einzuzäunen. Bleibt das so für immer? Das ist ja noch viel besser als jeder Abenteuerspielplatz.

»Dieser Garten wird nun abgesperrt, meine Damen und Herren!«, ruft einer der Polizisten in die muntere Runde. Die Leute dort klatschen.

»Bitte verlassen Sie das Areal!«, sagt die Polizei ruhig und scheint nicht davon auszugehen, dass dieser Aufforderung jemand nachkommt. Wie bei uns zu Hause, wenn Papa was sagt.

Moment, ich wollte mir das noch genauer ansehen. Wie? Ich darf da nicht hinkrabbeln? Die Helmleute packen ihre Sachen und verschwinden. Der Lastwagen im Vorgarten fährt nach einer Weile brummend davon. Die Polizisten versuchen, nicht zu lachen (das sieht man, denn ihre Augen strahlen, während sie versuchen, mit Opa zu schimpfen).

Mama kann das auch nicht besser. Zum Beispiel habe ich mal ihre gesamte Creme aus so einer schönen, blauen Dose in mein Gesicht gerieben. Da hat sie auch geschimpft, aber ihre Augen haben dabei gestrahlt. Als sie es später Frau Hammer erzählt hat, habe ich gehört, wie beide Frauen schallend gelacht haben.

Mir macht man nichts vor!

Jedenfalls dürfen wir nur noch bis zu den Steinplatten in den Garten gehen.

»Rufen Sie unverzüglich das THW an, ob die Ihnen den Bagger wieder hinstellen können!«, weist der eine Polizist an.

»Und bis dahin würde ich Eintritt verlangen«, setzt ein anderer Polizist hinzu und räuspert sich schnell.

»Aber Ihrem Enkel gefällt es wohl. Und die Damen? Trinken Sie sich das Kunstwerk gerade schön? Verstehe ich.«

»Das sind unsere Haushälterinnen«, erklärt Opa Wilhelm verstört und nimmt mich aus Ninfas Arm. Die hat sich mit Frau Pietsch untergehakt, und beide singen immerzu:

»Baggerbaggerbaggerbaggerbbagger!«

Ich lege den Arm um Opas Kopf, zeige zum Bagger und lache laut: »Daaa! Baggaaa!«

»Sehen Sie, ihm gefällt es.« Der Polizist hat noch schnell ein Foto gemacht.

Ich zeige ihm Hasi.

»Toller Hase!«, sagt der andere Polizist und stupst mir auf die Nase. Dann verabschieden sie sich. Ich auch. Ich will ja, dass alle sehen, was Opa Wilhelm Tolles für mich gebaut hat! Und dass das klar ist: Ich werde Polizist, wenn ich groß bin. Oder Baggerfahrer! Auf jeden Fall werde ich wie meine Opas!

Leider sind die schönen Rosen von der Neugestaltung des Gartens als Bagger-Abenteuerspielplatz nicht so begeistert. Ninfa nennt es: »Verwüstet! Alles total verwüstet! Was haben die armen Rosen Ihnen nur getan, doctor! Die armen Rosen!« Sie ringt dabei theatralisch die Hände. Und wedelt mit einer zweiten Flasche von dem Lakritzgetränk, von dem nun auch meine Opas trinken.

»Ja gut, die Rosen sind echt arm dran, die stehen jetzt alle mächtig eng im Vorgarten«, Opa scheint nachdenklich, »aber der Spielplatz ist schon gut zu erkennen.«

Hoffentlich dürfen meine Krippenkumpel mal vorbeischauen!

Ach, halt! Morgen bin ich ja wieder bei Opa Gunnar. Aber der hat schon versprochen, dass es morgen bei ihm auch viel zu spielen gibt. Er sagte nämlich beim Weggehen: »Das wird ein Nachspiel haben! Oh, ja! Das wird ein Nachspiel haben!«

Und dann hat er noch mal ganz laut »Pah! Bagger!« gemacht.

# 8
## Das ist der Daumen, der schüttelt die Pflaumen

Ich bin schon ganz gespannt. Heute soll ja das von Opa versprochene Nachspiel stattfinden. Da war es auch nicht schlimm, dass Ninfa mich so früh geweckt hat.

Ninfa ist heute irgendwie nicht so gut drauf, ich glaube, ihr tut der Kopf weh. Sie hat so was angedeutet, dass das von der Flasche von gestern kommt. Wahrscheinlich hat sie sich beim Wegräumen die Flasche an den Kopf gehauen. Sie sagt jedenfalls kein Wort zu Opa Wilhelm, und der findet das, glaube ich, etwas gruselig. Jedenfalls guckt er sie immer so komisch von der Seite an.

Während der ganzen Autofahrt versuche ich Ninfa aufzuheitern, indem ich fröhlich quietsche und in die Hände klatsche, aber irgendwie scheint ihr das nicht zu gefallen.

Ich bin froh, als wir endlich auf dem Hof von Opa Gunnar ankommen, immerhin freut er sich über meine gute Laune.

Opas Gesicht dagegen wird ganz düster, als er Opa Gunnar sieht, und er grummelt etwas vor sich hin, was ich nicht verstehe. Ninfa schüttelt daraufhin den Kopf.

»Na, das hat mir heute noch gefehlt, doctor. Können wir nicht mal einen Tag ohne diesen albernen Großvater-Wettstreit verbringen?« Ninfa öffnet ihre Tür. Opa Gunnar kommt herbei, winkt mir, super, hallo, und ich patsche schon mal in die Hände.

Ja! Endlich, das versprochene Nachspiel!

Bin gespannt, wie er den Bagger toppen will. Der steht übrigens immer noch im Garten von Opa Wilhelm.

Frau Pietsch tritt aus der Haustür und kommt ganz langsam auf uns zu. Sie sieht etwa so schlecht gelaunt aus wie Ninfa. Die hat doch wohl nicht auch Kopfschmerzen?

Die beiden Frauen mit den Gewittergesichtern begrüßen sich mit einem kurzen Kopfnicken, haken sich dann unter und schleichen Richtung Küche. Jetzt bin ich mit meinen beiden Opas alleine, die sich wie Katz und Maus gegenüberstehen. Schwer zu sagen, wer wen frisst.

Ich winke. Hasi winkt.

»Da!«

Eigentlich bin ich der Meinung, dieses ›Da‹ müsste nun wirklich reichen. Hallo? Kann mich mal bitte jemand aus diesen Gurten befreien? Ich versuche es mal selbst. Hau ruck! Mist, klappt nicht. Und wenn ich in die Gurte reinbeiße? Bäh. Was ist das für eine Geschmacksrichtung? Schmeckt wie kalte Füße.

Arthur biegt um die Ecke, hurra, der Mann, der aussieht wie mein Papa, der wird mich retten.

»Da!«, mache ich und erwarte Begeisterung. Keine Reaktion, Arthur guckt aber nur zu den Opas, die sich leise anzischeln. Was haben die denn nun wieder? Besprechen sie das Nachspiel? Ich will auch mitmachen!

So. Jetzt reicht es. Ich heule. Ich hole jetzt tief Luft, seht ihr?

»Na, Kleiner, ich habe gehört, dein Opa hat dir einen Bagger geschenkt?«

Zum Glück kommt es nicht zum Äußersten. Mein Onkel öffnet den doofen Gurt und hebt mich hoch. Bei ihm sieht das ganz einfach aus. Wie hat er das nur gemacht?

»Bagga!« Ich nutze gleich das neue Wort, denn ich weiß, das wird ein Klassiker!

Mein Onkel lacht sofort laut los.

»Gut so! Dir kann aber auch nichts die Petersilie verhageln, was?«

Peter wer?

»Komm, Finn, wir schauen uns jetzt an, wie die beiden alten Herren jetzt mächtig, mächtig Ärger bekommen.«

Au ja! Aber warum gibt es Ärger? Die machen doch alles richtig. Finde ich zumindest. Ninfa ist da etwas strenger und Frau Pietsch sowieso.

Die Sache ist folgende: Opa Gunnar hat was ganz, ganz Tolles für mich gemacht. Und ich bin auch schwer begeistert, aber aus irgendeinem unerfindlichen Grund sind Opa Gunnar und ich die Einzigen, die der Sache so richtig was Positives abgewinnen können.

Es gibt doch diese Dings, na, diese Dings, äh. Wo man vorne rein und dann links oder doch besser nach rechts, und dann geht man weiter. Das haben wir auch in der Krippe. Das findet Hagen immer so klasse, wenn wir da so Bälle drin hin und her schieben. Wie nennt er das immer? Labi-? Nein. Labu-? Auch nicht. Labo-? Na, sag schon.

»Tataaa! Ein Labyrinth für meinen Enkel. Naturnahes Erleben. Und vor allem ungefährlich und ohne Bagger! Ganz ohne hochherrschaftlichen Schnickschnack!«

Labyrinth! Genau! Das meinte ich.

»Das darf ja wohl nicht wahr sein!« Opa Wilhelm schlägt sich mit seiner Hand an die Stirn. Ich mache es sofort nach.

»Schauen Sie sich das bitte an, Ninfa. Schauen Sie. Er hat einfach ein Muster ins Feld geschnitten. Warum macht er so einen Unsinn? Wie kommt ein gestandener Landwirt auf so eine Idee? Sind die beiden völlig von Sinnen?« Zeternd kommt Frau Pietsch mit Ninfa wieder aus dem Haus.

Mit großen Augen stehen wir vor dem Feld. Opa Gunnar hat in einem wunderbar goldgelben Weizenfeld kreuz und quer Wege geschnitten. Sieht fabelhaft aus. Dafür überleg ich mir glatt, doch noch laufen zu lernen.

»Er hat eiskalt das ganze Feld ruiniert«, stellt Arthur gelassen fest.

»Ja, toll, oder?« Opa Gunnar strahlt mich begeistert an. »Kommt mit, ich zeig es euch!« Stolz schreitet er voran, während Arthur mich auf seine Schultern nimmt (wie Papa) und ich ihm beim Am-Kopf-Festhalten aus Versehen die Augen zuhalte (wie bei Papa).

Alle kommen artig hinter uns her.

»Ein echtes Labyrinth, ohne Schnickschnack!«, wiederholt Opa Gunnar laut. »Nicht so wie die Herren mit einem Doktortitel, die alles besser wissen und meinen, mit Geld sei alles zu kaufen! Pah!«

Opa Wilhelm holt schnell auf und drängelt sich zwischen Opa Gunnar und Arthur.

»Geld? Ach, Sie meinen, es ist das Geld? Nein, der Geist macht den Unterschied, mein lieber Herr Nowak! Der Geist! Ein bisschen Rasenmähen ist wohl kaum eine Geisteswissenschaft!« Er schreitet mit großen Gesten weiter. Ich versuche, mit den Armen ähnlich zu rudern, und kann kaum das Gleichgewicht halten. Hinter uns trotten ein Hund, ein Huhn und Ninfa und Frau Pietsch her, die beiden Frauen schützen schweigend ihre Augen mit den Händen vor dem Sonnenlicht.

»Das ist indiskutabel, Herr Nowak! Früher hätte es das nicht gegeben. Kartoffeln waren dem Alten Fritz heilig!«

»Das hier ist Weizen. Keine Kartoffeln!«

»Darum geht es doch nicht, Sie, Sie, Sie –«

Wildes Rudern mit den Armen.

»Alles bio, was? Ein Biowanderweg, was? Schon patentieren lassen?«, brüllt Opa Wilhelm, den ich jetzt nur noch als schwebenden Kopf weit hinter uns erkennen kann, Arthur ist mit mir ein wenig vorgetrabt.

»Frische Luft! So was hat man ja nicht, wenn man im Garten alle Blumen rausreißen lässt und dafür ein Baufahrzeug einbuddelt!« Opa Gunnar ist auch nur noch Kopf. Eigentlich nur noch ein Hut.

»Bio! Das sind die Richtigen. Deutschen Weizen niedermähen. Wahrscheinlich hat die EU das sogar noch finanziert! Wegen Biogas!« Opa Wilhelm ist gar nicht so begeistert von dem Labü-Dings.

»Biogas ist aber was anderes als die konservativen Fürze, die du so absonderst, Wilhelm!«

»Das nehmen Sie sofort zurück!«

»Den Furz oder das Konservative?«

»Sie, Sie Großgrundbesitzer, Sie EU-Geld-Schnorrer!«

Ich glaube, meine Opas mögen sich sehr, so viele Kosenamen, wie sie sich nach so kurzer Zeit schon geben. Papa nennt Mama immer nur Schätzchen. Oh, da sind Ninfa und Frau Pietsch. Sie sind einfach quer durchgegangen und tauchen jetzt ganz zerzaust vor uns auf.

Ich will runter, hallo, ich will mal das alles anfassen!

»Holla, holla, junger Mann, nicht so zappeln. Warte,

ich setze dich mal ab.« Mein Onkel hebt mich runter und lehnt mich an sein Bein, an dem ich mich erst etwas festhalte, bevor ich mich auf meinen Popo plumpsen lasse. Das ist der kürzeste Weg nach unten. Hier stehen noch lauter kleine Stöckchen herum. Au, die sind ja ganz hart.«

»Arthur. Nun sag doch auch mal was! Hat dein Vater den Verstand verloren?« Frau Pietsch, Ninfa und mein Onkel stehen jetzt ganz dicht beieinander und reden. Ich untersuche so lange den Boden. Wie sich das schön anfühlt. Fast wie im Sandkasten. Ich muss das unbedingt mal probieren. Igittigitt. Na, vielleicht hab ich zu wenig in den Mund gesteckt. Ich nehme mal eine ganze Handvoll.

»Verstand? Wenn er den verloren hat, kann das nicht viel gewesen sein.«

»Und ich dachte wirklich, Herr Nowak täte mal el doctor ganz gut, aber langsam denke ich –« Ninfa reibt sich die Augen und stöhnt leise.

»Gleich und gleich gesellt sich gerne.« Arthur lacht.

»Solange niemand zu Schaden kommt, dann –«, weiter kommt Frau Pietsch nicht, denn ich muss heftig würgen. Alles dreht sich sofort zu mir um.

»Oh Gott, das Kind!«

»Er hat den Mund voller Dreck!«

»Der Junge erstickt!«

»Schnell raus damit!«

Ninfa und Frau Pietsch sind sofort bei mir und befreien mich schnell von dem, was da in meinem Mund steckt. Ich würge noch etwas, dann wird mein Mund mit Wasser ausgespült. Ich hab mich mächtig erschrocken, und alle gucken mich besorgt an.

»Geht es wieder?«

Ich werde erst von Ninfa, dann von Frau Pietsch geherzt. Mein Onkel streicht mir über den Kopf. Komisch. Immer wenn andere mich trösten, muss ich noch mehr weinen.

Als meine Tränchen endlich weg sind, gucke ich hoch und sehe meine beiden Opas, die ganz schön bleich aus der Wäsche gucken.

»Dreck reinigt den Magen.« Opa Wilhelm sagt das ganz vorsichtig und guckt zu Ninfa. Die guckt streng zurück. Frau Pietsch hat derweil Opa Gunnar im Visier.

»Er ist halt ein Naturbursche. Dem macht das nichts«, versucht er es kleinlaut.

»Ich hör wohl nicht recht!« Opa Wilhelm hat offenbar seine Vorsicht überwunden und wird wieder energisch. »Mein Enkel wird ein Naturwissenschaftler, kein Naturbursche!«

»Pah! Dass ich nicht lache! Der Junge hat gerade seine Erdverbundenheit demonstriert!«

»Er wird Wissenschaftler! Mediziner! Wie sein Großvater!«

»Auf keinen Fall! Er wird mit seinen Händen arbeiten wie ein ehrlicher Mensch! Wie sein Großvater Gunnar!«

»Sie halten mich nicht für ehrlich?«

»Ich halte dich für einen –«

»Halt!« Ninfa brüllt so laut, dass ich Angst habe, die Vögel fallen vom Himmel.

»Ihr alten Dummköppe, Ihr haltet jetzt mal auf der Stelle den Mund! Schämt euch!« Frau Pietsch kann ebenfalls richtig laut werden. Ninfa nickt ihr anerkennend zu.

Das gibt aber jetzt ein Donnerwetter, das sich gewaschen hat. Meine Opas sehen genauso aus wie Hasi, wenn ich ihn ausschimpfen muss, weil er wieder den Möhrenmatsch nicht gegessen, sondern einfach nur auf den Boden geschaufelt hat.

»Das hört jetzt aber sofort auf! Sofort!« Frau Pietsch verschränkt die Arme vor dem Bauch, um sich dann doch sofort wieder an die Stirn zu greifen.

»Sofort! Inmediatamente!«

»Augenblicklich!« Pietsch stemmt mit letztem Elan die Hände in die Hüften. Kleine Leute sehen immer sehr niedlich aus mit Händen in den Hüften, sagt mein Papa (über Mama). Ich bin nicht sicher, ob sie das so gerne hören würde.

»Sie sehen ja wohl beide Farben!« Ninfa wischt mit ihrer Hand vor ihren Augen hin und her.

Das macht Eindruck. Beide Opas ziehen den Kopf ein.

Stille, wie immer kurz nach dem Ausschimpfen.

»Das war genug! Es reicht mit diesem Unfug! Ist das klar?« Ninfa guckt sehr böse erst den einen, dann den anderen Opa an. Dann wechselt sie mit Frau Pietsch einen Blick und nickt. Offenbar haben sie einen Plan.

»Ab jetzt wird sich sinnvoll mit dem Enkel beschäftigt! Ich sage sinnvoll! Der arme Finn wohnt ab sofort hauptsächlich in der Stadt.« Frau Pietsch deutet auf Opa Wilhelm, der daraufhin die Faust ballt, eine sehr merkwürdige verrenkte Bewegung damit macht und ruft: »Ja-hab-ichs-nicht-gesagt!« Aber ein Blick von Ninfa reicht, und er ist still. Das Grinsen vergeht ihm sofort, als Frau Pietsch weiterspricht.

»Herr Nowak und ich werden jeden Tag zu Besuch kommen, und dann werden Ninfa und ich Ihnen zeigen, wie richtige Kinderbetreuung geht. Morgen werden Sie beide erst mal zusammen einen Kinderarzttermin wahrnehmen. Morgens wird gemalt, vorgelesen, Bauklötze gespielt und gemeinsam gesungen.«

»Aber –!«

Vergiss es, Opa. Das klingt super!

»Keine Widerrede!« Ninfa funkelt Opa Wilhelm streng an.

»Oh.«

»Morgen Kinderarzttermin. An den Tagen darauf: Babyschwimmen im Hallenbad. Weiter geht es mit Eltern-Kind-Turnen. Nicht zu vergessen. Dann bei gutem Wetter Spielplatz. Spaziergänge. Zoo. Und so weiter.« Frau Pietsch zählt die Termine an den Fingern ab. Meine Opas werden bei jedem Finger etwas kleiner. »Sara will, dass es ihrem kleinen Sohn gutgeht!«

»Noch Fragen dazu?« So, wie Ninfa das sagt, vermute ich, dass niemand sich noch traut, auch nur da zu sagen. Ich zumindest nicht.

# 9
## Heile, heile Kätzchen

Kinderarzt Doktor Hintzemann ist supernett. Aber man muss ganz schön lange warten. Für Kinder ist das Warten in der Regel kein Problem. Ich, zum Beispiel, ich gucke mir andere Babys an und andere Mütter und Väter (und bin dann sehr zufrieden mit meiner Mutter und mit meinem Vater). Heute ist es aber noch viel interessanter, weil ich ja heute meine Opas dabeihabe. Beide. Frau Pietsch und Ninfa ließen nicht mit sich verhandeln. Beide Opas müssen mit, haben sie gesagt, sonst gibt es Ärger. Und Frau Pietsch und Ninfa lassen keinen Zweifel daran, wie riesig dieser Ärger wäre. Und so blieb meinen Opas nichts übrig, als sich bis zur letzten Minute darüber zu zanken, wer fährt und welches Auto genommen wird.

»Pah! Ich will nicht in dieser Bonzenkarre vorfahren!« Opa Gunnar wurde richtig rot im Gesicht.

»Ach, aber mit Traktor einmal übern Prenzlauer Berg, oder wie hätte es der Herr gerne?«

Also, Opa Wilhelm hat sich durchgesetzt, aber auch nur, weil Frau Pietsch ihm geholfen hat.

Für Traktoren sei in der Straße, in der die Praxis von Herrn Doktor Hintzemann liegt, nun mal wenig Platz. Es dauerte dann etwas, bis Opa Wilhelm seinen Wagen aus der Garage hatte, weil die ganzen Rosenbüsche noch in großen Körben im Weg standen. Klar.

In der Praxis angekommen, staunten meine Opas nicht schlecht. Als die beiden nämlich nur Väter waren, gab es wohl so was wie diese Praxis nicht. Ich bin mir sogar sicher, dass es da noch gar keine Kinderärzte, Impfmüdigkeit, 10 Euro Eintritt und dieses zappelige AaDeHaEs (Mama meint, fast alle Kinder in unserer Nachbarschaft haben diese komische Buchstabenkrankheit. Ich nicht!) gab.

Also diese Kinderarztpraxis von meinem lieben Doktor Hintzemann ist gigantisch groß. Da kann man sich schon etwas verloren vorkommen. Man muss erst mal eine Treppe hoch und lustigen Clownsschildern folgen. Dann die Türklingel bedienen, bis ein gigantischer Summer einem erlaubt, die Tür aufzudrücken. Und dann, WUMM, hat man schon den ersten Bauklotz am Kopf. Zum Glück bietet ein meterlanger Tresen den Damen (natürlich blutjung) vom Empfang ausreichend Schutz vor derartigen Geschossen aus dem riesigen Wartesaal.

Alles in allem ist es laut, ziemlich warm und muffig. Aus dem Gästeklo hört man das entschlossene Gekreische eines Kindes, das offenbar nicht in einen Becher pillern will. Anschließend erscheinen ein triumphierendes Schulkind und eine zerzauselte Mutter, die schulterzuckend einen leeren Becher in der Hand hält.

Etwas unentschlossen lungern meine beiden Opas mit mir auf dem weißen Gang vor dem Tresen herum. Die beiden brauchen wohl etwas, um sich an die Situation zu gewöhnen. Neugierig werden sie von vorbeieilenden Muttis gemustert.

»Ja, bitte?«, erbarmt sich dann die eine der lilagekleideten Damen hinter dem Tresen und winkt uns etwas unwirsch heran. Unerwartet schüchtern zieht Opa Gunnar den Strohhut vom Kopf und Opa die weiche Kappe, die er selber Schiebermütze nennt. Wahrscheinlich, weil man die über Glatzen einfach rüberschiebt.

»Guten Morgen. Wir sind hier wegen unserem Enkel Finn.«

»So sagt man das nicht!« Opa Wilhelm drängelt Opa Gunnar etwas zur Seite.

»Ey, wieso schiebst du mich weg?«

»Guten Tag, die Damen, wir sind hier wegen unseres Enkels. Genitiv. Aber ein Bauer vom Lande weiß das nicht.«

»Wo soll ein Bauer sonst her sein als vom Land?« Opa Gunnar klingt jetzt unsicher.

»Ihnen fehlt jede humanistische Bildung.«

»Ich steck dich gleich in den Humus, da kannste dir dann was drauf einbilden.«

Genervt mustert die Dame uns, ich lächle entschuldigend. Schließlich sagt sie: »Na, dass Sie beide keinen Termin beim Doktor haben, das glaube ich gerne.«

»Ach?«, fragt Opa Gunnar erstaunt.

Mensch, Opa, weil du doch kein Baby mehr bist.

»Ach so.«

Blitzmerker.

»Dann sagen Sie mal an.«

Jetzt sind meine Opas völlig durcheinander.

»Wie, was soll ich denn ansagen?«

Ich halte Hasi hoch. »Da!«, mache ich. Alle sind begeistert. Natürlich. Langsam finde ich Sprechen doch ganz gut, wenn es sinnvoll und sparsam eingesetzt wird.

Die Arzthelferin nimmt Opa das Heft aus der Hand. »Aha. U6.«

»Bitte was?«

»Heute ist die U6 dran.«

»Und was ist das, bitte?« Opa Gunnar ist verwirrt.

»U6.« wiederholt die Frau hinterm Tresen jetzt etwas lauter.

»Das ist die sechste Untersuchung«, erklärt Opa Wilhelm stolz. Die Dame in Lila guckt misstrauisch von einem zum anderen.

»Und jetzt nehmen Sie bitte im Wartezimmer Platz«, brüllt sie dann.

Meine Opas zucken zusammen, gehen ein paar vorsichtige Schritte Richtung Wartezimmer und bleiben dann stehen.

Da wollen sie wohl nicht rein. Da ist es ihnen garantiert zu laut.

Ich find's super. Da drin geht offenbar die Post ab! Ich wedle mit den Beinen. Das hilft meist, wenn ich Erwachsene zur Eile antreiben will.

Unsicher schauen meine Opas sich an und gehen dann langsam mit mir hinein.

Wartezimmer sind die bauliche Verwirklichung von Langeweile. Im besten »deutschen pädagogischen Stil« (sagt meine Mama immer böse) stehen die Stühle in einer Art riesigem Stuhlkreis an den vier Wänden. Opa Wilhelm greift sich in den Rücken.

»Ich hab doch Rücken!«, jammert er.

»Stell dich nicht so an, alter Mann!« Opa Gunnar knufft ihn wieder.

Zwei kleine Jungs sind schon kräftig dabei, Unfug zu treiben. »Unfug« ist übrigens in diesem Fall, wenn man sich den Inhalt einer Box sorgfältig durch Herausnehmen und Herumwerfen erarbeitet. Ein nettes Mädchen mit Zöpfen sitzt gelangweilt in der Ecke und versucht, eine Puppe mit nur einem Bein gesund zu pflegen. Überall liegt buntes und kaputtes Spielzeug herum. Sehr einladend hier. Bloß so entsetzlich warm und stickig. Fast alle Stühle sind besetzt. Da sind eine strickende Mutter, eine ganz, ganz junge Mutter, die Zeitung liest, und eine Mutter mit einem schwarzen Komplettumhang. Dass Letztere kein Vater ist, sehe ich an den Augenwimpern und an den schönen, bunten Fingernägeln.

»Guten Morgen.« Meine Opas suchen offenbar Kontakt. Nur lahm kommt eine Erwiderung.

Sie lassen mich auf den Boden hinunter, damit ich krabbeln kann. Ich überlege kurz, wende mich dann in Richtung des netten Mädchens. Das, was sie da macht, sieht irgendwie freundlich aus. Vorsichtig komme ich näher, um herauszufinden, ob mein Erscheinen den richtigen Eindruck auf sie macht.

Meine Opas stehen in der Mitte vom Stuhlkreis und beratschlagen flüsternd, was sie tun sollen. Opa Gunnar kratzt sich am Kopf. Er zeigt auf zwei freie Stühle nebeneinander. Opa Wilhelm reagiert nicht, er greift sich zwei ausliegende pädagogische Ratgeberzeitschriften und drückt seinem Opa-Kollegen eine davon in die Hand. Der kratzt sich wieder am Kopf, starrt auf die Zeitschrift und sieht aus, als wüsste er nichts damit anzufangen.

»Der Hut!« Opa Wilhelm zeigt auf die staubige Kopfbedeckung.

»Hm?«

»Runter damit.«

»Ach so.«

Opa Gunnar weiß nicht so recht, wohin mit dem Hut. Opa Wilhelm deutet zum Haken an der Wand.

»Sind Sie beide …? Ich meine, das sieht man ja auch immer häufiger heutzutage. Nur nicht in Ihrem Alter.« Die Strickmutti ist voll auf Kommunikation aus. Sie zeigt mit den Fingern wedelnd auf meine beiden Opas. »Ich finde das ja entzückend.« Sie blinzelt jeden Opa einmal an.

»Wir sind die Großväter.«

»Beide?«

»Ja. Wir sind die Großväter.«

»Gleichzeitig?« Die Frau ist ganz außer sich.

»Natürlich gleichzeitig. So was ist man nicht hintereinander.« Opa Wilhelm zupft energisch an seinem Schnauzbart. Oh, oh. Das klappt irgendwie nicht. Was reden die denn da?

»Ich meine doch, Sie beide – also, sind Sie zusammen? Wie geht das denn dann genetisch? Ach, was die Technik heute alles schafft, nicht wahr? Ach, wie entzückend!«

»Bitte?« Opa Wilhelm ist verwirrt.

»Ja, zusammen Großväter«, wiederholt Opa Gunnar mit einiger Verspätung. Komisch. Was daran so schwer zu verstehen ist. Und warum zwinkert die Frau so seltsam?

»Nein, ich meine, wer ist denn die Frau und so? Ach, wie erfrischend. Aber wir hier in Berlin, wir sind ja so weltoffen. Ach, wie erfrischend!«

»Ich bin der Großvater mütterlicherseits.«

»Ach? Mütterlicherseits? Sagt man das jetzt so? Also ich habe damit ja gar kein Problem. Und dass sie noch mal ein Kind, na ja, sie haben ja Zeit.«

»Bitte?«

Die Frau mit dem Umhang kichert.

»Was ist, bitte schön, eine U6 genau?« fragt Opa Gunnar jetzt die Frau mit dem Umhang.

Die Dame zeigt auf eine Tafel an der Wand. »Schauen Sie mal dort. Da stehen alle Untersuchungen erklärt.«

»Ach. Das steht da? Wie praktisch.« Opa Gunnar sucht sich seine Lesebrille und steht auf. Er liest vor:

»U6. Zwischen 10. und 12. Lebensmonat.«

»Ach, aber Finn ist doch schon älter. Dann sind wir ja spät dran!« Opa Wilhelm sucht immer noch seine Brille. Das Mädchen, neben dem ich jetzt sitze, zieht die lahme Puppe aus und reicht mir deren Kleider. Ich versuche sofort, um das Mädchen zu beeindrucken (Mädchen mögen Jungs, die sich um Puppen kümmern), die Kleider Hasi anzuziehen. Das Mädchen hilft mir nach einer Weile wortlos. Ich mag sie. Sie hat so was Entschlossenes im Blick. Und sie hat ein Gefühl für Klamotten. Hasi sieht mit dem kleinen Pullöverchen recht fesch aus. Vielleicht mal in einer anderen Farbe versuchen?

Sie grinst, und dann sagt sie diesen einen erstaunlichen Satz, nachdem sie Hasi gemustert hat und ihm sorgfältig die langen Ohren nach hinten legt: »Das sitzt tadellos.« Wie meine Mama! Wollen wir heiraten?

»Hier steht, was Finn alles können muss mit 10 bis 12 Monaten.« Opa Gunnar tippt energisch auf die Schautafel. »›Mit gestreckten Beinen und geradem Rücken frei sitzen. Eventuell alleine stehen und sich dabei festhalten. Überprüfung der sprachlichen Entwicklungen und des allgemeinen Verhaltens. Auffrischungsimpfungen.‹ Weißt du was darüber, Wilhelm?« Endlich hat der seine Brille gefunden und putzt sie nun ausgiebig. Dann liest er murmelnd alles noch einmal vor.

»Nun ja. Was ist gemeint mit sprachlich? Nun ja, er sagt ab und zu: ›Da!‹ Und das klingt immer sehr zielgerichtet. Und stehen kann er wohl auch.«

»Ach, wie entzückend!«, schaltet sich wieder die Strickmutti ein. »Also, ich übe ja immer mit meinem Justus Jonas. Jeden Tag. Sag mal was Nettes, Justus Jonas. Sagst du mal hallo? Schätzelein, hast du die liebe Mutti gehört? Sag mal was!« Das Schätzelein hat leider keine Zeit, er hat die Autos fallen lassen und versucht jetzt, dem anderen Baby einen Schlumpf ins Ohr zu drücken.

»Ach.« Opa Wilhelm ist völlig entsetzt, als er das sieht.

Mein Papa lacht immer über solche Sachen, und wenn er dann später meiner Mama ›Wartezimmergeschichten‹ erzählt, lachen sie gemeinsam. Aber Opa Wilhelm sieht verschreckt aus. Auch Opa Gunnar ist sich unsicher. Sie sind es halt nicht gewohnt.

Der Versuch mit dem Schlumpf wird wegen ›Klapptnicht‹ abgebrochen. Das Baby scheint enttäuscht, weil es plötzlich weniger Aufmerksamkeit bekommt.

Das Mädchen neben mir hat nun Hasi ein Mädchenkleid angezogen. Hasi sieht selbst damit sehr fesch aus.

Vielleicht wird er mal Genderbeauftragter. Papa benutzt dieses schwierige Wort andauernd und lacht dann. Mama muss dann zwar auch etwas lachen, aber sie findet wohl eigentlich, Genderbeauftragter zu sein sei eine ernste Sache.

»Ach, wie entzückend! Und der Kleine spielt auch schon mit Puppen! Sie müssen sehr stolz auf ihn sein!«

»Bitte?« Opa Wilhelm kann so viele verwirrende Einzelinformationen einfach nicht verarbeiten.

»Muss man das denn üben?«

»Natürlich.« Die Strickmutti klingt so, als sei sie sich da sehr sicher.

Jetzt mischt sich die sehr junge Mutter ein: »Meine Fee Fiona bekommt schon Englischunterricht.«

»Fee Fiona?« Opa Gunnar starrt das Mädchen neben mir an. Die trägt es mit Fassung. Armes Ding.

»Wie heißt denn Ihr Sohn?« Offenbar ist den Damen nicht klar, dass es sich hierbei WIRKLICH um meine Großväter handelt.

»Finn.«

»Finn? Ach. Wie der Wal? Oder wie ein Möbel aus dem schwedischen Möbelhaus?« Sie findet das komisch.

Die Fragen stellen meine Opas vor ein dickes Rätsel, denn sie kennen offenbar keinen Wal namens Finn. Und die Sache mit dem Möbelhaus scheint sie zu erzürnen. Sie starren die strickende Fragerin böse an. Dann erwacht in Wilhelm der Widerstand.

»Nein, natürlich nach Finn E. Kydlan, einem norwegischen Nobelpreisträger«, sagt Opa Wilhelm und hebt das Kinn. Ich bin nicht sicher, ob die junge Dame sich davon beeindrucken lässt. Sie widmet sich wieder ihrer Handarbeit: zwei rechts, zwei links, zwei fallen lassen.

»Und das mit dem Möbelhaus«, beginnt Opa Gunnar atemlos, »das mit dem Möbel, das, äh, dann kann das nur ein sehr schönes Möbelstück sein!« Opa Gunnar ist irgendwie unzufrieden.

»Und ein stabiles!«, setzt Opa Wilhelm dazu.

Alle drei Frauen starren meine Großväter an. Die Frau unter dem Umhang neigt den Kopf und lacht glockenhell.

In Wahrheit bin ich Finn, weil meine Eltern sich auf keinen Namen einigen konnten und die Krankenschwester mit dem Formular kam und sagte, da müsse bitte ein Name rein. Und als meine Eltern nach Stunden immer noch grübelten, hat die Frau helfen wollen: »Nennen Sie ihn doch Finn, so heißen alle, da fällt er nicht auf.« Und für so Sachen, die nicht peinlich auffallen, sind meine Eltern total. Ich hätte lieber so geheißen wie mein Papa.

Papa.

Aber später hab ich erfahren, dass er Greg, Schatz, Schmutzfink und Räum-endlich-mal-hier-auf heißt.

Finn ist also ganz okay.

Die eine Arzthelferin in dem lila Oberteil kommt und bittet die Umhangfrau und ihren Sohn hinein. Sie macht das sehr gestenreich und spricht dabei ungeheuer laut. Ob sie der Meinung ist, dass der lange Umhang das Hören hemmt?

»Ach, Herr Semmelmann.« Die Arzthelferin dreht sich wieder um und kommt zu ihm gehuscht.

»DOKTOR Semmelmann, bitte. So viel Zeit sollte sein.« Opa Wilhelm ist ganz schwer angefressen.

»Auch gut. Doktor Semmelmann. Ich sehe gerade, dass Ihre Tochter Ihnen eine Vollmacht mitgegeben hat. Würden Sie dann eventuell zu einer Impfung ja sagen?«

»Bitte?«

»Impfung. Der Kleine soll geimpft werden.«

»Meinen Sie so gegen Pest und Cholera?«, fragt Opa Wilhelm.

»Pest und Cholera? Du scheinst emotional in einem anderen Zeitalter hängen geblieben zu sein, was Keule? So ungefähr bei der Hexenverbrennung«, meint Opa Gunnar.

Das ewige Thema Impfen. Meine Mama ist ja voll dagegen und mein Papa immer voll dafür. Ich sollte schon ganz oft geimpft werden, ich kenne das schon. Wenn Papa mitgeht, wird gepikst, wenn Mama mitgeht, wird diskutiert. Jetzt versuchen es die Arzthelferinnen bei meinem Opa. Interessante Taktik. Ärzte wollen nämlich immer Menschen und Tiere impfen. Mama sagt, weil sie geldgierig sind, Papa meint, weil sie »der Menschheit Wohl im Auge haben«.

»Äh, ja.« Die Arzthelferin neigt nachdenklich den Kopf. »Sie sind sicher auch für das Impfen. Ich meine, Sie als Mediziner, als Kenner.«

»Ja, bitte. Nur zu.« Opa neigt würdevoll den Kopf. »Ich bin ja vom Fach. Charité, wenn Sie wissen, was ich meine.«

»Natürlich, Herr Doktor Semmelmann!« Sie lächelt.

Opa Gunnar grinst: »Na, da freut sich Opa Wilhelm aber mächtig, dass er mal was gefragt wird, von dem er meint, was zu verstehen.«

Die Dame in Lila zwinkert Opa Gunnar zu.

»Dann bereite ich alles vor, Herr Doktor Semmelmann.« Ihr geht der Doktor nun ganz leicht von den Lippen. Opa Wilhelm streckt seine Brust.

»Pah! Vom Fach! Gestern hat dein Enkel noch Dreck gefressen! Das stärkt viel mehr die Abwehrkräfte!« Opa Gunnar schüttelt heftig den Kopf. Im Raum ist plötzlich Bewegung. Beide Frauen gucken meine Opas an.

»Impfen ist aber voll gefährlich, wissen Sie das nicht, Mann?«

»Unsinn. Das ist sehr verantwortungsbewusst!« Die Strickliesel wird etwas schrill.

»Aber nein! Das Impfen ist nur Geldmacherei von den Ärzten.«

Och nö. Nicht diese Leier wieder. Das hatten wir schon das letzte und das vorletzte Mal.

Das kann lange dauern. Meine Opas ahnen das wohl auch, denn endlich setzen sie sich auf die zwei freien Stühle.

»Sie sind eine ignorante Person!«, sagt die eine.

»Sie lassen sich wohl alles einreden was?«, sagt die andere.

»Sie haben ja keine Ahnung!«

»Leichte Beute für die Medien!«

»Handauflegerin!«

»Fortschrittsgläubige!«

Meine Opas gucken lediglich von einer zur anderen. Was Sinnvolles fragen, das klappt nun nicht mehr. Es ist, als würden die Frauen die beiden Herren in ihrer Mitte gar nicht mehr wahrnehmen. Meine Opas gucken. Mal nach rechts, mal nach links. Sie nicken immer ganz vorsichtig, als wollten sie andeuten, sie würden ansatzweise verstehen, worum es den beiden Frauen geht. Das sieht aus wie die Zuschauer bei dem Tennisspiel, was Papa immer guckt. In Wümbüldün.

Ich schnappe mir Hasi und krabble zu ihnen. Dann nehme ich all meine Kraft zusammen und richte mich an Opa Gunnars Knie auf und halte Hasi hoch.

»Guck! Er kann stehen!« Opa Wilhelm ist außer sich und zeigt auf mich. »Das gilt doch, oder? Er hat doch jetzt den Test bestanden, oder?«

Opa Gunnar scheint total aus dem Häuschen. Er klatscht laut in die Hände und wackelt lustig mit dem Kopf. Ich quieke vergnügt und falle prompt wieder auf meinen Popo. Das tut aber nicht weh, mein Popo hat ja Airbag.

»Das ist ja toll!« Opa Wilhelm springt auf.

»Ja, toll, Finn!« Opa Gunnar macht es ihm nach. Sie lachen und gucken sich plötzlich überrascht an, holen Luft und umarmen sich dann. Das hätte ich ja nicht gedacht! Sie sind ja richtig lieb zueinander.

»Das ist ja großartig!«, ruft Opa Wilhelm.

»Unser Enkel! Das ist unser Enkel!« Opa Gunnar ist nicht weniger laut.

Die Frauen gucken stumm zu.

»Sie sind ja so entzückend, Sie beide! So entzückend!«, sagt die Strickmutti. Aller Streit scheint vergessen. Sie widmet sich endlich ihrer Handarbeit und seufzt zufrieden. Die Arzthelferin schleicht sich an.

»Der Finn wäre dann jetzt dran!«

»Er kann stehen! Er kann stehen!« Meine Opas zeigen begeistert auf mich. Die Frau in Lila nickt ein bisschen, während wir durch den Flur zu einem der Behandlungsräume geführt werden. Ich throne auf Opa Gunnars Arm, während Opa Wilhelm Hasi voranträgt wie eine Fackel.

Ja, doch! Hab ich schon öfter gemacht.

Ich kenne den Raum, in dem ich jetzt untersucht werden soll. Ich muss auf einen weichen, sehr stabilen, sehr hohen Untersuchungstisch. So. Nun hat man mich abgelegt, und ich setze mich hoch, um besser sehen zu können, was hier los ist. Draußen vom Flur hören wir Kinderlachen. Opa Gunnar setzt sich neben mich, während Opa Wilhelm an dem Schreibtisch vor dem Arzt Platz nimmt. Doktor Hintzemann ist reingekommen und gibt meinen Opas die Hand. »Na, jetzt weiß ich auch, warum du so ein sonniges Gemüt hast, Finn!«

Oh, oh. Die Frau in Lila kommt mit der Spritze zur Tür herein.

Oh, oh. Das pikst wieder.

»Herr Doktor Semmelmann hat zugestimmt!« flötet sie.

»Halleluja! Wir dürfen den Finn heute doch impfen?« Doktor Hintzemann freut sich.

Er untersucht mich gründlich. Er hat ganz warme, weiche Hände, die immer sehr sauber sind. Offenbar spielt der nur selten in Sandkästen. Seine Fingernägel sind ganz kurz und tiptop. Er tastet meinen Hals ab, was etwas kitzelt. Den Bauch, er guckt ins Ohr, dann ins andere. Und brummt jedes Mal zufrieden. Das kenne ich ja schon alles. So ist das eigentlich bei jedem Besuch hier.

»Was für ein freundlicher Junge. Und wie gescheit der einen immer anguckt. Geht Ihnen das auch so, meine Herren? Möchte zu gerne wissen, was der so über die Welt denkt.« Mein Doktor lacht dröhnend, während seine Augen leuchten.

Ich kann es dir verraten. Ich denke: Das Leben ist schön. Und heute sogar noch schöner als gestern.

Meine Opas sitzen mit stolz geschwellter Brust da und haben nicht die leiseste Ahnung, wovon der Doktor redet.

Ich werde gewogen und ausgemessen. Mir wird tief in die Augen geguckt.

»Herr Doktor Semmelmann und Herr Nowak. Ist Ihnen an dem Jungen in letzter Zeit was aufgefallen?«

»Was denn aufgefallen?« Opa Wilhelm streicht sich durch den Bart.

»Ja, was Ungewöhnliches.«

»Oh, ja!« Opa Wilhelm reißt die Augen auf. »An Finn ist mir vieles Ungewöhnliche aufgefallen! Schauen Sie ihn sich doch an! Im Grunde ist an ihm alles ungewöhnlich! Er hat außergewöhnlich schlaue Augen und eine ungewöhnlich klare Stimme. Einen außergewöhnlich strammen Charakter. Außergewöhnlich, sage ich Ihnen! Und sein Kopf! Ungewöhnlich! Seine Haare, sein Hände und Füße! Er ist natürlich außergewöhnlich klug. Und so hübsch und so –«

»Äh, ich glaube, der Doktor meint, ob Finn krank ist«, geht Opa Gunnar dazwischen.

»Krank?« Opa Wilhelm runzelt die Stirn.

»Ja, krank!«

»Aber Finn ist doch nicht krank!«

»Äh, ja. Sehe ich auch so. Also, Herr Doktor. Es ist uns an Finn nichts Ungewöhnliches aufgefallen.« Opa Gunnar nickt noch einmal abschließend und klopft Opa Wilhelm auf den Arm.

Der Doktor lacht freundlich.

»Sehr aufmerksame Opas hast du! Und nun noch mal atmen, Finn!«

Ich muss danach fest seine Hand drücken, und ich werde noch abgehört am Rücken. Und dann halte ich ihm meinen Hasi hin.

»Ah, Herr Hase. Mal sehen, aha. Ein strammer Hase. Alles gut. Wird der heute auch geimpft?« Ups, die dunkle Stimme von Doktor Hintzemann verändert sich leicht. Warum genau muss man eigentlich impfen? Klingt immer so etwas gefährlich. Und ganz ehrlich, irgendwie kann ich mich erinnern, dass ich das immer doof fand, wenn Papa das doch machen ließ. Wenn Mama nicht dabei war.

Doktor Hintzemann erklärt meinen Opas noch einmal die Wichtigkeit des Impfens und dass leider viele dagegen sind. Zum Beispiel meine Mutter. Erst denke ich, Opa Wilhelm, der das offenbar entscheiden darf, knickt ein, wenn er hört, dass seine Tochter eigentlich dagegen ist.

»Wenn meine Tochter dagegen ist, dann bin ich dafür.« Klare Ansage, Opa! Respekt. Aber wenn du Mama später davon erzählst, darf ich dann vorher das Zimmer verlassen?

Doktor Hintzemann bricht in schallendes Gelächter aus.

»Finn, du hast ja coole Opas!«

Mein zweiter Opa wird gebeten, sich auch zu mir zu setzen. Dann kommt die große, große, sehr große Spritze. Opa Gunnar sieht es gelassen: »Guck mal, Finn. Meine Tiere bekommen auch vom Tierarzt ab und zu eine Spritze. Das ist okay.«

Na, der hat gut reden. Das klingt doch alles etwas gruselig.

Autsch!

Mann!

Was soll das denn?

»Das war es schon, Finn.« Doktor Hintzemann streicht mir etwas rustikal über den Kopf.

»Oh, Gott, das arme Kind!«, brüllt Opa Gunnar. »Das arme Kind!«

»Haben Sie nicht eben gerade ganz anders geredet? Und schreien Sie doch nicht so. Finn ist ganz tapfer, und Sie machen hier Alarm!«

Echt? Opa Wilhelm, findest du mich tapfer? Toll.

Und Hasi?

»Natürlich ist mein Enkel tapfer! Aber ist ja auch kein Schlachtvieh!« Opa Gunnar drückt mich ganz fest.

»Impfen ist Ihnen wohl nicht bio genug, was?« Opa Wilhelm wedelt sich mit der Hand Luft zu.

Doktor Hintzemann muss grinsen: »Finn, deine Opas sind im Gesicht leicht grün geworden, ich mache mal lieber ein Fenster auf. Das hast du prima gemacht, Finn. Du bist viel tapferer als dein Opa.« Der Doktor steht auf und reicht Opa Gunnar einen kleinen Becher Wasser. Dann setzt er sich zu mir und tut so, als würde er Hasi auch eine Spritze geben.

»Fertig, und schau, da hab ich noch was für dich und deinen Hasen, Finn!« sagt mein Arzt fröhlich. Er nimmt ein buntes Pflaster aus seiner Schublade. Er sieht dabei sehr ernst aus.

»So bleibt Ihr beide gesund.«

Toll.

Und, Hasi? Tat es weh? Mir tat es gar nicht weh. Stell dich bitte nicht so an. Du als Hase musst Vorbild sein. So. Brust raus und nicht so schlapp rumliegen! Was sollen denn meine Opas von dir denken!

»Der Junge könnte sich unwohl fühlen in den nächsten Stunden und Tagen.« Doktor Hintzemann klopft nun Opa Wilhelm sachte auf die Schulter und wedelt ihm Luft zu mit einer Zeitschrift. Der atmet tief ein und aus und nimmt dann vorsichtig meine Hand. Alles schaut mitfühlend auf mich herunter.

»Könnte da etwas Kuchen helfen?« fragt Opa Wilhelm schüchtern. Opa Gunnar leckt sich die Lippen.

Der Arzt macht große Augen.

»Unbedingt Kuchen! Ganz sicher! Ein uraltes Geheimrezept!« Mein Doktor und ich grinsen uns an.

Wir sitzen jetzt in einem schicken Café. Opa Gunnar hat seinen Hut abnehmen müssen. Meine Opas trinken Tee und Kaffee. Jeder von ihnen hat ein riesiges Stück Torte vor sich, das eine nette Frau gerade abgestellt hat.

»Prinzregententorte! Jawohl! Für meinen tapferen Enkel! Er ist heute geimpft worden!«, sagt Opa Wilhelm ganz laut. Opa Gunnar zeigt auf das Pflaster an meinem Arm. Die Frau, die den Kuchen gebracht hat, nickt anerkennend und zwinkert mir dann zu.

Die älteren Damen vom Nachbartisch tuscheln vergnügt.

»Der Junge ist wohl Ihr ganzer Stolz, was?«, ruft eine Frau mit einem wuscheligen Ding auf dem Kopf. Die anderen Frauen kichern sofort. Mädels sind doch alle gleich. Egal welchen Alters.

## 10

## Spannenlanger Hansel, nudeldicke Dirn

Ihr kennt das Problem. Wasser. Babyschwimmen ist nun echt nicht so mein Ding. Zumal Hasi da partout nicht mitkommen will.

Meiner Mama ist das total wichtig, dass ich schwimmen kann und keine Angst vor Wasser habe. Sie kann Stunden damit zubringen, herauszufinden, was für Kurse sie mit mir belegen könnte. Ich finde das süß, allerdings bezweifele ich ernsthaft, ob aus mir mal ein gescheiter Delphin wird.

Also heute steht Schwimmen an. Ninfa erzählt mir beim Wecken, dass meine Mutter gestern Abend wieder angerufen hat. »Sie ruft so oft an, wie es geht! Und natürlich wollte sie alles wissen, was du am Tag gemacht hast. Und tausend Küsse hat sie dir durchs Telefon geschickt! Schau, Ninfa hat sie alle in eine kleine Dose getan.« Während Ninfa mir beim Anziehen hilft, darf ich die Dose öffnen.

»Hurra! Und da sind alle Küsse! Spürst du sie, mein Prinz? Auf deiner Wange?«

Oh. Ja. Ganz viele!

»Hmmm!«, mache ich und schließe die Augen. Das ist so schön! Als ich sie wieder öffne, sehe ich, wie Ninfa sich ans Herz greift.

»Dann gehen wir jetzt in die Küche, ja? Opa Gunnar kommt auch gleich! Heute wird geschwommen! Deine

Mama freut sich, dass das mit deinen Opas so gut klappt und dass die mitgehen!«

Heute kommt Opa Gunnar wie üblich ganz früh zu Opa Wilhelm. Er hat eine schöne große neue Sporttasche dabei, an der sogar noch das Preisschild hängt.

»Guten Morgen, du kleine Wasserratte! Heute gehen wir also auf große Fahrt?«

Fahren? Ich dachte schwimmen! Willst du von meinem Brei! Ich geb dir gerne ab!

»Hui! Nicht so mit dem Löffelchen wedeln. Schau, du kleckerst!« Opa Gunnar zeigt auf die Wand.

Opa Wilhelm kommt in die Küche. »Aber junger Mann! Iss ordentlich! Das gehört sich nicht für einen preußischen Prinzen!«

»Ach, du meine Güte! Lass den Jungen doch sein Essen erleben!«

»Das sehe ich nun mal anders, Herr Nowak! Ich halte gute Tischmanieren für unerlässlich. Und hier ist nun mal keine Erlebnisgastronomie!«

»Der Tisch hat ja gute Manieren. Und Finn wollte mir nur zuwinken! Er freut sich, wenn sein Opa kommt!« Opa Gunnar bekommt von Ninfa einen Tee. Er setzt sich zu mir an den Tisch. Opa Wilhelm trinkt lieber Kaffee und setzt sich auch zu uns.

»Das ist wahrscheinlich Biotee, wie?« schimpft er und zeigt auf Opa Gunnars Getränk.

»Und bei dir? Wahrscheinlich Kaffee aus den Kolonien, oder was?« Opa Gunnar verzieht das Gesicht. Dann greifen die Opas gleichzeitig nach der Zeitung, die herumliegt. Ich freue mich immer ganz doll, wenn beide da sind. Es ist wie als würde man doppelt sehen. Ich gucke ihnen zu, wie sie lesen, beide haben Brillen auf der Nase und halten sich die Zeitung ganz nah vor das Gesicht.

Es ist so still in der Küche, dass ich draußen die Vögel piepsen höre. Auch die Spanier in der Flimmerkiste bewegen nur die Lippen, bleiben aber stumm.

Leider finde ich das langweilig.

»Da! Bagga!« Ich zeige aus dem Fenster.

»Was meinst du?« Opa Wilhelm guckt an der Zeitung vorbei zu mir herüber.

»Er meint den Bagger!« Opa Gunnar bleibt hinter seinem Teil des Papiers.

»Das habe ich auch gehört, Herr Nowak.«

»Warum fragste dann.«

»Um meiner Freude Ausdruck zu verleihen, dass mein Enkel offenbar ein Gespräch mit mir beginnen möchte.«

»Was will er? Ein Gespräch? Der Kleine? Und warum denn mit dir und nicht mit mir?«

Opa Wilhelm holt tief Luft, doch bevor er weitersprechen kann, geht Ninfa dazwischen: »Haben die Herren denn ihre Taschen richtig gepackt?«

»Äh.«

»Öh.«

»Zum Beispiel an ein Shampoo gedacht?« Ninfa schaut Opa Gunnar fragend an.

»Öh, ja, denke schon.« Er kratzt sich am Kopf.

»Ich nicht!« Opa Wilhelm zeigt triumphierend auf seine Glatze.

»Badehose?«

»Na ja, man kann es Badehose nennen.«

»Tja.« Opa Wilhelm zuckt mit den Schultern.

»Und an ein Handtuch?«

»Jawoll«, sagt Opa Gunnar schnell.

»Melde gehorsam: Handtuch ist an Bord!« Opa Wilhelm hebt seine Hand an den Kopf.

»Und Badelatschen?«

»Oh.«

»Oh.« Beide gucken sich an.

»Also nicht?« Ninfa holt daraufhin für jeden ein paar Plastikpuschen. Natürlich beschwert sich Opa Wilhelm, dass beide Paare seine sind und er Opa Gunnar keines abgeben will, aber er kommt damit bei Ninfa nicht durch.

Ich werde noch mal gründlich im Gesicht und an Händen und Armen abgewaschen, damit sich das Hallenbadwasser nicht möhrchenmäßig einfärbt. Dann greifen meine Opas ihre Taschen und Ninfa mich, und wir gehen hinaus zum Auto. Es ist ein schöner Tag, die Sonne scheint warm auf meine nackten Ärmchen, und die Vögel zwitschern.

Ich sitze hinten in meinem Sitz. Opa Wilhelm fährt los. »Was ist denn hier los? Wieder nur Dummköpfe am Steuer!« Das Meckern über andere auf der Straße geht bei ihm automatisch. »Hoffentlich ist das ein richtiges Hallenbad. Nicht so ein Badespaß-Unsinn, wo man seine Bahnen nicht anständig schwimmen kann.« Opa Wilhelm haut dabei leicht auf das Lenkrad.

Wenn ich eines gelernt habe, dann das: Es ist ein Vorrecht der Erwachsenen, schon bevor ein Ereignis eintritt, ganz doll drauf zu schimpfen. Wir Kinder hingegen müssen immer warten und erst mal probieren. Erbsenbrei zum Beispiel. Das sieht man doch vorher, dass das nicht schmecken kann. Aber wir dürfen natürlich NICHT meckern, die Erwachsenen aber schon. Gemein ist das!

»Babyschwimmen – pah!«, macht Opa Gunnar laut in eine kurze Pause hinein. Wir versuchen, in eine Straße einzubiegen, in der ein großer Mülllaster steht. Ich finde es toll. Meine Opas nicht.

»Immer diese Mülllaster! Man hat das Gefühl, morgens besteht Berlin nur aus Müll!«

»Wieso nur morgens?« Opa Gunnar lacht. Endlich geht es ein Stück weiter. Es stinkt von draußen. Ich halte mir Hasi vor das Gesicht.

»Kinder sollen anständig Bahnen schwimmen und nicht herumölen!« Opa Wilhelm ist ärgerlich.

»Wo fährst du denn lang? Da war ein Schild in die andere Richtung.« Opa Gunnar zeigt aus dem Fenster.

»Die Leute wissen auch nicht, was gut ist für Kinder! Schwimmen soll nicht lustig sein. Schwimmen soll Leben retten!«

»Also, jetzt muss ich in meinem Alter Babyschwimmen machen. Hat man so was schon gehört!«

»Leben retten, sage ich!«

»Nun fahr schon! Oder ist dir das nicht grün genug?«

»Ruhe bewahren! Ruhe ist die erste Bürgerpflicht!«

»Ich wäre ja jetzt links gefahren, du Bürger!«

»Bitte?« Opa Wilhelm schaut ihn böse an. Aber nur kurz. Er muss schließlich fahren. »Die Jugend von heute kann gar nicht mehr anständig schwimmen, weil die anständigen Hallenbäder alle abgerissen werden. Stattdessen gibt es diesen Firlefanz mit Sauna und Rutschen.«

»Gibt es auch unanständige Hallenbäder? Kannste mal sehen, mein Jung, so was gibt es nur in Berlin!« Opa Gunnar lacht.

»Lachen Sie nicht! Mir ist es ernst.«

»Du hast dich verfahren, stimmt's?«

»Ich?«

»Ja, du!«

»Hören Sie endlich auf, mich zu duzen!«

»Nö!«

»Na, hören Sie mal!« Opa Wilhelm klingt da wie Mama.

»Guck auf die Straße. Vorsicht, der hält an und steigt aus. Mitten auf der Straße. Ihr Berliner seid ja bekloppt!«

»Berlin mit seinem ganzen Firlefanz ist bald am Ende. So was von am Ende! Ja, ja, das werdet ihr alle noch erleben! Der Alte Fritz hat es immer gewusst.« Opa Wilhelm haut auf sein Lenkrad.

»Tja, so was gibt es nur in Berlin!«, schmollt Opa Gunnar.

»Da ist ein Schild. Ich habe mich also nicht verfahren!«

»Schon gut. Umwege erhöhen die Ortskenntnisse.«

»Wehe, wenn das kein anständiges Hallenbad ist.« Opa Wilhelm wedelt mit dem Zeigefinger. »Immerhin sind die Schilder ordentlich!«

»Babyschwimmen! Pah.« Opa Gunnar dreht an einem Knopf. Es wird kühler im Auto. Opa Wilhelm dreht daraufhin auch an dem Knopf. Es wird wieder wärmer.

»Man braucht eine 25-Meter-Bahn und ein Dreimeterbrett. Mehr braucht es nicht. Ich habe in der Nordsee schwimmen gelernt, jawohl. Auf Sylt.«

»Pah!«, macht Opa Gunnar plötzlich so laut, dass ich vor Schreck meinen Daumen aus dem Mund ziehe und Opa Wilhelm scharf bremst.

»Um Gottes willen! Warum schreien Sie denn so!«

»Sylt! Wenn ich das schon höre!« Opa Gunnar guckt Opa Wilhelm merkwürdig von der Seite an.

»Ja, Sylt. Was dagegen? Damals war das noch eine ganz normale Insel!«

»Ich habe im Baggersee schwimmen gelernt! Bei uns nebenan. Im schönen Brandenburg. Jawohl. Baggersee. Nix Sylt!«

»Und ich in der rauen, weiten See! Einem Weltmeer! Bei starkem Wind!« Opa macht irgendwie den Scheibenwischer an, der nun leise vor sich hin quietscht. Dabei regnet es gar nicht. Er dreht an verschiedenen Knöpfen und Hebeln. Opa Gunnar greif an das Lenkrad, und der Scheibenwischer bleibt stehen.

»Ich, als echtes Kind vom Lande, bin einfach von meinem Vadder (er sagt wirklich Vadder!) als kleiner Bub ins Wasser geworfen worden. Zack, konnte ich schwimmen!« Beide gucken sich an.

»Guck auf die Straße!«

Der Wagen fährt ruckelnd weiter. Draußen hupt einer.

»Und ich bei Windstärke 4!« Opa Wilhelm hat den Laster noch rechtzeitig gesehen.

»Ha! Windstärke 4 ist nix!« Opa Gunnar schafft es, eine ausladende Handbewegung auf engstem Raum zu vollführen.

»Dann war es Windstärke 6!« Opa Wilhelm lässt sich nicht abbringen davon.

»Pah. Lächerlich! In unserem Baggersee lebte damals ein Krokodil, jawohl! Zu der Zeit war Brandenburg quasi Urwald! Entflohen aus dem Zoo!« Opa Gunnar redet mehr als die ganzen Tage zuvor.

»Windstärke 8, jawohl! Über mir sind die Wellen zusammengeschlagen!«

»Hast du daher deine Glatze?«

»Bitte?« Opa bremst. »Weg da! Wir müssen ins Hallenbad!« Er hupt schön laut.

»Es war Nacht, als mein Vadder mich reingeworfen hat! Und ich musste danach zu Fuß nach Hause!«

»Windstärke 14 war es. Jawohl!«

Wir stehen sehr gemütlich und schon eine ganze Weile an einer Ampel. Die ist übrigens bereits das zweite Mal wieder grün geworden. Hinter uns wird heftig gehupt.

»Willi, würg den Gang nicht so rein! Und lös den Bautenzug!« Opa Gunnar wird laut.

Der Wagen jagt ungelenk vorwärts. Nun verstummen beide. Sie atmen hörbar durch.

»So war das.« Opa Wilhelm spricht nun deutlich leiser.

»Jau, so war das!«

»Und nicht anders.«

»Nee, genau so!«

»Und wo sind wir?«

»Berlin, würde ich sagen.«

»Danke.«

»Da lang.«

»Hab ich auch gesehen, Herr Neunmalklug!«

»Warum fragste dann?«

Er will abbiegen, bremst dann.

»Kannste darauf verzichten, durch eine Einbahnstraße falsch herum zu düsen?«

Opa Wilhelm ächzt, während er wild an seinem Lenkrad kurbelt. Dann fahren wir in eine kleine Einfahrt.

»Was gibt es hier zu meckern? Wir sind sicher angekommen! Oder etwa nicht? Na, wie hat dein Opa Wilhelm das gemacht?« Er schaut zu mir nach hinten. Ich winke.

Als wir langsam in eine Lücke rollen und Opa die

Handbremse anzieht (Mama macht das übrigens genauso!), knurrt er: »Krokodil! Lächerlich! Was soll das denn für ein Zoo gewesen sein? Von uns? Aus Berlin? Was soll das denn für ein Wanderkrokodil gewesen sein?«

Opa Gunnar hat offenbar nur darauf gewartet. Entrüstet macht er sich Luft: »Windstärke 14? Ha! Die Beaufortskala zur Bemessung der Windgeschwindigkeit geht nur bis DREIZEHN!«

Es ruckelt uns ordentlich durch, als Opa Wilhelm aus dem Wagen steigt.

Die Schwimmhalle steht direkt vor uns und ist ein solider Klotz in der städtebaulichen Landschaft.

»Na, etwas zu viel Ostcharme, würde ich sagen.« Opa Gunnar ist auch aus dem Auto gestiegen und streckt erst mal vorsichtig seinen Rücken und klopft sich auf seinen Bauch. Opa Wilhelm macht darüber so seine Witzchen. Bevor es allerdings wieder zum Wortgefecht kommen kann, erscheint eine junge Dame.

Blutjung, würde ich meinen. Sie hat weißblondes Haar, ist sehr sonnenbraun und hat ganz, ganz lange pinke Fingernägel. Aber sie strahlt mich an. Das ist nämlich Jenny, die Schwimmlehrerin.

»Finn! Wie schön! Und das sind bestimmt deine beiden Opas? Deine Mama hat mir Bescheid gegeben, 'ne Wottsäpp geschickt!« Sie gibt meinen Opas die nagelbewehrte Hand. Meine Begleiter sehen plötzlich ganz verlegen aus, als Jenny sagt: »Endlich mal echte Kerle beim Schwimmen! Da werden sich aber die Muddies (ja, sie sagt wirklich: Muddies) richtig, richtig freuen. Tolle Opas hast du, Finn!«

Klar, weiß ich doch längst.

»Wir sehen uns!« Mit Luftküssen verschwindet sie im Hallenbad. Verdattert bleiben meine Opas zurück. Sie schauen ihr nach. Wenn Männer blutjungen Frauen nachgucken, neigen sie etwas den Kopf. Wahrscheinlich ist es, weil blutjunge Frauen so klein sind, oder so.

Bin ich froh, dass ich bei meinen Opas bin, da lerne ich echt wichtige Sachen fürs Leben. Papa guckt ja nur meiner Mama nach. Sagt er.

Opa Wilhelm und Opa Gunnar zerren, natürlich nicht ohne leichtes Gezanke, erst mich, dann ihre großen Schwimmtaschen und eine durchsichtige Box aus dem Auto. Ninfa und Frau Pietsch haben die Herren genau instruiert. Wegen der Sicherheit. Hasi muss für die Zeit, die ich im Wasser bin, in diese durchsichtige Plastikbox, die an den Rand des Beckens gestellt wird. Damit Hasi nicht so alleine ist. Nur deshalb. Nur für Hasi.

Jenny kennt das schon. Mama hat sich das schon gleich am Anfang des Kurses für mich ausgedacht.

Als wir die Eingangshalle betreten, riecht es nach bedenklichen, umweltunverträglichen Bleichmitteln. Das ist Klowasser (oder so ähnlich). Hat mein Papa mir mal alles ganz genau erklärt. Ich finde, das sollte man ändern.

»Heute nur Schul- und Vereinsbetrieb!«, blökt die ältere Dame in ihrem kleinen Glashäuschen meinen Großvätern entgegen, und dazu macht sie so blöd mit ihrem langen Zeigefinger. Wie der Scheibenwischer eben. Die ist nicht blutjung. Ganz und gar nicht.

Opa Wilhelm stellt sich mit all seiner Würde plus Bauch breit vor das Glashäuschen: »Wir sind mit unserem Enkel hier!«, schallt es durch das gesamte Gemäuer: »Und wir machen Babyschwimmmen!«

»Pah, Babyschwimmen!«, grummelt Opa Gunnar.

Die Frau zeigt sich beeindruckt. Dann erkennt sie mich, winkt mir zu (ohne Zeigefinger) und lässt meine Opas passieren.

Das Umziehen ist lustig. Opa Wilhelm passt nur mit Not in seine Umkleidekabine, also werde ich von Opa Gunnar mitgenommen. Ich trage so eine pikende Plastikhose, und Hasi wird in die Box gelegt. Opa Gunnar hat an dem unteren Teil seiner Arme ganz braune Haut und ein bisschen am Nacken. Aber oben an der Schulter und am Rest ist er schneeweiß. Und er ist etwas faltig. Nicht schlimm, eher interessant. Aber er ist ganz dünn. Und in der karierten Badehose (Dunkelgrün, Dunkelblau und etwas Rot – es erinnert an die netten Röcke von den Schotten) sieht er irgendwie sehr lustig aus. Er nimmt mich auf den Arm, und wir gehen wieder auf den Flur. Da wartet Opa Wilhelm bereits. Im ersten Moment dachte ich, er habe seine Badehose vielleicht vergessen, aber dann merke ich, die sieht man nur von hinten. Von vorne sieht man nur seinen großen Bauch. Opa Wilhelm ist viel weniger faltig als Opa Gunnar, aber genauso weiß.

»Äh. Hallo. Da seid ihr ja.«

»Öh, ja.«

»Deine Badehose ist aber knapp.«

»Hm. Ja, die war lange nicht im Einsatz. Sie haben auch nicht gerade das aktuelle Modell an, wie?«

»Wird schon gehen.«

»Natürlich.«

Es herrscht ganz netter Betrieb im Hallenbad. Lee-Sha wird vorbeigetragen. Papa sagt, die sei eine »nudeldicke Dirn«. Ich mag Nudeln.

»Oh, Finn! Hast du uns heute deine Opas mitgebracht?« Lee-Shas Mutter grinst fröhlich. Sie (die ›Muddie‹ – nicht die Tochter) ist überall tätowiert. Mama findet dieses Tätowieren albern, weil die Mama von Lee-Sha wohl die Namen ihrer Kinder auf den Arm hat schreiben lassen, als würde sie die je vergessen. Papa meint, das sei die Strafe für derlei alberne Namensgebungen.

Dann kommen die anderen Mütter und Babyschwimmer: Kilian, Damian, Penny Lane und Maddox. Opa Gunnar guckt wieder schräg hinterher. Kann aber auch sein, weil er versucht, seinen Kopf in eine Badekappe zu quetschen. Opa Wilhelm hat keine Badekappe auf. Klar. Ohne Haare hält die bestimmt nicht.

Jetzt geht es unter die Dusche und dann in die Halle mit dem ganzen Wasser. Jenny begrüßt alle persönlich. Die jungen Damen reißen sich förmlich darum, Opa Wilhelm (sie sagen Oppa Willi) und Opa Gunnar (Oppa Gunni) alles zu erklären. Mein Opa Wilhelm trägt es mit Würde, dass er immerzu geduzt wird. Ich glaube, jetzt duzt er sogar zurück.

Jenny bittet ins Wasser. Opa Gunnar hat Mühe, mit mir auf dem Arm sicher die Treppenstufen zu treffen, aber er will partout nicht, dass Opa Wilhelm mich nimmt.

Nicht zanken! Sonst müsst ihr am Beckenrand sitzen und dürft nur zusehen!

Wir stehen nun mit allen Babyschwimmkursabsolventen im Kreis. Also das bedeutet natürlich, unsere Träger stehen im Kreis, wir Kleinen, wir sitzen auf dem Arm, bis zum Bauchnabel im Wasser. Alle machen alles, was Jenny uns aufträgt.

»Liebe Muddies, liebe Oppas. Beginnen wir erst einmal

damit, uns ans Wasser zu gewöhnen. Bitte macht mir nach!« Sie fängt erst mal mit Hüpfen an. Opa Gunnar ist irritiert, und Opa Wilhelm übernimmt mich. Opa Gunnar schmollt etwas, weil er nicht aufgepasst hat.

»Jetzt geht es los, junger Mann!«

Opa Wilhelm muss bis zu den Schultern ins Wasser, was schwierig ist. Alle Muddies freuen sich, dass er das so toll macht.

»Und gerade in Ihrem Alter!« Jennys Stimme hallt richtig.

»Was soll das denn heißen?«, zischelt Opa Wilhelm.

»Nicht aufregen! In deinem Alter!« Opa Gunnar lacht und bekommt etwas Wasser in den Mund.

Jenny trägt übrigens immer eine Sonnenbrille im Haar, obwohl hier ja Schatten im Haus ist. Ich glaube, das macht sie, damit man weiß, wer hier was zu sagen hat.

Penny Lane heult wie üblich. Und Opa Gunnar singt leise in unsere Richtung: *»Penny Lane is in my ears and in my eyes – wet beneath the blue suburban skies!«*

Ich hab es deutlich gesehen. Opa Wilhelm musste deshalb echt grinsen.

Nachdem wir genug im Wasser auf und ab gesprungen sind, werden kleine Bälle verteilt. Ich muss natürlich alle Übungen doppelt machen, weil alle sehen wollen, ob meine beiden Opas das auch wirklich beide können. Können sie. Und wie!

Penny Lane versucht wie üblich, den Ball zu essen. Sie hält den schwimmenden Ball fest, öffnet den Mund und taucht dann mit allem unter, also auch mit dem Gesicht. Ihre Mutter ist ganz erschrocken und hebt sie sofort wieder hoch.

»Wüä!«, schreit sie. Klar. Das nervt. Alle Muttis kommen sofort herbei und tätscheln sie.

Hallo? Schaut mal her, ich mach alles richtig!

»Du machst das prima, Oppa Willi! Und nun du, Oppa Gunni!« Jenny sollte das echt lassen.

»Pah! Babyschwimmen!«, nörgelt Opa Gunnar leise. Aber was auffällig ist, alle Teilnehmer grinsen beim Babyschwimmen. Wenige Minuten reichen aus. Natürlich allen voran die Mutter von Damian, von der Mama mal gesagt hat, die würde irgendwas nehmen, so albern wie die ist. Also wirklich alle grinsen, werden irgendwie fröhlich. Und die Mutter von Damian übertreibt wieder. Sie lacht so laut, dass Opa Wilhelm jedes Mal zusammenzuckt.

»Ahaha! Oppa Willi, wie stark du bist! Mich könntest du sicher auch so schön hoch halten. Ahahaha!«

»Bitte?« Opa zieht die Augenbrauen hoch.

»Oh, eine neue Verehrerin?« Opa Gunnar lacht und reicht mir einen Ball.

»Unsinn.«

»Na, die stehen wahrscheinlich auf deine Frisur!«

»Hören Sie doch auf damit. Geben Sie mir jetzt den Jungen.«

Wir spielen eine Weile mit den Bällen, und Opa Gunnar meint: »Irgendwie zwickt mich die Hose.«

»Ich bin auch schon ganz taub unten herum«, zischelt Opa Wilhelm.

»Wir sollten uns neue Badehosen kaufen lassen, aber nicht so modern.«

»Wer konnte das denn auch ahnen!« Opa Wilhelm wischt sich über die glänzende Glatze. »Aber ein anständiges Schwimmbecken haben sie hier wenigstens.«

»Pah, Babyschwimmen!«

»Dass du das so gut kannst, in deinem Alter!« Jenny lobt meine Opas ein bisschen zu viel. Und ganz ehrlich, wie viel jünger sollen meine Opas noch werden?

Alle Muddis und Oppas sollen sich nun rückwärts durchs Wasser bewegen und die Babys dabei (wie ein oller Schleppkahn, sagt Opa Wilhelm) hinterherziehen. Ich mag diese Übung. Irgendwie kann man dabei besonders gut ins Wasser pippien.

Opa Gunnar zieht mich allerdings so schnell, dass ich Wasser schlucke und husten muss.

»Oh Gott, oh Gott!«, schreit er.

Opa Wilhelm nimmt mich ihm aus dem Arm. Mit mir ist alles okay. Ich hab alles ausgespuckt, aber Opa Gunnar ist ganz blass.

»Schon gut. Der Junge kann das ab. Nicht wahr, Finn? Bist nicht aus Zucker.«

»Ich hab beinahe das Kind ersäuft! Ich Rabenopa!«, schreit Opa Gunnar.

»Na, na, du bist doch sonst so ein Ruhiger. Alles gut.« Opa Wilhelm tätschelt ihn auf seine Badekappe und setzt mich wieder in seinen Arm. Ich tätschle ihn auch auf die Kappe. Da lacht er wieder.

»Alles wieder gut«, meldet Opa Wilhelm an die umstehenden Muttis, und alle lachen.

Endlich kommen wir zum Finale. Das Tauchen. Dazu wird ein Eimer geholt. Erst mal bekommen wir Babys Wasser über den Kopf geschüttet und dann geht es unter Wasser weiter. Das ist irgendwie sehr ›strange‹, wie Jenny immer sagt, aber eine tolle Erfahrung.

»Erfahrung, Erfahrung. Warum die Leute immer meinen, Erfahrungen machen zu müssen. Die sollen einfach ihr Leben leben!« brummelt Opa Gunnar. Er ist jetzt deutlich skeptischer.

»Jetzt wirklich über den Jungen kippen?« Opa Gunnar ist völlig verunsichert.

»Ja. Selbst Penny Lane bekommt das hin. Mach schon!«

»Na gut.« Und dann kippt er mir das Wasser über, und Opa Wilhelm und ich tauchen zusammen.

Unter Wasser ist man irgendwie ganz schön alleine, aber irgendwie auch nicht. Im Ohr gluckert es dumpf. Ich sehe verschwommen die Kacheln und alle Beine und erkenne sofort, dass die weißen Beine da vorne die von Opa Gunnar sind. Der nimmt mich in Empfang und hebt mich hoch.

Luft!

Es wird geklatscht. Aber nicht für mich, sondern für meine Opas. Okay, sie haben es echt verdient.

»Seht ihr! Finn klatscht auch für euch! Großartig gemacht, Oppa Willi und Oppa Gunni!«

Schafft euch selber Opas an! Die gehören mir!

Ganz verlegen nehmen die beiden die Ovationen entgegen, um dann mühsam aus dem Becken zu klettern.

»Du hast mich übrigens geduzt«, sagt Opa Gunnar und versucht, Wasser aus einem Ohr zu schütteln.

»Ja, ja. Mach jetzt keinen Staatsakt daraus.«

»Hier Junge. Dein Hase.« Opa Gunnar öffnet die Box. Opa Wilhelm hat mir meinen Bademantel übergezogen.

Hallo, Hasi! Wie fandest du uns? Warte, ich muss noch mit meinen Opas duschen gehen. Ja, Hasi, dann umarme ich dich ganz doll. Versprochen. Nur nicht so ungeduldig werden.

»Ich will aber gleich Kuchen!« Opa Gunnar geht voran und nimmt dann mich wieder mit in die Kabine.

»Ja, Gunnar. Es gibt gleich Kuchen«, brummelt Opa Wilhelm vergnügt. »Aber im Auto lässt du die Finger von den Knöpfen!«

Ich muss Erwachsene ja nicht verstehen. Ich bin ja keiner. Habe auch nicht vor, erwachsen zu werden. Aber ich will mal Opa werden.

# 11

## Angeführt, mit Butter beschmiert, Käse geleckt, hat gut geschmeckt

Für mich ist heute gar nichts geplant. Das ist ungewohnt. Meine Opas müssen irgendwas alleine machen. Opa Gunnar auf dem Hof und Opa Wilhelm beim Optiker und etwas, das man »Besorgungen« nennt und das offenbar ganz schrecklich nervig ist.

»Wir zwei machen es uns mal gemütlich, nicht wahr? Ein Baby braucht auch mal seine Ruhe. Nicht wahr?« Nachdem Ninfa mich in meinen Sitz gesetzt hat, dreht sie ihre Flimmerkiste auf.

Ich bleibe also bei Ninfa. Das ist wirklich sehr entspannt, weil man mit Ninfa nie alleine ist, aber trotzdem mal Ruhe hat. Wenn sie in der Küche zu tun hat, sitze ich in meinem Stuhl am Tisch und male Krakel, knabbere an den Stiften oder reiße das Blatt sorgfältig in Stücke. Papier schmeckt übrigens nicht.

»Du bist so ein feiner Junge!«, sagt Ninfa in regelmäßigen Abständen. Wahrscheinlich hat sie recht.

Und so vergeht schnell der Vormittag mit allerlei resoluten, klappernden Handgriffen im Haushalt. Ninfa weiß genau, was zu tun ist, obwohl das nirgends dransteht.

Ich mag es, wie sie beim Kartoffelschälen singt, und freu mich über die gekühlten Möhren, die sie mir immer wieder zusteckt. Außerdem macht Ninfa mir Mut und sagt, wenn ich groß bin, werde ich meine Sachen selber bügeln können und auch kochen und alles, was Frauen so können und machen.

»Das wirst du dann alles schön selber machen, Jungchen! Und deine Frau so richtig verwöhnen!«

»Als Mann musst du gut achtgeben auf deine Kleidung. Alles frisch anziehen. Deine Kleidung muss sauber sein. Versprichst du mir das, kleiner Prinz? Immer schön sauber sein!«

Klar.

Mittlerweile hat Ninfa mich in den Garten getragen, wo wir Wäsche aufhängen. Ich darf mit den Klammern spielen.

»Oh, sehr nett. Du gibst Ninfa eine Klammer?« Sie nimmt mir eine aus der Hand und deutet einen Knicks an. Das ist lustig.

Nimm ruhig, sie schmeckt eh nicht.

»Und wenn du eine Frau hast, dann musst du auch die Wäsche aufhängen, ja?«

Wie denn? Ich komme da doch gar nicht dran!

Ninfa summt zufrieden vor sich hin und hängt Opas Sachen auf. Hemden und so was. »Und schau, das ist von dir! Ich finde das ja so süß!« Sie hält es neben das von Opa und gurrt wie eine Taube. Warum auch immer, Erwachsene finden kleine Sachen immer total schön. Und wir Kleinen, wir wollen ja nur groß werden. Verrückte Welt. Frau Dönekes (oder so ähnlich) aus dem Nachbarhaus kommt zu uns.

»Hallo Finn! Sortierst du die Klammern, ja?«

Ja, tue ich. Sieht man doch.

»Ach, Frau Ninfa, ich freue mich ja so für Herrn Doktor, dass er den Enkel bei sich hat. Er blüht richtig auf!

Und viel unterwegs ist er. Wer ist denn der Herr mit dem, ähem, mit dem Traktor?«

»Das ist Herr Nowak. Der andere Großvater, Frau Dönekes.«

»Der fährt Traktor?«

»Er ist Landwirt.«

»Ach, sach bloß.«

»Bio.«

»Bio?«

»Ja, bio.«

»Ich liebe bio!«

»Sehen Se, Frau Dönekes, der Finn auch.«

»Finn mag bio?«

»Nein, den Großvater.«

»Ach, ja.«

»Und wie geht es Ihrem Enkel?«

»Der ist ja bloß mal so am Wochenende bei uns, da hat man ja nicht so viel von dem. Da ist der Tag schon rum, bevor man den Jungen richtig angeguckt hat.«

Die beiden sehen sich plötzlich um, gehen ein Schritt aufeinander zu, und Frau Dönekes nuschelt: »Was ich Sie mal fragen wollte, wegen den Schmidts von gegenüber –«

»Da wollte ich auch noch mit ihnen drüber reden!« Und dann verstehe ich leider gar nichts mehr. Ich warte, ob sie merken, dass ich gar nichts mehr hören kann, aber ich habe den Verdacht, das machen die extra. Ich werfe eine Klammer nach ihnen, aber ich hab das noch nicht so raus, die Klammer fliegt irgendwie ganz woanders hin.

Mir ist das zu langweilig.

Oh, da ist die weiße Katze. Warte, ich gehe mit dir! Das Krabbeln über Opas Rasen, nach hinten in den Garten hinein ist etwas mühsam, seit der große Bagger so dicke Rillen in den Boden gefräst hat. Meine Hände sind schon ganz dreckig. Ich probiere etwas von der dunklen Masse, die wie Schokokuchen aussieht. Bäh, schmeckt aber gar nicht so. Für einen kurzen Moment habe ich die Katze aus den Augen gelassen und höre sie dann unter dem Busch miauen.

Warte, ich komme zu dir. Warum sind Katzen eigentlich so viel schneller auf vier Beinen als ich auf vier Beinen? Ah, das Vogelhaus. Ich versuche mich mal hier hochzuziehen. Ups, ups, nicht wackeln. Nee, wo will das Vogelhaus denn hin?

Wumms.

Nun liegt es da. Oh, die schönen Körner. Ich probiere mal. Auch eklig, sollen die Vögel haben. Mist, jetzt rennt die Katze weg. Opas Garten ist noch viel größer, wenn man durch ihn durchkrabbelt. Ich leg mich mal hier unter den Busch. Was ist eigentlich mit Hasi? Stimmt, der ist noch bei Ninfa. Eigentlich kann ich ohne Hasi gar nicht sein, aber ich muss mal etwas die Augen zumachen. Ich bin echt etwas müde. Kaum bin ich eingeschlafen, höre ich Ninfa brüllen.

»WO IST DAS KIND!«

»Er wird in den Garten gekrabbelt sein«, höre ich Frau Dönekes.

Warum lasst ihr mich nicht einfach mal schlafen? Sonst freut ihr euch doch auch, wenn ich meinen Mittagsschlaf mache.

»WO IST DAS KIND!« Ninfas Füße rennen dicht an mir vorbei, gefolgt von den Dönekes-Füßen. »DAS KIND! Dónde está el niño?«

»Herr Doktor! Hierher. Wir suchen den Jungen!«, ruft die Nachbarin.

»Finn?«

»Haben Sie etwa noch andere Enkel?«, blafft Ninfa meinen Opa an. Ich kann mir vorstellen, wie er dabei vor Schreck den Kopf eingezogen hat.

»Ich war vorne beim Wäscheaufhängen. Und habe dann eine Sekunde –« Ninfa ist außer sich. Ich sollte vielleicht jetzt hinaus und winken, aber mir fehlt einfach die Kraft. Außerdem ist mir das alles da draußen zu hektisch. Und wenn ich nur ganz kurz mal für mich sein will, das darf ich doch wohl auch mal! Ich leg mal kurz den Kopf auf mein Ärmchen.

Ach, schön.

Hm.

Ich mache die Augen wieder auf. Ist das nicht Opa? Klar, das ist Opa Gunnar! Was macht der denn so schnell hier? Hab ich etwa geschlafen?

»Finn, Finn!« Ninfa brüllt ja immer noch.

»Finn!« Das ist Frau Dönekes.

»Hol jemand die Polizei!«

»Beruhigen Sie sich, el doctor!«

»Das müssen Sie gerade sagen.«

»Dónde está el niño! Wo ist er nur hin?«

»Finn, Finn, Finn, Finn!« Das ist Opa Gunnar. Es klingt, als würde er seine Hühner füttern.

»Der muss hier sein. Habt ihr den Garten richtig abgesucht!« Frau Pietsch klingt richtig sauer. Die ist auch hier?

Ich fürchte, ich habe alle verärgert. Oh, vielleicht bleibe ich doch besser in meinem Versteck? Die sind ja alle richtig böse auf mich.

»Wo soll er sich denn im Garten verstecken?«

»Unter einem Busch!«

»Mein Enkel versteckt sich nicht in Büschen!« Opa Wilhelms Schuhe gehen gerade an mir vorbei.

»Oh, mein Baby, wo bist du nur.« Nein, wenn Ninfa so klingt, dann kann ich nicht schweigen!

»Da! Fi!« Ich bin zum Vogelhaus gekrabbelt und winke.

»Was war das?«

»Was?«

»War er das nicht?«

»Ruhe.«

»Da! Am Vogelhäuschen!«

»Er ist wieder da!«

»Oh. Gott sei Dank!«

»Afortunadamente!«

»Fi!«, rufe ich noch mal. Ich hab zum ersten Mal meinen Namen gesagt. Und keiner merkt das.

Was ist nun los? Keiner schimpft, stattdessen Küsse!

»Er ist wieder da! Er ist wieder da! Der Finn ist wieder da!«

»Aber dreckig ist der kleine Spatz.«

Tut mir leid.

»Er muss baden, er muss baden, er muss baden!«, tanzt Opa Gunnar nun und schaukelt mit mir auf den Schultern hin und her.

Zur Feier des Tages werde ich in der Küche in einer großen rosafarbenen Plastikwanne gebadet.

»Da hab ich schon deine Mama drin gebadet!« Opa Wilhelm hat sich an den Küchentisch gesetzt und atmet durch. Opa Gunnar klopft ihm kurz auf die Schulter. Beide wischen sich die Augen.

»Was für ein Schreck. Ein bisschen viel für einen Sechzigjährigen.«

»Du bist erst sechzig?« Opa Wilhelm ist erstaunt. Er schüttet gerade Babybadezusatz in die Wanne, während Ninfa das Wasser eimerweise einfüllt.

»Ja, und du?«

»73.«

»Gut gehalten. Für einen Stadtmenschen.«

»Hm. Du auch. Für bio.«

»Na, na, keinen Streit, jetzt wird erst mal gebadet. Hier ist der kleine Schmutz-Prinz. Hui, ab in die Wanne!«

Toll. Ich sitze in der Wanne, die mitten in der Küche auf dem Boden steht. Um mich herum zwei Opas, Ninfa und Frau Pietsch. Ich glaube, alleine sein war nicht so eine gute Idee. Das ging ziemlich nach hinten los.

Anschließend werden Tee und Kaffee gekocht, weil Ninfa Frau Pietsch noch was erzählen will. Bin zwar neugierig, was das sein könnte, aber ich bin zu beschäftigt damit, Kuchen zu ergattern.

Meine beiden Opas sind unter ganz fadenscheinigen Gründen weggeschickt worden, was Unsinniges einzukaufen. Beide trollen sich artig.

»Also Frau Pietsch! Das ist ja schrecklich! Und das heute! Oh, Gott. Das ist zu viel!«

»Ja, ich bin auch ganz von Sinnen.«

»Aber der Junge soll nichts mitkriegen.« Beide gucken mich an und fangen an zu wispern.

Bei Ninfa hört sich das eher nach leisem Brüllen an.

Wenn ich den Schaum von den Ohren wische, verstehe ich jedes Wort.

»Pietsch, nun erzählen Sie endlich genauer. Wie kann das passiert sein! Oh Gott, wenn das el doctor erfährt!« Ninfa ist ganz aufgeregt. Frau Pietsch hat ihr forstgrünes Hütchen auf, was bedeutet, dass irgendwas Wichtiges hier vorgeht.

»Unsere Kinder!«, stammelt sie. »Unsere Kinder! Sie wollen sich trennen!« Ihre Stimme ist vor Aufregung ganz schrill. »Trennen« muss was ganz Beknacktes sein, denn keiner der beiden Damen fordert mich dazu auf, den Daumen aus dem Mund zu nehmen, so schockiert sind sie.

Jetzt setzt Frau Pietsch ihren Hut dreimal ab und zweimal wieder auf. Ninfa fuchtelt mit einem Geschirrhandtuch herum. Kurze Zeit ist Stille in der großen Küche.

Was genau ist dieses ›Trennen‹?

»Besser Trennung als Streit«, sagt Ninfa, aber ihre Stimme klingt alles andere als optimistisch.

»Wer sagt denn, dass sie streiten?«

»Warum sollten sie sich sonst trennen?«

»Weil sie nicht wissen, was gut für sie ist!«

»Da sagen Sie was! Da sagen Sie was, Ninfa!« Frau Pietsch haut sich feste auf den Oberschenkel.

Streit? Meine Eltern streiten sich nicht. Nie. Im Gegenteil, sie sagen sich gegenseitig, was sie falsch gemacht haben, damit der andere es dann besser machen kann. Genauso wie Opa Gunnar und Opa Wilhelm. Die streiten ja auch nie.

Wir haben uns sowieso alle ganz stark lieb. Manchmal ist das so sehr, dass man fast verrückt wird. Bei Hasi geht mir das oft so. Ich drücke ihn dann derart fest an mich, dass mir hinterher die Lippen weh tun. Und was macht Hasi? Er legt sich einfach nur hin und tut gar nichts. Dann bin ich echt beleidigt!

Vielleicht ist das bei meinen Eltern auch so. Und Ninfa und Frau Pietsch verstehen das nur nicht. Erwachsene sehen ja gerne mal das Offensichtliche nicht.

Wenn ich doch bloß sprechen könnte. Ich könnte euch so viel erklären.

»Bagga!«

»Oh, wie schön du das jetzt sagen kannst, mein Prinz.« Ninfa dreht sich schwungvoll zum Fenster und wischt sich mit dem Geschirrhandtuch durch ihr Gesicht.

»Ach, Finn. Du Süßer.« Pietsch streicht mir über die Wange. Oder wischt sie nur meinen Schnodder weg?

»Pietsch! Nun sagen Sie doch im Namen der heiligen Maria, wie das mit den Kindern weitergehen soll! Das kann doch noch nicht alles sein!«

»Pscht.«

»Ja, pscht.«

Beide schweigen. Dann nuschelt Frau Pietsch leise: »Weg aus Berlin. Jeder in eine andere Richtung!«, und dreht dabei das Hütchen in der Hand. Sie hält es wie diese traurigen Leute in der Einkaufsstraße, die immer hoffen, dass was Schönes hineinfällt.

»Was? Weg aus Berlin? Aus diesem Berlin? Hier weg?« Das Geschirrtuch gewittert durch den Raum. Jetzt heißt es Kopf einziehen!

Pietsch nickt und guckt traurig in ihr Hütchen, dann greift sie die Teetasse, in der schon seit einer ganzen Weile ein Keks schwimmt.

»Mein Junge, ach der liebe Junge! Er will nach Südafrika gehen. Und den Buben mitnehmen.«

»Nein! Auf keinen Fall! Und meine Sara?« Ninfa vergisst vor Schreck, das R zu rollen.

»Sie will ans Smüssoniön.«

»Wohin?«

»An das Smithonian.«

»Was soll das sein?«

»Das ist in Amerika.«

»Amerika? Was zum Teufel will sie in Amerika?« Ninfa wird energisch. Sie greift ein frisches Geschirrtuch und fuchtelt noch schneller in der Luft herum.

»Ich weiß es nicht, Ninfa. Nur dass sie auch den Buben mitnehmen will, weiß ich.«

»Oh, du meine Güte.« Ninfa drückt ihr Gesicht ins Geschirrtuch. Pietsch steht auf und umarmt sie. Zumindest den Teil von Ninfa, denn sie mit ihrer kleinen Statur erreicht.

»Komm, Ninfa. Setze dich. Ich mache uns heiße Milch mit Honig.« Da, sie haben du gesagt! Ein kleiner Trost. Andererseits bekommt man heiße Milch mit Honig eigentlich nur bei aufgeschlagenen Knien. Oder schlimmer. Ich glaube, wir haben ein Problem, Hasi.

## 12

## Wenn ich zum Tanzen geh, tut mir mein Bein nicht weh

Ninfa und ich sind schon eine ganze Weile auf. Im Haus ist noch alles ganz ruhig. Die Sonne geht auf, und ich werde sogar gefüttert, weil ich so müde bin.

»Ninfa ist sehr gespannt, wie deinem Großvater das Eltern-Kind-Turnen gefällt.« Ich mag es, wenn sie so leise in sich hineinlacht. Sie beginnt mit den Vorbereitungen für eine Suppe, die Opa besonders gerne isst. Linseneintopf.

Meine Mama liebt auch Linseneintopf. Sie kocht sich den immer literweise, und dann friert sie es ein für uns. Aber Papa wagt kaum, sich davon mittags, wenn wir alleine sind, zu nehmen. Mama kann merkwürdig werden, wenn es um Essen geht. Papa sagt dann immer, meine Mama sei eine Löwin, die auf die Jagd geht und dann vergisst, ihrem Löwenkönig was abzugeben. Aber ich bekomme natürlich immer was ab, auch wenn sie gerade isst. Ich brauche dann nur den Mund aufzumachen. Wahrscheinlich bin ich ein Löwenkönig.

Ob Papa manchmal etwas traurig ist, weil Mama mir was abgibt und ihm nicht? Es wird doch nicht heißen, dass sie mich lieber hat?

Mama hat Papa aber auf jeden Fall auch lieb. Nur dass sie ihn deswegen nicht füttert, sie zeigt das anders. Zum Beispiel hat sie mal einer Frau die Cola übers Kleid gekippt, weil die Papa »Augen gemacht hat«. Das habe ich gar nicht verstanden. Papa hat ja eigentlich eigene Augen.

Mittlerweile brät Ninfa den Speck und die Zwiebeln an. Das ist ein ganz wunderbarer Geruch. Er erinnert mich derart an zu Hause, dass ich etwas Heimweh bekomme. Bevor jedoch mein Hals ganz eng wird und ich wieder nicht so gut sehen kann, geht die Tür auf, und mein Opa kommt herein. Er isst jetzt immer in der Küche sein Frühstück, mir zuliebe.

Opa riecht auch gut, aber nicht so wie Speck und Zwiebeln, sondern wie mein Papa nach dem Duschen riecht. Opas Bart ist gekämmt, und er trägt eine Weste. Und natürlich Schlips. Ohne den wäre Opa Wilhelm nicht vollständig.

»Guten Morgen, junger Mann! Gut geschlafen? Ausgeschlafen? Guten Morgen, Frau Ninfa!« Seine Stimme ist laut und klingt frisch und ausgeruht.

Ninfa schenkt ihm Kaffee ein. Opa ist, glaube ich, ein netter älterer Herr. Irgendwie hat Ninfa mal so was gesagt. Nette ältere Herren sind Leute, die nichts selber können und deswegen einen haben, der ihnen alles macht. Mama mag solche Leute nicht.

Den ersten Kaffeeschluck schlürft Opa immer extra ganz laut für mich. Ninfa schüttelt dann den Kopf. Haha! Opa, du bist der Beste!

»Was machen wir denn heute so zusammen?« Opa schiebt seinen großen Kopf zu mir, und wir machen schnell Stirn-an-Stirn.

»Eltern-Kind-Turnen steht heute auf Ihrem Programm, doctor! Ihre Tochter hat gestern angerufen und genau vorgegeben, wie das heute abläuft. Hier habe ich alles aufgeschrieben für Sie.« Sie gibt ihm einen Zettel, und Opa sucht seine Lesebrille.

Haha! Ich hab sie!

»Danke schön! Was für ein artiger Junge du bist! Hilfst deinem Opa beim Suchen!« Opa nimmt mir die Brille aus der Hand und setzt sie auf.

»Oh.« Opa scheint nicht so begeistert. Doch ich halte ihm Hasi hin.

»Guten Morgen, Herr Hase. Müssen Sie heute auch Hasen-Hasenkind-Turnen machen?« Was für eine Frage! Hasi muss natürlich mit MIR turnen und nicht mit Hasenkindern. Zu komisch!

»Turnen ist gut für Sie, doctor!«

»Jaja.«

»Nicht: ›Jaja!‹ Ich mag das gar nicht, wenn Sie so ›Jaja‹ sagen, doctor! Die alte Ninfa weiß genau, was gut für Sie ist! Turnen ist sehr gut!«

»Aber ich habe doch gar nichts zum Anziehen!«, protestiert Opa kleinlaut und zwinkert mir zu.

»Doch, doch. Die Tasche ist gepackt.«

»Ein Glück, dass wir Ninfa haben, was?«

Klar.

»Und was ist das, dieses Turnen? Kommt der Landwirt auch mit?«

»Ja, der Vater von Gregor kommt auch mit. Sie wissen, dass Sie beide alles zusammen machen sollen, doctor.«

Beim Turnen war ich schon richtig oft. Meine Eltern wollten irgendwie, dass ich schnell einen Motor bekomme, oder so. So richtig verstanden habe ich das allerdings nicht. Es geht zumindest um meine motorischen Bewegungen. Das war damals so:

»Finn muss seine motorischen Bewegungen besser koordinieren lernen«, sagte Mama so überzeugt, als wüsste sie das schon lange und nicht erst aus einer Zeitung.

»Ja.« Das sagt Papa bei solchen Gelegenheiten immer besonders sanft und langsam.

»Es ist wichtig, dass wir als Eltern da ein besonderes Augenmerk drauflegen.«

»Ja.«

»Finn krabbelt zwar schon sehr schön, aber da geht noch mehr.«

»Ja.«

»Ich habe da was in einer pädagogisch fokussierten Zeitschrift beim Kinderarzt gelesen. Sehr interessant. Ich habe dir den Artikel mal hingelegt.« Bei Mama sind die Sachen, die »fokussiert« sind, immer besonders beliebt. Letztens war es ein kleines Zettelchen über eine neue Haarfarbe, das sie sorgfältig ausgeschnitten hat. Wahrscheinlich war das sehr fokussiert auf Haare. Den Artikel hat sie aber Papa nicht hingelegt, sondern mit zum Einkaufen genommen.

»Frauen, ich werde nie ganz schlau aus ihnen. Einerseits fokussiert auf bio und Kind und dann ganz plötzlich Haarfarbe, Schuhe und 300-g-Vollmilchschokolade«, hat Papa da mir zugeflüstert und laut gelacht.

Fokussiert hin oder her, das Turnen ist ganz okay. Besonders mag ich es, wenn Mama mitgeht, weil die immer voll dabei ist. Die turnt echt mit.

Bei Papa hab ich oft das Gefühl, der drückt sich, wo er nur kann. Und ihm gehen, glaube ich, Menschenmassen mit Baby etwas auf den Nerv. Er macht dann immer so ein

Gesicht wie ich, wenn ich Sandkuchen von Chrystel-Paris essen muss.

Der Vormittag verläuft ohne große Aufregung. Ninfa will mich zum Einkaufen mitnehmen, Opa will mich aber nicht hergeben, also geht Opa mit. Das ist besonders witzig, da Opa diesen Einkaufs-Trolley fährt und dabei fast jeden Entgegenkommenden umfährt.

Dann Mittagessen mit dem hervorragenden Linseneintopf (Opa macht ganz viele Ahs und Ohs beim Essen). Dann Mittagsschlaf.

Ich wache auf, als es an der Tür klingelt. Es ist Frau Pietsch, die Opa Gunnar hierhergefahren hat. Seit die Damen und ich wissen, dass meine Eltern sich trennen wollen, kommt Frau Pietsch jeden Tag einmal kurz vorbei, um mit Ninfa in der Küche herumzustehen und Tee und Kaffee zu trinken.

Frau Pietsch guckt mich niedergeschlagen an. Und beide Damen gucken meine Opas traurig an. Die ahnen das mit der »sehr einsamen Zukunft ohne Farben«, wie Ninfa sagte, nicht.

Offenbar wissen meine allwissenden Zauberfrauen nicht, wie sie ihnen das beibringen sollen. Stattdessen lassen jetzt Frau Pietsch und Ninfa meinen Opas jeden Blödsinn durchgehen, der ihnen einfällt.

»Ich hab mir was ausgedacht!«, sagt Opa Gunnar ganz stolz und guckt meinen anderen Opa an.

»Was kommt denn nun wieder?«

»Guck mal, was ich dir gestern gekauft habe, Finn!« Opa Gunnar zeigt mir ein ganz großes Foto von einem kleinen Pferd. »Ja, da staunst du aber, Willi, was?«

Toll!

»Es heißt Ätöniti. Das ist Englisch und heißt Ewigkeit«, erklärt Opa Gunnar ganz begeistert.

»Ja, weil es eine Ewigkeit braucht, bis es groß wird!« Opa Wilhelm verschränkt die Arme vor seinem Bauch. Ich beiße in das Bild.

»Oh, el doctor is not amused!«

»Haha, wie die Queen!«, lacht Frau Pietsch. »Wie in den Zeitschriften, nicht wahr, Ninfa?«

»Fehlt nur die Krone!«

Ninfa und Frau Pietsch lesen nicht die großen Blätter wie Opa, sondern so bunte Heftchen. Sie schneiden allerdings nie irgendwelche Artikel aus. Doch! Einmal hat Frau Pietsch in ihrer Küche, als ich noch aß, ein Bild von einem österreichischen Sänger ausgeschnitten. Den mag sie furchtbar gerne, und dann hat sie den ganzen Tag gesungen: »Ich war noch niemals in Nju Jorg!«

»Was soll der Junge denn mit einem Minipferd!« Opa Wilhelm ist mürrisch.

»Aber blöde Autos gut finden, was? Das ist auch noch nicht ausgewachsen, was du da gestern angeschleppt hast!«

Was meint er? Ein Auto? Warum weiß ich davon nichts?

»Gut, dann hole ich das. Eigentlich wollte ich dem Jungen das erst in einem ruhigen Moment schenken.«

Opa Wilhelm geht aus der Küche, und dann hören wir leises Hupen.

»Der alte Angeber!« Opa Gunnar hebt mich seufzend aus meinem Sitz und trägt mich vor die Haustür. Die Sonne scheint. Da! Da steht ein kleiner Wagen in der Einfahrt.

»Der kann fahren. Mit Hupe, schau, kleiner Mann!« Opa Wilhelm strahlt.

»Was sonst! Telefonieren?« Opa Gunnar setzt mich hinein. So was hat die Welt noch nicht gesehen!

Aber was ich genau mit dem Pony und dem Auto machen soll, ist mir nicht klar, denn beide Sachen darf ich nicht ins Haus holen und schon gar nicht damit schmusen. Na ja. Ich lerne das sicher noch. Das ist sicher was von den geheimen Dingen, die man erst weiß, wenn man erwachsen geworden ist.

»Da!« Ich lege das Bild von dem Pony vorne auf das Auto. Nun sind beide zusammen.

»Musste das denn sein?«, fragt Ninfa sanft.

»Finden Sie es nicht toll, Frau Ninfa?«

»Das Pony ist besser, oder?«

»Macht doch, was ihr wollt!«, sagt Frau Pietsch mit einer knappen Handbewegung, und beide Frauen gehen wieder in die Küche.

Am Abend dann also steht das Eltern-Kind-Turnen an. Heute wird daraus: Opa-Enkel-Herumkullern!

Bevor wir losziehen, gibt es eine eher mangelhafte Einweisung durch eine plötzlich sehr einsilbige Ninfa und eine ungewohnt liebevolle Frau Pietsch:

»Genießen Sie die Zeit zusammen.«

»Es wird sicher eine ganz unvergessliche Erinnerung für Sie beide, doctor!«

»Ja, es ist so schön. Bedenken Sie das jede Minute!«

»Und der Prinz wird das auch nie vergessen.«

Sie winken uns zum Abschied, was mir sehr merkwürdig vorkommt.

So betreten wir drei mit Hasi, nach einer typischen Autofahrt, leicht irritiert die kleine Turnstätte. Der mit Parkett ausgelegte Raum ist rund mit vielen bodentiefen Fenstern mit Blick auf einen Sänn-Garten.

Sänn ist total schick! Mein Papa steht voll auf Sänn-Gärten. Da ist so ganz wenig von allem. Das trifft es. Entweder man macht Sänn persönlich, dann setzt man sich hin und macht nichts. Aber das macht man dann sehr konzentriert. Da steht zum Beispiel wieder ganz doll meine Mama drauf. Wenn sie sich aber beim Nichtsmachen leicht verknotet mit ihrem Körper, dann ist das nicht Sänn, dann nennt sich das Joghurt.

Hier ist Sänn im Garten. Papa hat mir das ganz begeistert erklärt: »Guck dir das an, Finn. Sand, Kies und speziell Granitkies, der nicht so schnell verweht, werden verwendet. Mit geharkten Linien werden Wellen nachempfunden. Bambus steht hier und da mal herum. Pflaumen- und Kirschbäume blühen im Verlauf eines Jahres auf und verblühen wieder, wodurch Vergänglichkeit symbolisiert wird.« Papa war ganz außer Atem deswegen. Mit den Händen machte er Wellen nach und seufzte.

Na, ich mag Gärten, auch wenn ich hier den Unterschied zu einem Sandkasten nicht so recht erkenne.

Los geht es mit den Motor-Übungen. Opa Gunnar trägt ein hautenges Ensemble mit drei Streifen in Himmelblau und an den Füßen ganz neue Gymnastikschlappen für Herren. Opa Wilhelm hingegen erntet beim Betreten des Raums sofort spontanen Applaus. Er trägt ein wunderbares Leibchen von Hertha BSC. Wie ein Vati sofort erkennt, ist es aus den frühen 70er Jahren, da es keine Werbung draufhat. Na ja, sagen wir, es ist sehr »skinny«.

Würdevoll stehen die beiden Herren mit mir auf dem Arm im Raum.

»Guten Abend! Wir wollen mit unserem Enkel hier turnen!«, schallt es durch den Raum. Alle nicken. Eine reichlich dünne Frau kommt auf uns zu und tippt mir auf die Nase. Ich lächele höflich und wische mir schnell mit Hasi die Nase wieder ab. Ich mag die nicht. Das ist die Julia. Die weiß immer alles besser, und trotzdem ist sie immer die Einzige, die nicht mitmacht beim Turnen.

»Willkommen beim Eltern-Kind-Turnen. Für euch ist es ja dann eher Großvater-Enkel-Turnen. Ich bin die Julia. Ich bin Facherzieherin für Integration und Motopädagogin. Dort ist eine Matte frei, setzt euch.«

Meine Opas sind irritiert. Sie trotten mit mir zu der ihnen zugewiesenen Matte und mühen sich damit ab, sich auf den Boden zu setzen. Opa Wilhelm kann aus bauchlichen Gründen nur schief sitzen. Opa Gunnar scheint mir beweglicher. Lustig ist, dass sie beide auf der Matte Platz nehmen müssen und deswegen ganz eng aneinander sitzen. Ich lege meine Hand auf ihre Hände. Ich will sie ein bisschen beruhigen. Sie atmen beide so schwer.

»Was für eine Fachärztin ist die? Für Motorsport?«, flüstert Opa Wilhelm schwer verunsichert.

»Wieso Motorsport?« Opa Gunnar flüstert auch. Er scheint etwas erleichtert zu sein, dass mein anderer Opa auch nicht so recht den Durchblick hat.

»Hat sie nicht gerade gesagt, sie sei Fachärztin für Motorsport?«

»Nee. Ich glaube, die hat nicht Fachärztin gesagt. Das klang nach Facherzieherin.«

»Ich wäre ja schon froh, wenn die Leute ihre eigenen Kinder ordentlich erziehen würden, da brauchen die doch keine Fächer!«

»Stimmt schon. Und was Motopädagogik ist, wissen auch nur die Leute, für die es zum Medizinstudium nicht gereicht hat.« Opa Gunnar schmollt.

»Und das aus berufenem Munde!«, witzelt Opa Wilhelm.

»Schschscht!«, machen plötzlich alle und halten einen Zeigefinger an ihren Mund. Meine Opas werden strafend angeguckt, bis sie selber mitmachen und sich den Zeigefinger an den Mund halten.

Das sieht naturgemäß etwas dämlich aus. Zumal die mitgebrachten Babys trotzdem alle herumquieken. Ich nicht, aber Hasi quiekt. Er liebt es, im Mittelpunkt zu stehen.

Hasi, Hasi. Nun konzentriere dich mal, wir sind hier ja nicht zum Spaß.

Das muss man natürlich wissen, wenn man zu so was hingeht. Das ist kein Spaß. Mama ist dann immer voll engagiert und hört so genau auf das, was die Leute dabei erklären, dass sie Papa hinterher lückenlos alles erzählen kann.

Der Babyturner versteht keinen Spaß. Auch wenn heute hier mehr Männer als Frauen sitzen, ist die Situation kein bisschen lockerer. Ich vermute, weil die Männer nachher ihren Frauen haarklein berichten müssen und Ärger bekommen, wenn sie nicht mehr alles genau wissen. Aber das ist nur eine Theorie.

Julia hält am Anfang jeder Stunde einen Vortrag, den man nicht stören darf. »Herzlich willkommen beim heutigen Eltern-Kind-Turnen. Das Hauptziel des Eltern-Kind-Turnens ist ja, dass die Eltern die Gelegenheit erhalten, intensiv und ohne äußere Einwirkungen Zeit mit ihren

Kindern zu verbringen.« Sie räuspert sich jedes Mal an dieser Stelle.

»Ohne äußeren Zwang? Hör ich das richtig? Ohne Zwang?«, wispert Opa Gunnar zu Opa Wilhelm in die entstandene Stille hinein.

»Guck mich nicht so an! Ich sitze hier auch nicht freiwillig in Plastikschuhen!« Opa Gunnar schmollt immer noch.

»Schschscht!« Wie gesagt. Hier versteht keiner Spaß.

»Jaja. Schon gut.« Opa Wilhelm versucht zu beschwichtigen, aber das Zischeln lässt erst nach, als er den Finger wieder an die Lippen hält.

»Willkommen in Berlin zu den Olympischen Spielen.« Opa Gunnar kichert albern, Opa Wilhelm muss gegen seinen Willen mitkichern.

Das Zischeln verebbt nur widerwillig. Ich glaube, der Turnfreund zischelt gerne.

»Liebe Kursteilnehmer. Wie ihr wisst, vermitteln wir hier ein freudvolles Miteinander und ermöglichen natürlich Bewegungsangebote, in denen auch die Eltern beziehungsweise Großväter (alles guckt zu uns) sanft gezwungen werden, sich aktiv zu beteiligen.«

»Bewegungsangebot? Finn kann nicht mal laufen!«

»Schschscht! Bitte Ruhe dahinten. Wenn Fragen sind, so besprechen wir die in der ganzen Runde.« Julia versucht, ihre angespannte Gelassenheit besonders deutlich in Opas Richtung wirken zu lassen. Mann, ist die doof. Als ob meine Opas sich von dir kleiner Maus (nicht blutjung, nur klapperdünn) beeindrucken lassen.

»Äh, ja. Unser Enkel kann noch nicht mal laufen, wie soll er da an Geräten turnen?«, fragt Opa jetzt. Was er nicht weiß, ist, dass mit »besprechen wir in der ganzen Runde« gemeint ist: »Die ganze Runde hält bitte den Mund.« Das glaubt zumindest Papa. Mama wiederum fand das frech von ihm.

Ich weiß nur eines: Bisher hat noch nie jemand gewagt, »in der ganzen Runde« zu reden. Nur Opa. Und der scheint jetzt was losgetreten zu haben.

»Also, wenn ich da mal was sagen darf«, mischt sich jetzt nämlich eine Frau mit knallroter Brille ein, »mein Sohn, der Tillmann, kann schon seit dem fünften Monat laufen.«

»Wie soll das denn gehen?«, fragt ein junger Vater, der direkt neben Opa Wilhelm sitzt.

»Wahrscheinlich Fluchttrieb«, zischelt Opa Wilhelm zurück. Alle, die das gehört haben, drehen den Kopf zu ihm.

Alle Männer lachen.

Eine andere Frau verkneift es sich mühsam.

Julia zischelt. Alle machen nach einer Weile mit. Unsere Kursleiterin setzt sich in Positur auf ihrer Matte. Vor ihr liegt eine Puppe, was ich unfair finde, denn mit Puppen kann das ja jeder.

Ein Baby nähert sich der Puppe und greift nach ihr, lässt sie aber wieder los, als es Julias bösen Blick sieht.

»Mit unserem Angebot heute, das immer auf Freiwilligkeit – einem wichtigen didaktisch-methodischen Prinzip – aller Beteiligten, auch der Senioren, beruht, Impulse für Bewegungsmöglichkeiten geben.« Meine Opas gucken hilflos.

»Zum anderen«, fährt Julia fort, »ist es noch wesentlich wichtiger, dass die Eltern – und Großeltern (pädagogisch-fordernder Blick zu meinen Opas) – durch mich dahingehend unterstützt werden, die Bedürfnisse ihrer Kinder und Enkel wahrzunehmen.« Ein tiefer Seufzer.

»Letztere sollen durch ein in erster Linie emotionales Sicherheitsnetz«, Julia malt Häkchen in die Luft, »das den Kleinen ihre Eltern – und Großeltern – bieten, zunehmend ermuntert werden, selbstbestimmt und selbsttätig aktiv zu werden. So erfahren sie Selbstwirksamkeit, was zum Aufbau eines positiven Selbstkonzeptes beitragen kann.«

Stille.

Offenbar sind alle mal wieder schwer beeindruckt von Julias Willen zur pädagogischen Machtergreifung.

»Äh?«, macht Opa Gunnar leise und schüttelt sich.

»Dann mal los.« Opa Wilhelm schmunzelt kurz, ist dann aber angemessen ernst. Er will die gute Julia nicht noch mehr zum Häkchen-in-der-Luft-Machen animieren.

»Ich wurde von meiner Frau gezwungen, hier zu sein«, nuschelt jemand.

Das erste Gerät ist ein Medizinball, an dem ich mich abarbeiten soll. Mit Hilfe meiner Opas ziehe ich mich an dem ziemlich abgegriffenen Ding, das richtig schlimm riecht, hoch und muss mich oben drauf legen. Damit das blöde Teil nicht so wegkullert wie bei dem Laufwunder Tillmann, haben meine Opas und ich Hasi als Bremsklotz untendran gelegt. Klappt prima.

»Da!«, mach ich, als ich oben angekommen bin.

»Das machen die drei dort vorne schon ganz großartig! Applaus für unsere Senioren und den lieben Finn.«

Opa macht ein Grummelgeräusch, und ich lege meine Hand auf seine Glatze.

»Ich verrate nicht zu viel, wenn ich sage, dass das Wort Senioren mir langsam gewaltig auf den Nerv geht.«

»Wem sagst du das. Ich bin nicht mal in Rente!«

»Als Opa ist man nie in Rente!«

»Wem sagst du das!«

Ich klatsche in die Hände, weil ich das Gefühl habe, das wäre jetzt ein gutes Geräusch. Meine Opas grinsen mich an.

»Allerdings gilt auch hier die gute, alte Formel: Das stärkste Band der Freundschaft ist ein gemeinsamer Feind«, zischelt Opa Gunnar nun.

»Wem sagt du das!« Opa Wilhelm nickt. Beide lachen sofort los.

»Pscht!«, macht die Vorturnerin.

Und ich lege den Zeigefinger an den Mund, um meinen Opas zu zeigen, wie es richtig geht.

Tapfer halten meine beiden Herren bis zum Ende der Stunde durch. Sie versuchen sogar, Übungen vorzumachen, was ganz niedlich aussieht, wenn Opa Gunnar plötzlich auf dem Medizinball liegt. Ja, sie lassen sich sogar recht geduldig von Julia zeigen, wie man mich richtig anleitet, um es dann doch so zu machen, wie sie es für richtig halten.

Ich habe keine Lust mehr. Ich will jetzt zum Fenster und in den Garten gucken. Aber wie auf Kommando halten mich meine beiden Opas immer wieder fest, wenn ich versuche, wegzukrabbeln.

Nach etwa unendlich vielen Übungen habe ich das Gefühl, dass die beiden etwas schlapp werden. Zumindest geben sie sich nicht mehr so viel Mühe.

»Komm lass, Willi. Ich will nicht andauernd als Streber vor der Klasse gelobt werden.«

»Was ich nicht verstehe, warum sind wir nicht einfach

zu Hause geblieben und spielen da mit Finn?«, fragt Opa Gunnar leise.

»Heutzutage scheint Beschäftigung mit Kindern eine öffentliche Sache zu sein. Zu Hause spielen gilt wohl nicht.« Opa Wilhelm versucht, sein Trikot daran zu hindern, über seinem Bauch nach oben zu rutschen.

»Pah! Die Leute sollten mal von Hand Kartoffeln ernten. Das ist Bewegung genug!«

»Da sagste was. Oje, was schleppt sie denn jetzt noch an?«

Julia hat indessen drei dicke, kurze Röhren hervorgekramt. Es müssen Gruppen gebildet werden. Spontan wollen alle Väter in unsere Gruppe. Wir »Kids«, wie Julia uns so schwungvoll nennt, sollen durch die Röhre krabbeln. Sofort geht das Geschrei los, weil die meisten sich nicht trauen. Ohne Rücksicht auf Verluste werden sie dennoch liebevoll durch das Gerät gezerrt. Engagierte Elternteile krabbeln ihnen von der einen Seite entgegen, um dann das zugehörige Kleinkind beherzt (um nicht zu sagen genervt) durchzuziehen. Sieht lustig aus, wenn die Väter hilfsbereit halb in die enge Röhre klettern, den Popo schön in die Höhe halten und auf ihre Kinder einreden, sie sollen jetzt gefälligst keine Angst mehr haben.

»Jetzt wir.« Opa Wilhelm ist schon ganz schön verschwitzt.

»Finn, jetzt du. Kannste das mal alleine machen, deine Opas können nicht mit da rein.« Opa Wilhelm zieht ein Stofftaschentuch hervor und tupft sich die spiegelnde Glatze.

»Jau!« Opa Gunnar zeigt auf Opa Wilhelms Bauch.

»So. Junger Mann. Dann mal los!«

Klar. Darf Hasi mit?

»Ja, nimm den Herrn Hase ruhig mit.« Opa Wilhelm nickt. Gut.

»Gunnar, du da mal rüber, ich bin zu dick.«

»Wozu? Der wird sich schon nicht verlaufen!« Opa Gunnar ist da sehr praktisch eingestellt. Beide kichern.

»Weil die das alle machen, ich will nicht, dass es so aussieht, als würden wir uns nicht für Finns Motopädagogik-Dings interessieren.«

»Tja. So ein Wohlstandsmensch kann wohl nicht mehr so mithalten, wie?« Opa Gunnar lacht.

»Wie bitte?« Opa Wilhelm ist entrüstet.

»Ich sag ja nur. Ich denke, für ein Enkelchen bist du einfach nicht mehr gut genug in Schuss!« Opa Gunnar macht kreisende Hüftbewegungen, um zu zeigen, wie beweglich er noch ist. Alle Achtung!

»So ein Unsinn! Aber du mit deinem naturverbundenen Bauernleben! Klapperdürr bist du und ganz und gar bio, was? Du halbe Portion!«

Okay. Ihr beide seid offensichtlich beschäftigt, dann mache ich mich mit Hasi einfach mal allein auf den Weg durch die Röhre.

»Owowowow. Huhuuuu. Joijoijoijoi.« Das bin ich. Das mache ich mit Rufen. Toll, was ich alles kann.

Lustig, wie das klingt hier drin. Und da bin ich schon wieder draußen. Wie war es für dich Hasi?

»Schaut nur, euer Finn ist schon durch! Wie wunderbar!« Wieder bekommen meine Opas Applaus, was sie schwer erstaunt und ganz aus dem Streitkonzept bringt.

Sehe ich da neidische Blicke von unserer Laufwundermutti?

Die bemerkenswerte, motopädagogische Zeit ist um. Viel schneller als sonst, finde ich. Meine Opas sind schwer abgekämpft, aber stolz.

Opa Wilhelm sucht händeringend ein Handtuch, um sich den Schweiß von dem Gesicht zu wischen, sein Taschentuch reicht nicht mehr aus. Opa Gunnar hat rosa Wangen bekommen. Steht ihm ganz gut. Die Vatis klopfen ihnen auf den Rücken. Draußen vor der Tür auf dem Parkplatz werden Wasserflaschen aufgeschraubt, und man stößt fröhlich an.

Komisch, eben hatte ich noch das Gefühl, alle Männer wollen bloß nach Hause. Und jetzt sehen sie so aus, als wollen sie doch lieber noch eine Weile nicht nach Hause. Die meisten Kinder schlafen schon halb auf den Armen ein.

Gute Idee.

Hasi? Ah, da.

# 13

## Maikäfer, flieg!

Einen ganzen Tag gönnen wir uns bei Opa Wilhelm zu Hause.

Ich glaube, meinen Opas gehen ein wenig die großväterlichen Kampfdisziplinen aus. Mittlerweile ist mir klar, dass Erwachsene diesen ganzen Babyschwimmen- und Babyturnenblödsinn nur veranstalten, um sich näherzukommen. Bei meinen Opas hat das richtig gut geklappt.

»Was machen wir denn bei diesem herrlichen Kaiserwetter?«, fragt Opa Wilhelm, und Ninfa zuckt mit den Achseln. »Herr Nowak hat heute den Tierarzt da, der kann nicht kommen.«

»Tierarzt? Warum hat er nicht gefragt, ob wir uns das auch angucken wollen?«, fragt Opa sofort und räuspert sich dann. »Also, nicht dass ich mir das angucken will, aber vielleicht der junge Mann hier.«

Au ja! Tierarzt. Ist das so was wie mein Herr Doktor Hintzemann? Für Tierkinder?

»Na ja, uns fällt schon was ein ohne den Herrn Großgrundbesitzer und König von Bio-Hausen! Wäre doch gelacht!« Opa geht kurz weg und kommt dann mit einem strahlenden Lächeln wieder. Er hat einen alten Fotoapparat rausgekramt und will mich im Garten fotografieren. Ninfa findet das ganz toll, muss aber dann auf einmal wieder ins Geschirrtuch schniefen.

»Das ist eine ganz besondere Kamera. Von Leica!« Opa wedelt stolz mit der Kamera vor meiner Nase rum. »Alles andere ist kalter Kaffee. Mit Telefonen sollte man telefonieren. Das hier ist was Reelles.«

Mein Papa fotografiert aber trotzdem mit seinem Telefon, aber ich vermute, mein Papa hat einfach keine Ahnung, dass das kalter Kaffee ist. Wahrscheinlich guckt er deswegen auch Fernsehen da drauf.

»Brauchen Sie nicht mal einen modernen Fotoapparat, doctor?« Ninfa hat das Geschirrtuch griffbereit, als sie ganz sanft diese Worte gurrt.

»Unsinn! Das ist ein ganz anständiger Apparat und dieser Fimmel, alles immer ganz oft und ohne gescheiten Film fotografieren zu müssen!« Er hat also diesen Apparat in der Hand und geht mit mir in den Garten. Wir suchen uns eine weniger verwüstete Ecke aus und breiten eine schöne Decke aus. Ninfa hilft. Dann werden ganz alte Spielsachen hervorgezaubert, die schon Opa benutzt hat als Bub.

»Das sind meine Sachen. Ich hatte nicht so viele Sachen wie du. Weißt du? Und das hier hat mein Großvater mir selber gemacht. Schau.« Er hält mir ein kleines Holzauto hin. Ich fasse es an. Es ist ganz speckig. Opa setzt sich auf die Decke und fährt eine elegante Kurve damit.

»Halt das Auto fest, und Opa fotografiert dich, ja, junger Mann?« Opa hat etwas Mühe wieder aufzustehen, und als er erneut in die Knie geht, stöhnt er laut auf. Dann hält er sich den Kasten vor die Augen. Komisch, so kann er doch gar nichts mehr sehen. »Unscharf. Moment.« Er hantiert herum. »Warte kurz. Opa muss seine Brille holen.« Dann ist er wieder da, ein bisschen aus der Puste, aber mit Brille auf der Nase.

»Spiel mal ein bisschen damit. Und den Hasen mal so hinlegen, dass man ihn als Hasen erkennt. Die Kamera macht Schwarzweißfotos.«

Soll ich es dann später bunt ausmalen?

»So. Jetzt schön hierhergucken, ja?«

Ich halte Hasi hoch. Opa lacht und drückt ab.

»Oh. Kein Film. Warte.« Er steht auf und holt aus dem Haus eine kleine, bezaubernd aussehende Schachtel und fummelt damit herum.

»Frau Ninfa!«, brüllt er schließlich entnervt. Sie kommt, packt das kleine, sehr interessante Röllchen in den Apparat.

»So, junger Mann. Jetzt geht es los. Schau mal das Vögelchen!« Opa nimmt den kleinen Kasten wieder vor die Augen. Ich sehe nur Marienkäfer.

»Dein Opa macht jetzt ein Foto. Weißt du, was das ist, ein Foto?«

Klar. Das ist ein Bild, das niemand gemalt hat.

»Das ist ein Abbild der Wirklichkeit. Es ist das Erstarren der Welt in einer Millisekunde für immer.«

Das heißt also, dass die ganze Welt stillsteht, wenn einer ein Foto macht? Ist das nicht sehr unpraktisch?

»Das Bild kannst du später deinen Enkeln zeigen.«

Opa hält das kleine Kästchen vor ein Auge und kneift das andere ganz lustig zusammen.

»Vielleicht sollten wir doch besser da rüber. Was meinen Sie, Frau Ninfa?« Alles wird zusammengesammelt und zu einer anderen Stelle im Garten gebracht. Ninfa ist amüsiert.

»Von diesen modernen Geräten halte ich nicht viel. Bestimmt macht deine Mutter immer Bilder mit dem Handy. Da macht man dann hundertmal sinnlos Bilder, und wenn der Hintergrund nicht stimmt, dann geht man an den Computer und ändert es dann. Alles Schwindel, wenn du mich fragst.«

Ich streichle meinen Hasi und warte darauf, dass mir das schöne Auto wieder auf die Decke gestellt wird. Offenbar ist es meinem Opa super wichtig, die Wirklichkeit erstarren zu lassen. Ich bin gespannt, wie es sich anfühlt, wenn alles erstarrt.

»Das hat mein Großvater für mich gemacht. Dein Urur-großvater. Dolle Sache, oder?« Vorsichtig setzt er das schöne Auto wieder neben mich auf die Decke. Er schaut dabei so lieb.

Und wo ist dein Großvater? Ist der so lustig wie du? Muss ja, ist ja auch ein Großvater. Ruf ihn doch bitte. Ich will auch mit ihm spielen.

»Der wäre begeistert von dir!« Opa lässt es klicken und nimmt den Apparat von den Augen. Jetzt guckt er traurig abwechselnd auf mich und das Auto. »Du bist ein süßer Bengel. Und nun bin ich Großvater. Eben noch ganz jung und jetzt –« Seine Stimme wird ganz merkwürdig. Weinst du? Oh, oh. Hasi hilft, warte, Opa!

Ich krabble eins-fix-drei zu ihm und ziehe mich an ihm hoch und drücke Hasi vor seine Augen, damit die nicht auslaufen. Er seufzt schwer, drückt mich ganz fest an sich und küsst mir oben auf die Haare. Opa küsst nicht oft. Das ist was Besonderes. Aber warum ist er so traurig? Hast du dir weh getan an dem Apparat? Warum verstehe ich die Erwachsenen einfach manchmal nicht?

Meine Mama weint auch manchmal plötzlich. Dann schaut sie mich an, sagt so Sachen wie: »Wenn meine Mama dich bloß sehen könnte.« Und dann weint sie.

Opa räuspert sich. Räuspert sich noch einmal. Und dann ganz laut. Jetzt sind seine Augen wieder klar. »Alle deine Ahnen können froh sein, dass du ihre neue Generation bist, Finn. Stolz wären sie, dass sie so was zuwege gebracht haben!«

Als der Film endlich voll ist (die Kamera macht ein klickendes Geräusch, mein Opa guckt enttäuscht und Ninfa dankbar), fahren wir ins Fotogeschäft. Plötzlich schnarrt das Gerät nicht mehr, sondern rumpelt.

»Es klemmt!« Opa ist ganz erschrocken. »Aber nicht doch, doctor! Das kann ich doch machen!« »Oh nein! Das ist Männersache!« Er setzt seine kleine Brille auf und beide beugen sich über den Apparat.

Eine gute Gelegenheit, dieser Biene hinterherzukrabbeln. He, wo willst du denn lang? Oh, da auf die Rose. Und was machst du da? Warum sagst du nur »Bssss?«, sag mal was anderes. Und jetzt? Hoch in die Luft? Da kann ich doch nicht mit!

»Oh Gott, wo ist das Kind?«, brüllt Ninfa und lässt die Decke, die sie gerade zusammenfalten wollte, fallen.

»Da!« Schnell zeig ich der Biene hinterher. Die ist schuld!

Ninfa hebt mich hoch. »Ich sollte dich festbinden, mein Prinz!« Sie gibt mir einen Schmatzer aufs Haar. Opa schüttelt den Kopf. Aber er grinst dabei.

»Alle wieder an Bord? Gut. Frau Ninfa, der Apparat klemmt. Wir gehen jetzt ins Fotogeschäft.«

»Guten Tag, Herr Doktor Semmelmann. Na, machen Sie einen Spaziergang?«

»Ah! Herr Doktor! Der Enkel steht Ihnen aber gut!«

»Doktor Semmelmann! Gut sehen Sie aus!«

Toll. Alle kennen meinen Opa!

Opa schiebt meinen Buggy mit Verve auf die Tür zu und grüßt noch einen Nachbarn, der lachend Opas Bagger im Garten lobt. Dann werde ich ins Fotogeschäft geschoben. Überall kleine Tische mit schwarzen und silberfarbenen Geräten.

»Guten Tag!«, sagt Opa laut, hebt mich aus dem Buggy und nimmt seine Schiebermütze vom Kopf. Ein junger Mann erklärt einer Frau gerade die Vorzüge einer kleinen Kamera. Kann die auch schwarzweiß? Oh, die ist aber klein! Und bunt. Die kann bestimmt nicht schwarzweiß und so schön schnarren.

»Bestimmt kalter Kaffee«, brummt Opa und dann etwas lauter: »Wir haben da auch ein Problem. Technischer Art.«

»Ich bin gleich für Sie da!«

Opa guckt muffelig, dann fragt er: »Junger Mann, wo ist denn der Chef?«

»Das bin ich.«

»Sie? Das wäre mir neu!« »Oh, Sie meinen meinen Vater?«

»Ihren Vater? Der Heinrich ist Ihr Vater? Sind Sie dann der kleine Thomas?«

Der junge Mann überlegt. Sein fachmännisches Besserwissergesicht wird plötzlich weich. »Ja, also irgendwie. Nur halt nicht mehr klein.« »Lebt denn der Heinrich etwa nicht mehr?« Opas Stimme ist plötzlich ganz unsicher geworden. »Äh, mein Vater ist noch da, ja, klar, der arbeitet zwar nicht mehr hier, aber er ist zufällig hinten. Warten Sie, sagen Sie mir noch Ihren Namen?«

»Doktor Semmelmann. Aber sagen Sie ihm bloß, der Torwart-Willi ist da!«

»TORWART-WILLI!« Genau in diesem Moment erscheint ein winziges Männchen hinter einem Vorhang. Er kommt mit weit ausgestreckten Armen auf Opa zu, und sie umarmen sich. Warum mögen gerade die kleinen Menschen große Menschen so gerne?

»Du hier! Und groß bist du geworden.« Das Männchen haut meinem Opa auf den Bauch. Dann streicht der Mann ganz zart über meine Wangen.

»Und du bist gesund und noch so schön klein!« Beide lachen. »Und das«, sagt Opa so laut, dass es sicher auch die Leute draußen auf der Straße hören, »ist mein Enkel. Finn. Ich habe ihn fotografiert.« Er zupft seinen Apparat aus der Tasche am Buggy.

»Oho. Jetzt entdeckst du deine künstlerische Ader, was? Im Alter?«

Ich werde auf den Tresen gesetzt. Der kleine Mann hält mich fest. Er macht das so sicher und selbstverständlich, dass ich mich gut fühle.

»Hier. Klemmt. Gerade habe ich meinen Enkel porträtiert, und da gibt das Ding seinen Geist auf!«

Heinrich nimmt vorsichtig das kleine Gerät entgegen.

»Ah! Noch eine richtiges Schätzchen! Eine echte Leica!« Die Kundin hinten in der Ecke guckt interessiert. Der Sohn von dem Mann nickt.

Neidisch, was?

»Du weißt aber schon, dass man das auch einfacher haben kann, Willi?«

Was soll ich sagen. Der nette Herr hat erst den Film, der bloß ein kleines Röllchen ist, aus dem Gerät geholt, indem er alles in einen dunklen Beutel gesteckt hat und dann plötzlich – Tataaa! – beide Sachen in der Hand hielt. Wie beim Zauberer! Anschließend wurden die zwölf Bilder im stockdunklen Keller des Ladens entwickelt. Das ist, wenn man aus Röllchen Papier macht, auf dem was ist, was man schon gesehen hat. Wie genau, weiß ich nicht, ich habe ein kurzes Nickerchen eingeschoben. Mir war etwas langweilig geworden, nachdem Opa mir eine Trinkflasche gegeben hat. Schlafen ist immer gut, und Opa hatte ja statt meiner einen anderen zum Spielen.

Wir gingen also ganz lange Zeit später mit zwölf postergroßen Fotos in Schwarzweiß zufrieden nach Hause. Plus einem kleinen Karton, in dem ein neueres Fotogerät steckt, das übrigens grellbunt ist, aber genauso ein Knipsgeräusch (aber leider kein Schnarrgeräusch) macht wie die Leica von Opa. Das neue Gerät ist, klar, kalt. Also kalter Kaffee. Aber Opa ist wohl ganz zuversichtlich, dass das gut ist für mich.

»Wo waren Sie denn so lange?«, Ninfa wirkt ein bisschen besorgt, als wir ein paar Minuten später nach Hause kommen.

»Es hat sich gelohnt!«

»Hat der Junge geschlafen?«

»Ja.«

»Aber Hunger wird er jetzt haben. Komm her, mein Prinz!«

Ninfa ist sehr zufrieden, weil sie mal im Haushalt »was geschafft hat«. Keine Ahnung, was genau, denn es ist so ordentlich wie immer. Zum Vergleich: Wenn Opa »was geschafft hat«, dann ist alles danach total unordentlich.

Der Tag war aufregend, und Ninfa und Opa bringen mich zusammen zu Bett.

»Deine Mama hat angerufen.«

»Ruft Sara jeden Tag an? Das muss ja ein Vermögen kosten.«

»Das ist es ihr wohl wert, doctor!«

»Ja, sie hätte ja nicht wegfahren müssen.«

»Doctor! Sie wissen genau, dass Sara ein Herz aus Gold hat, und sie hat ihren Finn nur schweren Herzens abgegeben. Sie hätte das nie getan, wenn sie nicht gewusst hätte, dass da, wo sie hinmuss, es den kleinen Kindern so schrecklich schlecht geht! Schämen Sie sich!«

»Ja. Gut. War nicht so gemeint!«

»Ein Herz aus Gold, jawohl!«

»Schon gut.«

»Eine wunderbare Tochter haben Sie, doctor!«

»Nicht so wütend vor dem Kind!«

»Er schläft ja schon fast. Schauen Sie.«

»Er ist wunderschön.«

»Wie seine Mutter nicht wahr? Wie unsere Sara.«

»Hm.«

»Wie war das?«

»Ja. Wie Sara.« Opas Stimme zittert leicht.

»Pst jetzt. Seine Augen sind zu. Kommen Sie, doctor. Zeigen Sie mir noch einmal die Fotos von heute.«

# 14

## Der Herr, der schickt den Jockel aus

Opa Gunnar wartet am nächsten Tag (also einmal Schlafen) schon auf mich, als Ninfa ihren Wagen auf den Hof steuert. Opa Wilhelm beschäftigt sich gerade mit dem neuen Gerät und konnte deshalb nicht mit. Ninfa wirkt deshalb sehr erleichtert. Sie will mit Frau Pietsch reden. Wahrscheinlich wieder über das Trennen.

»Wir kaufen heute ein Schaf, Jungchen«, verkündet Opa Gunnar stolz und packt mich ohne große Umwege auf seinen Traktor. Super!

Ninfa und Frau Pietsch winken noch, und dann zuckeln wir schon gemächlich über die Landstraßen. Hinter uns wird gehupt.

»Die landen irgendwann im Graben.« Opa Gunnar kennt das offenbar. Er erklärt mir, was auf den Feldern, die links und rechts der Straße irre weit bis zum Himmel gehen, angebaut ist.

»Mais.« Das sagt er, um das unvermeidliche »Pah!« vorzubereiten.

»Mais ist so was von Unsinn.«

Guck an! Und ich dachte, das sei was zum Essen.

»Dieser Mais ist bloß zum Verbrennen da, stell dir das mal vor!«, erklärt er. »Deswegen ist es diesen Agrarschnöseln auch egal, ob der Mais mal was wird. Der dürfte ruhig mickrig auf dem Feld stehen. Ist denen egal. Pah! Mais!«

Wir steuern auf einen großen Platz mit holprigen Steinen.

»Das ist Adalberts Hof. Er verkauft ihn. Sein Sohn will ihn nicht. Versprich mir, dass du meinen Hof haben willst, Finn, wenn Arthur keine Kinder bekommt!«

Ich strahle ihn glücklich an. Klar, will ich deinen Hof und den Trecker noch dazu. Nur warum soll Arthur keine Kinder abbekommen? Es gibt doch einen Haufen davon.

Der Adalbert ist ein verwitterter Dicker mit einem braunen Hütchen, das mich sehr an Frau Pietschs Hütchen erinnert.

»Tag, Gunnar.«

»Tag, Adalbert.«

»Dein Enkel?«

»Jau.«

»Tag, Enkel.«

Da ich auch was sagen will, zeige ich auf das Feld direkt neben uns und rufe: »Pah!«

»Das ist Mais«, erklärt Adalbert und nimmt mich entgegen, als Gunnar mich vom Traktor runterreicht. Opa grinst mich an und flüstert stolz: »Gut aufgepasst, Jungchen.«

»Du willst das Schaf?« Offenbar spricht man als Landwirt nicht viel drum herum. Sehr sympathisch.

»Ja, ich nehm ein Schaf.«

»Kannst auch zwei haben.«

»Eines reicht.« Gunnar zupft unwohl an seinem Strohhut herum.

»Nimm zwei, die will eh keiner.«

»Dann zwei.«

»Nimm drei, das dritte schenk ich deinem Enkel.«

»Auch gut.«

Sie verhandeln den Preis, dann zückt Opa sein Portemonnaie.

»Wetter ist ja heut ganz gut.«

»Wetter ist immer.«

»Auch gut.«

»Und sonst?«

»Rücken. Geht aber.«

»Dann geht es.«

Pause.

Beide nicken kurz und schauen sich um. Offensichtlich zufrieden mit dem, was sie sehen. Ich finde den Geruch etwas merkwürdig, aber die beiden scheint das nicht zu stören. »Ich bring sie dir morgen, Gunnar. Willste auch ein paar Hühner? Ich habe schöne.«

»Zeig.«

»Da.«

Ich finde diese landwirtschaftliche Unterhaltung sehr klar strukturiert. Während wir zu den Hühnern gehen, sitze ich bei Opa auf dem Arm. Vor dem schönen alten Bauernhaus stolzieren die Hühnervögel einfach so frei herum. Die sind schon echt lustig. Und sehr würdevoll. Schwarz mit weißen Punkten. »Wie viele?« Opa Gunnar wackelt mit dem Kopf. Ich glaube, so kann man besser rechnen.

»Ich habe acht.«

»Ich nehm zwei.«

»Nimm drei, das dritte schenk ich deinem Enkel.«

»Besonderes Futter?«

»Die?«

»Ja.«

»Nee.«

»Gut.« Opa Gunnar und er geben sich wieder die Hand. Ich halte meine auch hin.

»Oh, er handelt mit. Hier, kleiner Mann, Hand drauf.« Adalbert klatscht mich sanft ab. Dann Opa. Wir lachen zusammen. Die Hühner gucken.

»Dann sind wir fertig.«

»Gut. Tee?« Opa Gunnar hat immer Durst.

»Tee.« Adalbert nickt.

Wir gehen rein und trinken Tee. Also ich trinke keinen Tee, sondern Wasser, aber ich bekomme einen Keks, und der ist super lecker, leider zerbröselt der zusehends in meinen Händen. Egal. Stört keinen.

»Was wird mit dem Haus?« Opa Gunnar hat was Trauriges in der Stimme.

»Wird wohl abgerissen.«

»Eine Schande.«

»Is Bauland!«

»Scheiß drauf.«

»Jau.«

»Und du?«

»Zur Tochter. In die Stadt. Meine Frau freut sich.«

»Ja? In die Stadt? Freut sich?« Opa kann es sich offenbar nicht vorstellen, wie man sich auf eine Stadt freuen kann.

»Da sind die Enkel. Drei Stück.« »Donnerwetter! Drei? Na dann!« Plötzlich versteht es Opa doch. Ein bisschen.

Was sie weiter zu bereden haben, weiß ich nicht, Hasi und ich wurden nämlich in eine mit Decken kuschelig ausgelegte Schubkarre gelegt, und ich habe ein wenig geschlafen. Ich weiß nur noch, dass zahlreiche Leute vorbeigekommen sind und uns süß fanden. Und die Hühner haben auch geguckt. Klar. Eines davon gehört ja jetzt mir.

Alle glauben, ich sei immer artig. Das stimmt aber nicht.

Zum Beispiel habe ich mal eine Creme sorgfältig in einen Teppich gerieben, während Mama telefonierte. Wenn Erwachsene telefonieren, ist sowieso eine super Zeit, um auf eigene Faust mal was zu unternehmen. Aber ganz ehrlich. Einfach nur den ganzen Tag in Ruhe Opas Garten oder Opas Bauernhof zu erkunden, ohne Anweisungen von Aquapädagoginnen oder Bewegungstherapeutinnen, ist sowieso das Beste. Zwar nicht ganz ungefährlich, aber ich bin ja schließlich nicht Chrystal-Paris.

Bei Opa Gunnar habe ich mal in einen Apfel gebissen, der auf dem Boden lag und ein hübsches Reihenhaus in der neugestalteten Wurmsiedlung in sich hatte. Bäh. Und bei Opa Wilhelm bekomme ich immer wieder mal kräftige Pikse von einer seiner Rosen ab. Aber was soll's. Das Getröste nach meinem Tränchenverlust, das war schön! Und oft gab es zum Trost sogar etwas Kuchen.

Was meine beiden Opa-Kumpels irgendwie so gar nicht geschnallt haben, ist, dass dieses schlimme Ding über ihnen hängt. Ninfa sagt das andauernd, dass das da hängt. Ich glaube, es heißt Damenkloschwert. Ich weiß das, weil Frau Pietsch das dauernd sagt und Ninfa dann immer in ein Geschirrtuch seufzt.

Ich freu mich einfach darauf, wenn Mama und Papa erst mal wieder da sind. Langsam bekomme ich echt Sehnsucht nach ihnen.

Gestern durfte ich ihre Stimme durchs Telefon hören, da hab ich gleich wieder einen Kloß im Hals gehabt und konnte plötzlich alles nur noch so verschwommen sehen. Opa will nicht mehr, dass ich mit Mama telefoniere. Das meint er nicht böse, sagt Ninfa. Opa kann es nicht ertragen, wenn ich weine. Ob ich dann zu laut bin? Aber warum weint er dann mit?

Aber Opa hat dann mit mir gesungen und mir ein Bild von einem sehr netten Baby gezeigt und immer wieder gesagt: »Schau, das ist deine Mama.«

Ich wollte ihn natürlich nicht auf seinen Fehler hinweisen. Das kann ja gar nicht meine Mama sein, das auf dem Bild ist ja ein Baby!

Ich will immer noch herauskriegen, was Ninfa und Frau Pietsch so Geheimnisvolles miteinander zu besprechen haben. Wir sind in Ninfas Küche. Ich beiße auf meinem Löffel herum und bin mucksmäuschenstill.

»Wir müssen irgendwas machen, Pietsch!« Ein neuer Tag, ein neuer Morgen. Ninfa matscht angespannt in meinem Möhrchenbrei herum und vergisst glatt, mich zu füttern. Die Frauen sind jetzt jeden Tag zusammen. Ich glaube, die sind nun Freundinnen. Vielleicht spielen sie auch Puppen zusammen, wenn ich es nicht sehe. Vorsichtig tauche ich meine Hand in den Brei und schaufle mir etwas in den Mund. Super! So esse ich sogar diesen Mist gerne.

Frau Pietsch trinkt Tee und sieht meine neue Essgewohnheit nicht. Beziehungsweise, sie trinkt ihn *nicht*. Sie setzt die Tasse immer an und trinkt dann doch nicht. Der Tee dürfte schon ganz kalt sein. Und nun tunkt sie wieder einen Keks ein, bis der ganz und gar breiig hineintropft. Sie starrt in den Garten zu Opa Wilhelm und Opa Gunnar, die mal wieder gestenreich diskutieren, wie ein Kind in der heutigen Zeit aufgezogen werden soll. Ninfa öffnet das Fenster, um besser hören zu können.

»Ruft dein Kind auch immer bei euch an und fragt, ob wir alles richtig machen?« Opa Wilhelm klingt ratlos.

»Oh, ja. Endlose Gespräche mit Frau Pietsch. Ob er gut isst, wie er aussieht und so. Frau Pietsch macht auch so Fotos mit dem Telefon. Als ob Gregor vergessen hätte, wie sein Finn gestern noch aussah. Jeden Tag Fotos! Jeden Tag!«

»Meine Tochter hat wohl Angst, wir verwöhnen den Kleinen zu sehr!«

»Pah, verwöhnen! Hartes Landleben erfährt er!« Opa Gunnar wird richtig laut.

»Ein Kind heutzutage braucht eine harte Hand! Eine harte Hand!«, blökt Opa Wilhelm.

Harte Hand heißt offenbar: alles kaufen, was ein Babymarkt hergibt, vorlesen, bis alle Zuhörer plus Hasi eingeschlafen sind, und auf dem Spielplatz laut verkünden, dass der eigene Enkel AUS VERSEHEN der klügste Junge auf der Welt sei. Außerdem das enkelsche Plüschtier wie ein Familienmitglied behandeln und sehr, sehr schimpfen, wenn der Enkel was kaputtmacht. Und zwar mit dem Gegenstand, der kaputtgegangen ist. Denn dieser böse Gegenstand hat offenbar den Enkel hinterrücks angefallen und ging dann – zu Recht – kaputt.

»Ein Kind braucht frische Luft und Freiheit. Nicht Babyschwimmen!« Opa Gunnars Erziehungskonzept steht ja für das freie Landleben. Nur gutes Essen und frische Luft, dazu unzählige Treckerfahrten. Dazu wird der Enkel alle zehn Minuten mit Sonnenschutzlotion Faktor 2000 eingecremt, bekommt nur die teuersten Babybreichen vorgesetzt und wird nicht eine Sekunde aus den Augen gelassen, was den Anspruch auf grenzenlose Freiheit geringfügig in Frage stellt. Toll. Ich liebe strenge Erziehungsmethoden.

Wenn sie mir doch bloß am Tag ein bisschen mehr Mittagsschläfchen gönnten! Aber nein, kaum schlafe ich, sitzen sie an meinem Bettchen und warten, dass ich wieder aufwache.

»Wie werden die beiden das nur verkraften?«, seufzend schließt Ninfa das Fenster, während Frau Pietsch das forstgrüne Hütchen wieder absetzt und eine neue Tasse Tee entgegennimmt. »Ich weiß es nicht, Pietsch. Ich weiß es nicht.« Ninfa guckt wieder aus dem Fenster und reibt sich die Augen mit dem Geschirrtuch. Solange die beiden Frauen mit Kekseversenken und Geschirrtuchschnüffeln beschäftigt sind, verreibe ich hier mal weiter großflächig den Möhrchenbrei. Sieht sehr schick aus, ich glaube, das ist jetzt meine neue Lieblingsfarbe. Ich will jetzt alles in Möhrchenbrei-Orange einfärben. Heimlich, als Überraschung für Ninfa und Frau Pietsch, damit sie nicht mehr so traurig sind.

»Doctor Semmelmann wird es das Herz brechen.«

»Herr Nowak wird sich von dem Schlag nicht mehr erholen!«

»El doctor hat sich in letzter Zeit so gut und viel bewegt! Wenn doch nur Frau Semmelmann das hätte erleben können!«

»Herr Nowak hat in den letzten Tagen kein einziges Mal sein Rheuma erwähnt!«

»Ach, Pietsch!«

»Ach, Ninfa!« Die beiden Frauen liegen sich in den Armen.

»Nina!«, sage ich beherzt.

»Hat er Ninfa gesagt?« Frau Pietsch ist völlig verdattert. Beide beenden die Umarmung und kommen ganz dicht vor mich. Sie merken gar nicht, dass ich den Brei verrieben habe.

»Er hat Ninfa gesagt!«

»Sag mal Pietsch, Finn. Sag mal Pietsch!« Ninfa zeigt auf Frau Pietsch.

»Pi.«

»Aaiii!«

»Ja!« Beide sind begeistert, grinsen, und dann passiert was Unerwartetes.

Sie heulen los. Gleichzeitig.

»Wieso muss er uns verlassen? Gerade jetzt, wo er Ninfa und Pietsch sagen kann!«

Wie? Ich verlasse euch doch nicht! Nie.

Sie heulen weiter. Ihnen scheint es ernst zu sein. Ich verlasse euch? Warum? Heißt Trennung etwa verlassen?

»Nina! Pi!«, rufe ich und schüttele den Kopf.

Das war wohl nicht so gut. Sie heulen noch mehr. Ich heule mit.

Das ist ja so traurig! Und ich verstehe es nicht!

Beide Frauen schrecken hoch, als sie meine Opas durch den Flur stapfen hören. Eilig wischen sie sich die Augen trocken. Ich mache es ihnen nach und reibe meine Augen an Hasi.

Die Küchentür wird aufgerissen.

»Frau Ninfa, können Sie diesem dahergelaufenen Bauerntölpel mal sagen, dass er mein gesamtes Erziehungskonzept untergräbt, wenn er …« Meine Opas drängeln sich in den Raum. Opa Gunnar weht dabei fast der Strohhut vom Kopf. »Was ist denn hier los? Was ist mit Ihren Augen?« Opa Wilhelm starrt die beiden Frauen an.

»Raus mit der Wahrheit! Was ist hier los!«, sagt Opa Gunnar.

Ja, genau. Was ist hier eigentlich los! Ist das etwa einer dieser Momente der Wahrheit? Die kenne ich schon lange.

Mama sagt auch immer: Moment der Wahrheit, zu meinem Vater, ganz dramatisch natürlich, es komme jetzt der Moment der Wahrheit. Und dann holt sie tief Luft und, und, und …

Nichts.

Sie traute sich nie, Papa das zu fragen, was sie ihn immer schon fragen wollte. Und weil er nie selber draufgekommen ist, musste er nach und nach die gesteigerte schlechte Laune meiner Mama ertragen. Erst musste Papa sich nach zahlreichen Momenten der Wahrheiten von seiner Modelleisenbahn trennen. Dann, weil das wohl nicht Wahrheit genug war, von seinen Lieblingsjeans. Zum Schluss von dem Motorrad. Und alles, weil der Moment der Wahrheit irgendwie in Wirklichkeit bedeutete: Sag endlich das, was ich hören will, oder ich bin beleidigt.

Und immer war sie danach beleidigt.

»Momente der Wahrheit« sind in Wirklichkeit die größten Rätsel der Menschheitsgeschichte!

Hier in Opas Küche nun also auch. »Es ist der Moment der Wahrheit gekommen«, beginnt Pietsch und guckt ganz verloren in ihren Tee.

»Momento de la verdad!«, stimmt Ninfa nickend zu.

»Was ist los?« Opa Wilhelm greift panisch nach Opa Gunnars Arm.

»Um Gottes willen! Ihr seid ja ganz bleich!« Opa Gunnar greift seinerseits nach Opa Wilhelms Arm. Mit weit aufgerissenen Augen stehen sie da und bilden ein panisches Opa-Knäuel.

»Es ist – es ist – es ist –«, Frau Pietsch traut sich als Erste.

»Wir wollen ehrlich sein.« Ninfa übernimmt.

Pause.

Stille. »Setzt euch besser.« Oh, oh, wenn Frau Pietsch die beiden Herrschaften schon duzt, dann ist es schlimm.

Das wissen die alten Herren auch und starren sie an.

»Nun sagt schon!« Opa Wilhelms Stimme zittert.

»Es ist so –« Frau Pietsch nimmt noch einmal allen Mut zusammen, aber der reicht nicht bis zum Ende des Satzes.

»Ja, es ist so –« Ninfa schafft es auch nicht.

»Raus damit!« Opa Wilhelms Stuhl quietscht schon bedenklich, weil er sich so weit nach vorne beugt, dass er fast in meinen Brei fällt.

»Also gut. Die Wahrheit ist –« »La verdad –« Ninfa nickt sachte.

»Die ganze Wahrheit –«

»Toda la verdad –« Ich finde es sehr rücksichtsvoll, dass Ninfa das auch für alle spanischen Zuschauer (die, die im Fernseher wohnen) übersetzt, aber meine Opas sind derart gespannt, dass die gleich platzen oder vom Stuhl fallen. Es wäre besser, sie festzuschnallen.

»Ja?« Opa Gunnar hat die Augen ganz weit aufgerissen.

»Ja, was denn nun?« Opa Wilhelm runzelt die Stirn. Die beiden sehen echt witzig aus.

»Also. Es ist so.« Pause. »Es wird Sie beide absolut überfordern, was wir Ihnen zu sagen haben!«

Frau Pietsch holt tief Luft.

»Es ist nämlich so (Pause, Luftholen): Finn hatte nie eine große Geburtsfeier.« Frau Pietsch lässt sich erleichtert auf einen Stuhl plumpsen.

Hä?

»El natalicio?«, fragt Ninfa erstaunt nach und lacht dann laut. Sie ist offenbar sehr erleichtert. Dann klatscht sie in die Hände. Frau Pietsch streicht ihr über den Rücken. Beide Frauen sind sich offenbar einig, dass Lügen besser ist als Reden.

»Ja, Sara hat vor einigen Wochen Finns ersten Geburtstag nur ganz klein gefeiert. Wir sprachen gerade gestern am Telefon darüber. Sie meinte, ihr beide, ihr würdet sicher einen riesigen Zirkus veranstalten. Sara hat lieber an dem Tag mit Finn ein Krönchen gebastelt. Und so.«

»Er hatte also noch nie eine ganz große Geburtstagsfeier. So mit Gästen und so. Was sagt ihr? Wärt ihr bereit, ihm nachträglich eine Feier zu organisieren?«

Meine Opas können zunächst mit dem unerwartet kolumbianischen Temperament wenig anfangen. Als Frau Pietsch dann auch noch anfängt zu lachen, ist das Chaos in der Küche perfekt. Meine Opas gucken sich ein weiteres Mal kurz und sehr abschätzend an.

»Na, ich kann das gerne organisieren!«, sagt Opa Wilhelm und lässt schnell Opa Gunnars Arm los.

»Und ich erst! Große Feste feiern wir oft auf dem Hof!«

Wenn meine Eltern das wüssten. Sie sind absolut gegen große Geburtstagsfeiern. Zumindest Mama. Das ist wie mit dem Impfen.

»Ich übernehme das!«, brüllen meine Großväter jetzt gleichzeitig.

»Ruhe!« Frau Pietsch setzt sich energisch ihr Hütchen auf und haut mit einem Kochlöffel auf den Tisch.

»SILENCIO!«, brüllt Ninfa zur Verdeutlichung. Sie verschränkt die Arme vor der Brust. Das heißt so viel wie: Was ich jetzt verkünde, wird nicht diskutiert.

»Pietsch und Ninfa kümmern sich um das Essen.« Wenn sie so von sich selber redet, als wäre sie im Nachbarraum, dann wird es offiziell. »Und Sie, doctor, dürfen sich eine Attraktion für die Kleinen ausdenken. Und Sie, Farmer Gunnar, auch eine. Mehr nicht. Gefeiert wird auf dem Nowak'schen Hof. Die Herren haben zwei Tage Zeit, um dem Jungen eine großartige Feier vorzubereiten!« Ninfas Miene lässt wenig Verhandlungsspielraum vermuten.

Stille.

Dann drehen sich alle zu mir um.

»Finn! Wie siehst du denn aus!!!!«

Ups.

Kurze Zeit später sind die Vorbereitungen in vollem Gange. Während in Ninfas Küche Hochbetrieb herrscht, höre ich, wie Opa Wilhelm Geheimverhandlungen am Telefon führt. Auch Ninfa telefoniert viel. Telefonieren ist eine ganz merkwürdige Sache. Man hat so einen Hörer in der Hand, und plötzlich ist da die Stimme von jemandem drin, den man aber nicht sehen kann. Etwas unheimlich. Ich habe letztens ja mit Mama telefoniert, aber ich will sie dann umarmen, und da sie nicht da ist, ist das traurig, finde ich.

Aber man kann auch mit Leuten telefonieren, die man nicht so vermisst. Ninfa telefoniert viel mit dem Metzger und bestellt Braten und so was. Oder sie telefoniert mit dem Bäcker, der was zurücklegen soll. Die will man dann nicht umarmen.

Neben dem Telefon gibt es dann auch noch die Handys. Die sind aber nur zum Fotografieren, glaube ich.

Und dann gibt es das, was Ninfa jetzt gerade macht. Das ist frei sprechen. Sie redet und redet. Mal spanisch, mal deutsch, mal mit Frau Pietsch, zwar auf Deutsch, aber so leise, dass ich es trotzdem nicht verstehe. Frei sprechen ist nicht das übliche Ins-Telefon-Reden, sondern nur mit Kabel, die im Ohr hängen, wo aber keine Musik rauskommt, sondern jetzt Frau Pietsch. Gerade reden die beiden normal laut, und zwar über das Essen, das es geben soll.

Ich sitze in meinem Stühlchen und übe mich in Krickelkrakel. Leider komme ich nur an einen Teil der Tapete ran. Dafür habe ich diese tollen Filzstifte von Opa gemopst und muss nicht meine unlackierten Buntstifte ohne künstliche Farb- und Konservierungsstoffe verwenden. Die decken so schlecht.

# 15

## Hoch soll er leben! Dreimal hoch!

Es ist endlich so weit! Heute steigt meine Geburtstagsfeier. Toll.

Die Sonne scheint durch die Gardine, die Vögel zwitschern sehr nett und leistungsstark, und aus der Küche höre ich leises, geschäftiges Rascheln. Und auch der Duft von Opas Rasierwasser hängt schon in der Luft. Da muss man dann vorsichtig sein und darf ihn nicht gleich küssen, sonst brennen die Lippen. So eine Geburtstagsnachfeier ist eine große Sache, glaube ich. Da mache ich lieber noch mal schnell die Augen zu und döse noch ein wenig. Der Hunger ist noch nicht so schlimm, und meine Hose ist trocken genug, um sie zu ignorieren. Auch Hasi hat noch die Augen zu.

An meinem richtigen Geburtstag, da hat Mama gesagt, wir machen nur, was ich will. So hat sie mir erst leise ein Ständchen gesungen, mir ein Fläschchen ins Bett gebracht und sich dann neben mich gelegt. Das war schön. Nach dem Morgenbreichen wurde gespielt. Klötzchen und Krakeln und so. Und dann hat sie mir eine Krone gebastelt, die ich aufsetzen durfte, wenn ich wollte. Da kam endlich Papa von irgendeiner Arbeit, und wir haben in der Küche zu dritt Kuchen gebacken. Die Finger in den Teig zu stecken ist fast so schön, wie mit Mama zu kuscheln.

Ach. Plötzlich wird mein Hals wieder so eng, und es

zieht in mir drin. Ich mache schnell die Augen auf und drücke Hasi an mich, nicht dass es noch schlimmer wird und ich wieder nur ganz verschwommen gucken kann. Schnell die Augen trockenreiben. Tränen jucken ein wenig, finde ich. Als ich die Augen aufschlage, gucke ich in vier Gesichter, die sich grinsend über mich beugen.

Huch. Viel Privatheit hat man hier nicht.

Doch bevor ich die Augen wieder schließen kann, geht es los:

»Häbbi Börsdei tuuuu juuuu, häbbi Börsdei tuuuu juuuu! Häbbi Börsdei, häbbi Börsdei, häbbi Börsdei tuuuuu juuuu!«

Au Klasse! Ein Lied. Aber was soll das heißen, häbbi Börsdei?

Frau Pietsch und Ninfa haben Tränchen in den Augen.

Meine Opas nutzen den Moment, um sich darüber auszutauschen, wer von ihnen besser gesungen hat.

Beim Wickeln gibt es dann schon die ersten Geschenke. Von Frau Pietsch bekomme ich ein Bilderbuch mit Fotos von mir und meinen Opas. Von Ninfa bekomme ich eine Decke, die aus lauter kleinen Stoffresten besteht, die mir mal irgendwie gehört haben. Aus Hosen, die ich beim Krabbeln schon durchgescheuert bekommen habe. Aus Sweatshirts, die ich mit Flecken versehen habe, die sogar Ninfas Gallseife trotzten, und aus zwei Waschlappen, die Opa ablehnte, weil sie rosa sind.

Ich freue mich riesig, aber gibt es auch Sachen, die Krach machen? Ich hätte jetzt wirklich Lust auf was mit Krach.

Oder Frühstück. Wollen wir nicht in die Küche gehen? Mein Bäuchlein meldet Hunger! Mit wenigen Handgriffen haben Ninfa und Frau Pietsch für einen trockenen Unterleib gesorgt. Und alle haben dabei zugeguckt. Ich lege mir Hasi über die Augen, weil mir das peinlich ist.

»Er ist ein Engel.«

»Ja, ein Engel, der Tapeten vollmalt.«

»Er ist perfekt und ein strammer Junge!«

»Mein Enkel!« Niemand hört, wie laut mein Bauch knurrt. Ich wedle mit Hasi, keine Reaktion. Also drehe ich mich halt um und krabble los. Der Tisch ist klein.

»Pf, wenn ich das schon höre! Mein Enkel, er ist genauso gut meiner!«

Oh, der Tisch ist zu Ende! Huch!

Im letzten Moment packen Ninfa und Frau Pietsch mich am Bein.

»Unser Prinz will schon weglaufen!« Ninfa hebt mich hoch.

»Ja meine Herren. Ab nach unten in die Küche. Diskutiert wird später!«

In der Küche stellt Ninfa mir mein Fläschchen hin, und Frau Pietsch bindet mir das Lätzchen um. Dann endlich sitze ich in meinem Stühlchen und hab meinen Brei vor mir.

»Ach, Finn. Falls du dich wunderst: Deine Großväter haben die ganze Krippe eingeladen samt Personal. Ob du die Kinder kennst oder nicht. Soviel ich weiß, warst du bis jetzt nur eine Woche da, oder?« Frau Pietsch macht eine kleine Kreisbewegung an ihrer Stirn.

Erst als ich alles ratzefatz leer getrunken und gelöffelt habe, fange ich an, mich umzusehen. In der Küche stehen einige Kisten und Klappkörbe mit Kuchen darin. Ansonsten sieht es schlimm aus, das ist man von Ninfa nicht gewohnt. Und die Leute aus dem Fernseher sind auch nicht da. Das war denen sicher zu unordentlich hier. Ninfa muss mit jedem Kuchen einzeln gekämpft haben. Vielleicht sogar mit einem Kuchenmonster, dem sie die kleinen Kuchen entreißen musste! Deswegen sieht sie bestimmt auch so übermüdet aus. Frau Pietsch will ihr beim Abwasch helfen. Ninfa winkt ab. »Dafür bleibt noch viel, viel Zeit«, sagt sie traurig.

Nach dem Frühstück geht es los zu Opa Gunnar. Alle kommen mit. Das finde ich am Geburtstagspartyhaben schon mal toll. Nur Papa und Mama fehlen mir. Mehr als sonst. Komisch, was haben die damit zu tun? Ist doch meine Geburtstagsparty.

Der Hof sieht prima aus. Im Innenhof stehen ganz viele Tische und Bänke unter bunten Schirmen. Das Labü-Dings, also der Irrgarten, für den Opa Gunnar so fürchterlich Ärger bekommen hat, ist zwar verschwunden. Stattdessen ist da ein Irrgarten aus Strohballen aufgebaut.

Und: Es ist noch eine Bobbycar-Rennstrecke hinzugekommen. Am Rande stehen ganz viele Eimer mit Seifenlauge und Schwämmchen. Da sollen wir wohl die Autos waschen.

Dahinten ist ein kleines Gatter als Streichelzoo angelegt und eines fürs Ponyreiten. Rechts neben dem Stall wird eine Hüpfburg aufgebaut. Mindestens drei haushohe Figuren, die mit Luft befüllt sind, zeigen den Weg zu meiner Party.

Äh.

»Wir sind ja keine Anfänger! Wir machen jeden Sommer ein Hoffest!«, verkündet Opa Gunnar stolz.

Ist das nicht ein kleines bisschen übertrieben?

Wenn Mama davon erfährt, Freunde, ich will da nicht in eurer Haut stecken! Und beruft euch nicht auf mich! Ich bin noch klein, ich kann mich rausreden. Oder einfach einschlafen. »Deine Großväter haben jeweils einen großen, großen Vogel«, sagt Frau Pietsch trocken, als sie mich aus dem Wagen hebt. Ninfa, der das ganze Ausmaß meines Geburtstages offenbar bis eben nicht ganz klar war, steht nur stumm daneben und schüttelt den Kopf.

Ich fürchte, mein Mittagsschlaf ist heute mal wieder ersatzlos gestrichen, was? Meine Opas gucken mich erwartungsvoll an. Ich will ihnen nicht den Spaß verderben.

Plötzlich hupt es, und ein Bus schwenkt auf den Hof ein. Einige der dekorierten Luftballons am Torbogen fliegen davon. Es sieht ein kleines bisschen so aus, als ahnten sie, was hier gleich los sein würde, und hätten beschlossen, einfach abzuhauen.

Ich winke ihnen schnell noch hinterher.

Aus dem Bus steigen Mütter und Väter mit ihren Sprösslingen. Ich kenn nur die wenigsten. Einige vom Sehen, aus der Krippe oder vom Babyschwimmen, aber der Rest? Nö.

Alle Gäste werden von meinen Opas ausgiebig begrüßt. Meine Opas haben übrigens jetzt Poloshirts an. Da steht drauf: Finns Grandpa. Opa Gunnar fand doof, dass es Englisch ist, und Opa Wilhelm fand doof, dass er keinen Schlips dazu tragen darf.

Wieder so etwas, was ich an Erwachsenen nicht verstehe. Warum macht ihr Dinge, die ihr doof findet?

Für mich?

Ist das gut?

Macht man das so als Erwachsener? Wahrscheinlich.

Zu lustiger Zirkushintergrundmusik verteilen sich Kinder aus ganz Berlin im Hof. Da wird gequiekt, gelacht oder zuweilen auch völlig erschöpft geheult.

Meine Opas laufen zur Höchstform auf. Sie tragen mich hierhin und dahin.

Unter den Erwachsenen bilden sich schnell zwei Grüppchen. Das sind zum einen die schwer engagierten Muttis und Vatis, die sich artig an allen Spielstationen die meine Opas errichtet haben anstellen und warten, bis ihr Sprössling dran sind. Die andere Gruppe sind die versammelten Großväter der Region. Die stehen bei meinen Event-Opas und trinken Schnäpperken. Und erklären dann jedem, der es hören oder nicht hören will, dass ausgerechnet ihr Enkel der Großartigste ist und der Klügste und der Schönste. Was von den Zuhörern regelmäßig lautstark bezweifelt wird, weil die ja wiederum den großartigsten und den klügsten und den schönsten Enkel haben.

Zum Glück ist wohl allen klar, dass ich die tollsten Opas habe. Auch ohne Schnaps.

Mittags kommt dann endlich Ninfas und Frau Pietschs große Stunde.

Es gibt was für die völlig ausgepowerten Eltern zum Schnellrunterschlingen (Eltern haben nie Zeit fürs Essen) und lausig gesund aussehende Breichen und Süppchen für uns Kinder. Typisch. Für die, die die ganze Arbeit machen, gibt es nur den gesunden Mist.

Es duftet nach Bratwurst und Dinkelpups.

Dann wird ein Tusch gespielt. Das hört sich so an, als würde ein Orchester seine Musikinstrumente gleichzeitig fallen lassen!

Ach, so. Meine Großväter halten eine Rede. Sie haben Zettel in der Hand, Opa Wilhelm hat nun doch einen Schlips um. Er kann einfach nicht ohne. Viele zücken ihre Handys, um kalten Kaffee zu machen.

»Liebe Gäste!« »Und Gästinnen!«, ergänzt Opa Gunnar, indem er kurz ans Mikro rangetreten ist. Seine Stimme ist ganz laut.

»Bitte?«

»Gästinnen. Weibliche Gäste.« Opa Gunnar erntet weiblichen Applaus dafür.

»Gunnar! Halte dich da bitte jetzt mal raus, Freundchen!«

»Wieso hältst du überhaupt die Rede!«

»Ich kann das halt besser!« Opa Wilhelm zeigt auf seinen Schlips, weil der wohl dazu berechtigt, der Wichtigste zu sein und Reden zu halten.

Die Zuhörer lachen.

»Aber es ist mein Hof!«

Sie beginnen, sich um die Zettel zu zanken.

»Doctor y Farmer! Meine Herren!«, schallt es da über den Hof. Das rollende R mit dem südamerikanischen Temperament in der Hinterhand stellt die beiden sofort ruhig. Meine Opas ziehen reflexartig den Kopf ein. Sie wissen genau, dass mit Ninfa nicht zu spaßen ist. Opa Gunnar macht eine resignierte Geste, und Opa Wilhelm fährt fort.

Dass man auch immer meckern muss. Tststs.

»Liebe Gästinnen und Gäste! Wir haben uns heute hier versammelt, um dem Jubilar die Ehre zu erweisen. Mein Ekel Finn hat –« Weiter kommt er nicht.

»UNSER Enkel Finn!«

»Ja, gut. Dann eben unser Finn.« Opa Wilhelm gibt genervt nach. Heiterkeit macht sich im Publikum breit.

»Unser Enkel Finn hat, und das sage ich hier mit aller Deutlichkeit, einigen Schwung in unser Leben gebracht.« Opa Wilhelm zeigt in die Runde.

Der Schwung ist unübersehbar, aber ich muss wirklich mal klarstellen, dass ich für den größten Teil des Schwungs gar nicht verantwortlich bin – das vergessen immer alle.

»Zum Zeichen unserer Verbundenheit und Liebe wollen wir daher hier – mit Ihnen zusammen – einen Baum pflanzen.« Opa Gunnar steht nickend neben dem Rednerpult, bis Opa Wilhelm ihn energisch anstupst und wilde Gesten macht. »Lauf mal los, und hol den besagten Baum!«

Kurze Zeit später kommt er mit einem riesigen Baum an. Es entsteht ein kleines Handgemenge, aber schließlich hieven sie den Stamm mehr oder weniger gemeinsam in das Loch und schütten gewohnt engagiert (wer schaufelt schneller, wer schaufelt besser) Erde drauf, bis die Umstehenden rufen:

»Aufhören! Aufhören! Sonst ist der arme Baum ganz zugeschüttet.« Zwei Gießkannen werden gebracht.

Applaus. Ich klatsche mit. Onkel Arthur hebt mich auf seine Schultern. Toller Ausblick.

»Ach, wenn die beiden wüssten«, höre ich Frau Pietsch unten neben mir leise jammern. Ninfa streicht ihr über den kleinen Rücken.

»Lassen wir ihnen die Freude.«

Mensch, ich mag das gar nicht, wenn die so reden. Wer genau weiß denn, was das Morgen so bringt?

»Ich kann mir gar nicht vorstellen, dass die beiden sich

trennen und dann nicht mehr zusammen wohnen werden.«

Was? Das also bedeutet Trennung? Nicht mehr zusammen wohnen? Aber wir haben immer zusammen gewohnt. ZU dritt. Das darf doch nicht aufhören. Das hieße ja, dass ich nie mehr mit Mama und Papa morgens im Bett schmusen kann; nie mehr Kuchenbacken, nie mehr zusammen Babyschwimmen, auch wenn Papa da immer motzt, nie mehr Hasiwaschen, wenn er schmutzig ist, nie mehr … plötzlich fängt mein Hals an, ganz eng zu werden, und meine Augen brennen wie nie zuvor. Jetzt hilft es auch nicht mehr, Hasi an mich zu drücken. Dicke Tränen kullern auf meine Wangen, die ich in letzter Not zumindest mit Hasi auffangen kann. Damit Onkel Arthur nichts bemerkt. Ganz stumm und heimlich weine ich vor mich hin. Ich hasse Trennung!

Es ist Nachmittag geworden. Mittlerweile kann man im Hof nicht mehr störungsfrei krabbeln, weil man kaum eine Handbreit Platz hat, so viele Leute sind gekommen. Eigentlich ist mir das auch egal. Ich bin total erschöpft. Und ausgerechnet jetzt wird das Kuchenbuffet aufgefahren. Im Ausgleich zu dem enormen Lärmpegel trösten sich die Erwachsenen mit Zucker in jeglicher Verarbeitungsstufe. Ninfa hat sich wirklich selber übertroffen. Eine riesige Tafel mit quietschbunten Torten. Kuchen mit einem blauen Hasen drauf (Siehst du, Hasi? Der ist für dich, du hast ja heute auch Geburtstag! Ninfa hat dich nicht vergessen!). Torten mit zwei Großvätern drauf (der eine ist dünn, der andere hat einen stattlichen Bauch und eine Glatze). Blechkuchen, Kuchenstücke am Stiel, Muffins, Kekse in bunten Kisten.

Und schon gleich die ersten Rezeptnachfragen.

»Ist das glutenfrei?«

»Ist auch was für Laktoseunverträglichkeit dabei?«

»Welches Mehl? Es gibt ja Mehl-Typen von 405 bis 1800!«

Aber Ninfa hat alles im Griff. Niemand wird vergessen. Nur leider mein Mittagsschlaf.

Kommt mir das nur so vor, oder gucken Ninfa und Frau Pietsch indessen immer trauriger? Ich setze mich einfach unter den Tortentisch und nuckle eine Runde, vielleicht kann ich dann mal ein bisschen ausruhen. Mein Daumen schmeckt im ersten Moment etwas erdig, aber das verliert sich. Ich muss immer wieder an diese Trennung denken.

Was können wir bloß tun, Hasi?

Bislang ist mein Leben immer optimal verlaufen, alles ist nett und schön. Kann es sein, dass das nicht immer so bleiben wird? Wäre das nicht ein böser Konstruktionsfehler?

Kann man Eltern verbieten, dass sie nicht mehr zusammen sein wollen? Wie sie mir verbieten, dass mein Daumen mit meinem Mund zusammen sein will? Warum mögen die sich plötzlich nicht mehr? Mir kam es immer so vor, als könne der eine nicht ohne den anderen.

Meine Mama zum Beispiel. Die will ja immer mit dem Kopf durch die Wand – notfalls auch ohne Wand! Was wäre die ohne meinen Papa, der immer so lieb und ruhig ist.

Und mein Papa? Ohne Mama? Ha! Das wäre wie Opa Wilhelm ohne Ninfa oder Opa Gunnar ohne Frau Pietsch. Das geht, glaube ich, rein rechtlich gar nicht.

Ein Huhn pickt auf mich zu. Hallo! Willst du Kuchen?

Warte, ich hol dir was. Ich stelle mich einfach hin. Siehst du. Kann ich schon. Und einen Schritt hab ich auch schon alleine hinbekommen. Toll, was? Und – schwupps – habe ich hier Schokoladentorte. Da. Ah, du hast auch jemanden eingeladen. Da nehmt. Ich muss hier aber noch ein bisschen am Daumen lutschen, ja?

Also, was mache ich nur mit meinen Eltern? Ich will ja beide. Und meine Opas. Und Ninfa und Frau Pietsch. Und den Traktor.

Über mir höre ich die Gäste ausgelassen feiern. Die Stimmung ist weiterhin hervorragend. Immer mehr Opas stehen mit meinen zusammen und trinken fröhlich kleine Gläser leer.

Das darf ruhig so weitergehen, aber ich hätte zu gerne ein bisschen meine Ruhe. Irgendwo ein Plätzchen, wo ich zugucken kann, ohne selber im Mittelpunkt zu stehen. Am besten ich bleibe hier unter dem Tisch sitzen.

Plötzlich wird es unruhig in der Menge, ich linse unter der Tischdecke Richtung Hofeinfahrt.

Ein Polizeiauto! Sogar mit Blaulicht! Toll, wie sie das wieder hinbekommen haben, meine Opas!

Da ist noch ein Polizeiwagen! Und eine Feuerwehr? Nein, ein Mannschaftswagen!

Ein Polizist steigt aus und setzt sich erst mal seine Mütze auf, sofort bildet sich eine Traube um ihn.

»Wir suchen«, beginnt er sehr offiziell und schaut auf seine Notizen, »einen kleinen Jungen.«

»Na, davon haben wir hier reichlich, Herr Wachtmeister!« Opa Gunnar spricht viel lauter und vergnügter als sonst. Wie Frau Pietsch damals mit Ninfa, als sie sich nach dem Bagger die helle Flasche geteilt haben.

»Es liegt wahrscheinlich Kidnapping vor. Und ein Einbruch in der Villa eines Herrn Doktor Wilhelm Semmelmann aus Berlin-Grunewald.«

»Pah. Grunewald.« Opa Gunnar wirkt wenig beeindruckt.

»Das bin ich!« Opa Wilhelm drängelt sich nach vorne.

»Oh. Es tut mir leid, Ihnen mitteilen zu müssen, dass in Ihre Villa eingebrochen wurde. Regen Sie sich bitte nicht auf! Wir sind erst am Anfang unserer Ermittlungen, aber wir haben den Verdacht, dass Ihr Enkel entführt wurde.« Der Polizist spricht laut und deutlich.

Die Menge bleibt entspannt und kichert.

»Lauter bitte, wir verstehen hier hinten nicht alles von der Aufführung!«, ruft eine Mutter genervt.

»Bitte?« Das sind unverkennbar meine Opas.

»Ja«, unbeirrt fährt der Polizist fort, »mutmaßlich gekidnappt von einem Herrn Gunnar Nowak, dessen Haus wir hiermit durchsuchen wollen. Zumindest sind das bislang unsere Informationen.« »Bitte? Kidnapping? Was soll das denn?« Opa Gunnar ist entrüstet. »Der doch nicht!« Opa Wilhelm winkt amüsiert ab. »Nie im Leben würde der das hinbekommen.«

Die Zuschauer lachen.

Aber merkt keiner, dass das gar nicht das Puppentheater ist? Die sind echt! Man lacht doch nicht über einen Polizisten! Dann kommt doch das Krokodil!

»Wie war das? Und wer sind Sie?« Der Polizist zückt einen Notizblock. Oder sein Handy, so genau ist das nicht zu erkennen. »Ist das hier eine Feier?«

»Na, Kidnapping geht wohl anders, oder?«, meckert Opa Gunnar.

»Als ob du dazu fähig wärst!« Opa Wilhelm scheint beleidigt, dass ihm seinerseits kein Kapitalverbrechen zugetraut wird.

Das Publikum ist gespannt. Ich auch.

»Wer sind Sie denn nun, bitte sehr?«

»Wir sind die Großväter!«, ruft Opa Wilhelm. »Semmelmann und Nowak.«

»Ach«, macht da der Polizist und kratzt sich unter der Mütze.

»Papa?« Ich zucke zusammen und hätte mir beinah den Kopf am Huhn gestoßen, das neben mir pickt. Das ist doch die Stimme meiner Mama!

»Papa?« Und da, hinter mir, die von meinem Papa! Ihr seid wieder da! Toll! Wollt Ihr Kuchen?

»Wo ist mein Finn?« Mama klingt etwas zu panisch für meinen Geschmack. Sie hört sich an wie Ninfa, damals im Garten.

»Ja, wo ist mein Sohn?«, fragt jetzt auch Papa.

»Unser Sohn«, blafft Mama ihn an.

Ich bin doch hier unten. Hasi auch. Es wird hektisch an den falschen Stellen nach mir gesucht. Es wird viel nach mir gerufen und so manches Kind hochgehoben, eindringlich betrachtet und wieder enttäuscht abgesetzt. Ich muss ihnen finden helfen! Das ist jetzt ernster als Versteckspiel.

»Da!«, quieke ich mit aller Kraft, und die Hühner, die friedlich um mich pickten, flattern aufgeregt davon.

»Da! Da ist Finn.« Ninfa kommt herbeigeeilt und hebt mich hoch. Sie küsst mich wie zum Abschied. Frau Pietsch streichelt mein Bein, und dann werde ich in die Arme meiner Mama gedrückt.

»Mein Baby! Oh Gott, da bist du ja! Oh mein Baby! Mein kleiner Junge!« Sie küsst mich über und über. Huch, das kitzelt! Ja, das kitzelt. Ja, da auch!

Hallo Mama! Wie ich dich vermisst habe! Oh, wie gut du riechst! Oh ja, wir lassen uns jetzt nie wieder los, was?

Nun wein doch nicht! Alles ist gut! Wir haben viele lustige Sachen gemacht, ehrlich. Und die meisten waren auch gar nicht so gefährlich!

Mama schmust mich ausgiebig. Dann räuspert sie sich.

»Kann ich mal erfahren, was hier los ist?« Mama hat ihre Fassung wiedergefunden. Schade, ich wollte gerade meinen Mittagsschlaf an ihrer Schulter nachholen. Stattdessen greife ich müde nach Papas Hand und halte sie ganz doll fest.

Wer wirklich gar keine Ahnung hat, sind meine Opas.

»Sara, was machst du denn hier?«, fragt Opa Wilhelm.

»Ja, hat denn Ninfa nicht Bescheid gesagt?«

»Äh, nein.« Opa Wilhelm sieht Ninfa verwirrt an. Die sieht unendlich traurig aus.

»Weißt du eigentlich, was bei dir zu Hause los ist, Papa? Es muss eingebrochen worden sein! Absolute Verwüstung. Und die Küche! Die Küche!«, Mama schreit jetzt fast. Dann guckt sie hoch und sieht das große Banner über dem Eingang.

»›Willkommen zu Finns Geburtstagsnachfeier‹!«, liest sie lahm vor. »Habt ihr beide das etwa zu verantworten?«

»Na ja.« Opa Gunnar wirkt verlegen.

»Wir hielten das für angemessen. Da ja sein erster Geburtstag wohl recht ruhig ausgefallen ist.« Opa Wilhelm schüttelt seinen Schlips aus.

»Ich halte diesen Trubel für Blödsinn! Ein Kind braucht

Liebe und Zuwendung und keinen, keinen, keinen –« Mama hält inne und schaut sich staunend um. Die vielen Leute, der Trecker, die Ponys.

Mama wirft Opa Wilhelm böse Blicke zu.

»– so einen Zirkus! Habt ihr das zu verantworten?«, fragt sie noch einmal, und es klingt nicht so, als fände sie es sehr gut.

Die vielen Leute sind jetzt mucksmäuschenstill und gucken die wilde Mama entsetzt an.

»Wir haben doch nur ein bisschen Finns Geburtstag gefeiert«, erklärt Opa Wilhelm schüchtern und sieht sich um, als bemerke er erst jetzt, dass die Sache ein klein wenig aus dem Ruder geraten ist.

»Kleine, spontane Feier.« Opa Gunnar hat den Strohhut vom Kopf gezogen und fingert unsicher daran herum.

»Ganz klein. Ganz spontan.« Opa Wilhelm steht erstaunlich dicht neben Opa Gunnar. Der wiederum legt den Arm um ihn: »Wir sind ja die Opas«, und zeigt auf sein Shirt. Sie zupfen beide den Schlips von Opa Wilhelm beiseite.

»Hier steht es: Finnsgräntpar. Und hier auch. Finnsgräntpar. Das sind wir. Jeder für sich.«

»Und einer für alle«, sagt Opa Wilhelm mit einem schuldbewussten Lächeln.

Für das Mama offensichtlich nicht empfänglich ist. »Wie war das?«, brüllt sie jetzt.

Gerade kommt eine Kutsche von ihrer Rundfahrt wieder. Eine Horde Erwachsene steigen aus und klopfen im Vorbeigehen meinen Großvätern auf den Rücken.

»Wir wussten ja nicht, dass du heute wiederkommst, Sara.« Kleinlaut ist gar kein Ausdruck.

»Und Gregor.« Opa Gunnar zeigt auf seinen Sohn. Papa sieht auch nicht gerade fröhlich aus.

»Und wenn ihr es gewusst hättet? Hättet ihr mich dann mit dem Elefanten abgeholt?«, fragt Mama böse.

»Nee, Elefanten hatten die nicht.«

»Nur die Ponys!«, wirft Opa Gunnar ein.

Klappt nicht.

»Wenn ihr nicht gewusst habt, dass ich wiederkomme –«

»– und Gregor.« Opa Gunnar nickt seinem Sohn zu.

Nicht hilfreich.

»Wenn ihr nicht gewusst habt, dass wir wiederkommen, dann haben euch Ninfa und Frau –«

»– Pietsch.« Das war nun Papa. Mama kann diese Gesprächseinwürfe gar nicht gut vertragen, wenn sie gerade so in Fahrt ist.

»Wisst ihr denn dann auch nicht, dass –«

Ninfa schüttelt den Kopf.

Jetzt wird es kniffelig. Mama erkennt gerade, dass die Großväter nichts davon wissen, dass ich hier weg soll. Oh oh.

»Was wissen wir dann nicht?« Opa Wilhelm sieht sehr verwirrt aus.

»Wir wissen gar nichts.« Opa Gunnar nickt entschlossen.

»Na, dass Greg und ich uns, na ja, dass wir uns trennen wollen?«

»Trennen?« Opa Wilhelm wird ganz bleich.

»Wirklich trennen?« Opa Gunnars Stimme wird ganz hoch.

»Ja, trennen. Es wird nicht besser, wenn ihr alles wiederholt.« Mama ist jetzt richtig böse.

»Das ist nicht schön.«

»Gar nicht schön.«

»DAS WISSEN WIR AUCH!« Mama wird laut. Komisch, warum trennen sie sich dann, wenn ihnen das doch bewusst ist?

»Und was wird Finn nur denken?«

»Ihr beide könnt ihn natürlich jederzeit besuchen«, räumt Opa Wilhelm großzügig ein.

»Kein Problem, natürlich. Aber er will doch sicher, dass ihr gemeinsam kommt«, ergänzt Opa Gunnar.

»Vielleicht gerade kurz vorher bei uns anrufen wäre nicht schlecht. Wisst ihr, mit so einem Kind hat man ja alle Hände voll zu tun. Da kann man nicht einfach so spontan Besuch empfangen.«

Mensch, Opas, ich werde nicht bei euch bleiben dürfen. Meine Mama will mich doch mitnehmen! Und ihr müsst sie daran hindern, versteht ihr denn nicht?

»Ja, kurz vorher anrufen wäre gut. Vielleicht sind wir beim Turnen.«

Ninfa schluchzt. Es klingt wie weinendes Lachen. Hasi und ich verkrümeln uns in Mamas Halsbeuge. Ich will gar nicht sehen, wie meine Opas reagieren, wenn sie die Wahrheit erfahren.

»Ich nehme Finn natürlich mit!«

»Mitnehmen? Wohin?«

»Nach Amerika.«

»Ihr wollt ihn mitnehmen? Finn mitnehmen? Nach Amerika?«

»Das Amerika, das so weit weg liegt?« Opa Gunnar hat seinen Strohhut nun langsam völlig zerrupft.

»Oder Finn kommt mit mir mit!« Papa scheint nicht so auszusehen, als würde er selbst dran glauben.

Mamas Kopf bewegt sich ruckartig, und ihre Schultern verkrampfen.

»Er kommt mit mir nach Washington. In drei Tagen geht es los.«

Leute, denkt nach, wie wir das verhindern können! Ich will doch auch weiter mit meinen Opas spielen! Hat jemand eine Lösung? Hallo? Niemand?

Mir wird wieder der Hals so eng. Und das an meiner Geburtstagsparty.

Hasi. Komm her. Das ist nichts für kleine Hasen.

»In drei Tagen schon? Drei? Drei Tagen?« Opa Wilhelm wankt, Ninfa ist schnell neben ihm und hält seinen Arm. Sie ist aufgrund ihrer Körpergröße die Einzige, die ihn, aus statischer Sicht, stützen kann. Opa Gunnar klammert sich an der viel zu kleinen Frau Pietsch fest, er ist ganz käsig um die Nase geworden.

Hasi hält mir jetzt besser die Augen zu. Mehr soll ich nun wirklich nicht sehen.

»Dann nehmt ihr uns Finn einfach so weg?«

»Finn wegnehmen? Uns?«

»Also Papa! Nun stell dich nicht so an, du hattest ihn nur ein paar Wochen! Und erst wolltest du ihn gar nicht!«

»Er ist aber mein Enkel! Mein Enkel ganz alleine!« Opa Wilhelm wird rot im Gesicht.

»Nein, meiner auch!« Opa Gunnars Kopf färbt sich ebenfalls ein, beide atmen schwer.

»Ja, genau!« Opa Wilhelm entwickelt offensichtlich gerade eine ganz neue Strategie. Er hat Opa Gunnar wohl als seinen Verbündeten entdeckt. »Der ist schließlich auch so was wie sein Großvater!« Opa Wilhelm lässt nicht locker.

»Äh?« Opa Gunnar scheint von der neuen Entwicklung völlig überrascht.

»Ich meine, wir haben auch Rechte!«

»Ja! Nicht nur Pflichten!« Jetzt ist Opa Gunnar voll dabei.

»Recht hat er! Pflichten und Rechte!«

»Seid ihr beiden jetzt völlig irre? Das ist ja wohl ganz allein meine Entscheidung. Ich gehe mit Finn in die USA und damit basta!«

»Nein, Fräulein. Nein.« Opa Wilhelm zerrt mich ein wenig unsanft aus Mamas Arm. »Du schläfst dich jetzt erst mal aus. Hier der Schlüssel von meinem Haus.«

»Aber!«

»Nichts aber! Schlaf schön. Gute Nacht.«

»Und du Gregor, du gehst auch.« Opa Gunnar hat sich anstecken lassen und funkelt meinen Papa, der stumm und mit hilflosem Gesichtsausdruck neben uns steht, wütend an.

»Nein. Der bleibt. Wir sind ein für alle Mal miteinander fertig«, protestiert Mama. Sie versucht, entschlossen zu klingen, aber ihre Stimme wird plötzlich ganz schrill.

Mein Papa schüttelt sich kurz, dann gibt er mir, ohne ein Wort zu sagen, einen Kuss auf die Stirn und geht mit seinem Bruder durch die Menge hindurch zum Haupthaus. Mama lässt plötzlich die Schultern hängen und guckt ihm nach. Ich auch. Und winke. Aber er dreht sich nicht noch einmal um.

Ninfa lässt jetzt endlich Opa Wilhelm los, nimmt meine Mama in den Arm und geht mit ihr langsam zu Opas Auto.

Die Polizisten stehen immer noch daneben und beobachten jede unserer Bewegungen. Einer wagt es schließlich, Mama anzusprechen: »Ich gehe davon aus, dass alles geklärt ist? Keine Kindesentführung? Kein Einbruch?« Er klingt zugleich verängstigt und erleichtert.

Mama würdigt ihn keines Blickes, und Opa Wilhelm guckt einfach durch ihn hindurch.

»Nein. Alles nur ein Missverständnis. Ich wünschte fast, es wäre wirklich ein Einbruch gewesen. Danke trotzdem«, murmelt Opa Gunnar schließlich und setzt sich seinen zerknautschten Hut auf.

Trauriger Geburtstag.

# 16

## Lieber Regen, geh weg. Liebe Sonne, komm wieder.

»Was können wir nur tun? Das darf einfach nicht passieren! Das darf einfach nicht sein! Ich erwarte verwertbare Vorschläge.« Opa Wilhelm geht in Frau Pietschs Küche auf und ab. Noch nicht einmal den Kuchenresten schenkt er Beachtung.

Opa Gunnar steht am offenen Fenster und brummt. Ich hab eine Handvoll Kuchen ergattert und untersuche den jetzt. Draußen auf dem Hof ist heute Morgen großes Reinemachen angesagt. Onkel Arthur und Papa organisieren das. Mama ist irgendwie unterwegs, um Sachen für Amerika zu holen. Papiere oder so. Haben die kein Papier in Amerika? Und worauf soll ich dann malen?

Ninfa ist mit ihr kurz hierhin gekommen, damit wir zusammen Breichen panschen konnten.

Während ich die Pastinake (Opa Gunnar hat es nicht so mit Möhren) auf dem Tisch verteilte, hat Ninfa in einer Tour mit meinen Opas geschimpft. »Hätten Sie in der Zeit nicht was anderes tun können, als sich gegenseitig zu übertrumpfen? Wir müssen die beiden Kinder wieder versöhnen. Sie müssen das. Das ist Ihre Pflicht!«

»Versöhnen? Meinen Sie, das geht? Wenn eine Beziehung nicht mehr geht, dann trennen sich die jungen Leute heutzutage. Früher wäre das anders gewesen.« Opa Wilhelm schnaubt aufgebracht.

»Ach was. Als ob es besser wäre, wenn die Leute zusammenbleiben und sich immer nur streiten.« Opa Gunnar zuckt am Ende seines Satzes zusammen und kratzt sich am Kopf. Als wäre ihm plötzlich was klar geworden. Opa Wilhelm dreht sich um. Beide gucken sich verdutzt an.

»Aha«, macht Ninfa.

»Erste Erkenntnisse!«, sagt Frau Pietsch. »Dann denkt euch mal was aus!«

»Ja, oder wir erwirken, dass deiner Tochter das Sorgerecht entzogen wird«, schlägt Opa Gunnar vor.

»Bitte? Sie ist eine sehr gute Mutter!« Opa Wilhelm scheint entsetzt.

»Äh. Okay. War nur so ein Gedanke.« Opa Gunnar gibt schnell nach.

»Vielleicht würde aber ein gefälschter Mutterschaftstest helfen?«

»Ein was?«

»Dass Finn bei der Geburt vertauscht wurde?«

»Gute Idee.«

»Dann wäre Finn ein Findelkind, und wir adoptieren ihn.« Opa Wilhelm sieht süß aus, wenn er Unsinn redet. Das finden Ninfa und Frau Pietsch offensichtlich nicht. Papa steht in der Tür und schüttelt den Kopf. »Finn war aber eine Hausgeburt.«

»Wie wäre es einfach mit Reden?«, schlägt Frau Pietsch vor. Überflüssig, zu erwähnen, dass sie wieder einen Keks in ihrem Tee verloren hat. Ninfa nickt heftig.

»Reden!«, ruft sie. »Reden ist Gold!«

»Reden?« Opa Wilhelm erscheint das als ein völlig neues, geradezu übermodernes Konzept, mit dem er offensichtlich nicht umgehen kann.

»Wie jetzt? Mit Worten?« Opa Gunnar scheint das gar nicht zu kennen.

»Ja.« Frau Pietsch zeigt auf ihre Lippen. Alles guckt sie interessiert an.

»Ach, Reden.« Opa Gunnar scheint sich vage zu erinnern.

»Jaja, kenn ich doch.« Opa Wilhelm hält die Sache für Blödsinn.

»Si.« Es wird also wieder einmal sehr ernst. Ninfa spricht Spanisch.

»Morgen gehen Sie, doctor Semmelmann, mit meiner Sara auf den Spielplatz. Mit Finn. Dann reden Sie mit ihr. Reden ihr ins Gewissen. Sagen, sie hat einen guten Mann.«

»Guter Mann, jawoll.« Frau Pietsch klatscht einmal in die Hände.

»Sie sind ja nicht mal verheiratet!«, braust Opa Wilhelm.

»Kann man nachholen«, bietet Ninfa an.

»Also gut. Morgen gehen wir auf den Spielplatz und reden mit deiner Mutter, ist das okay, Finn?«

Klar.

Einmal schlafen. Es ist der nächste Tag, wir sind wieder in Berlin. Nachdem wir ein wortkarges Frühstück bei Opa Wilhelm überstanden haben, sind wir mit dem Buggy in den Tierpark gefahren. Aber anstatt uns die ganze Tierbewohner anzusehen, sitzen wir nur am Rand eines großen Spielplatzes. Opa und Mama schweigen sich die ganze Zeit an, und ich werde nicht beachtet. Das ist so öde, dass ich aus lauter Langeweile meinen Brei gegessen habe. Die

Stimmung ist im Keller. Opa räuspert sich andauernd und mustert Mama sehr genau an.

Vielleicht ist er auch traurig wegen seines Spielplatzes? Heute Morgen waren im Garten nämlich eine ganze Horde Gärtner dabei, den Abenteuerspielplatz teilweise zurückzubauen. Mama hat natürlich geschimpft: »Eine Rutsche hätte vollkommen gereicht, aber nein, der Herr wollte ja unbedingt mehr, und nun haben wir den Salat.«

Von Salat habe ich allerdings noch nichts gesehen. Ist das nicht das grüne Zeug, das Mama lieber isst als Fleisch? Zumindest wurden die Rosen aus dem Vorgarten wieder nach hinten getragen. Der Bagger steht natürlich immer noch wie eine Eins.

»Mal ehrlich, Papa, was da alles hätte passieren können?«

»Na ja. Ist ja alles gutgegangen! Und öffentliche Spielplätze mag ich nun einmal nicht. Das hat was mit dem Sand zu tun, in dem ich Hinterlassenschaften von freilaufenden Haustieren vermute«, brummelt er. Mama lächelt kurz.

»Und, aber sag das jetzt nicht Gunnar, ich hab etwas Angst vor den anderen Müttern, die sind so anstrengend oder tragen Tarnhosen. Immer mit Dinkel bewaffnet, reden sie zu viel und zu laut und finden es immer toll, was ich in meinem Alter noch so kann. Das klingt jedes Mal so, als wäre ich nutzlos.« Opa neigt den Kopf. Mama streicht ihm kurz über die Wange.

»Und guck da mal rüber, Sara, ich hasse es, wenn die Kinder die Tagesschau nachspielen. ›Guck mal Mama, ich bin ein Flüchtling und ertrinke gerade!‹ – ›Das machst du aber toll, Vyvyan Valeska Gwendolyn! Und du bist ein ganz toller Grenzsoldat, Mailo Yorrick!‹ Das ist doch unerträglich!«

»Papa! Du bist ja richtig menschlich!« Mama scheint ganz verwirrt.

Endlich erinnert sich Mama an mich, hebt mich aus dem Buggy und setzt mich in den Sand. Sogar die Schäufelchen und Förmchen aus der riesigen Jutetasche, die am Griff des Kinderwagens hängt, bekomme ich. Opa sieht skeptisch aus, als ein Kind zu mir torkelt und sich was borgen will.

Alles ist gut, Opa, das kenne ich, der hat in zwei Sekunden kein Interesse mehr an der Schaufel, wenn ich sie ihm gleich gebe.

Siehste.

Aber Opa guckt schon gar nicht mehr hin.

»Äh. Sara. Wie geht es dir denn heute?«

»Schlecht.«

»Aha. Hm.«

»Sehr schlecht.«

»Verstehe.«

»Wenn du erlebt hättest, was ich erlebt habe, Papa.«

»Ja. Du meinst das Elend. Verstehe, tapferes Kind.« Opa macht etwas, was er von mir gelernt hat. Er legt den Arm um Mama. Die ist völlig verdattert, was ein gutes Zeichen ist. Hoffe ich.

»Seit wann umarmst du mich denn, Papa?« Sie mag es aber, das sehe ich.

»Bitte? Das ist eine ganz normale Reaktion! Ich vermittle damit menschliche Wärme und zeige an, dass mir dein Schicksal nahegeht.«

»Wie?«

Opa meint, er hat dich lieb, Mama.

Sie ist immer noch erstaunt. Sie guckt ihn mit großen Augen an. Erst denke ich, sie will die Umarmung abschütteln, aber da Opa völlig stur den Arm um sie gelegt lässt, gibt sie nach und legt ihren Arm um Opas Bauch. Und der hat ja bekanntlich viel Bauch zum Drumlegen. Da gluckert es immer so nett drin.

Ach, Kuscheln. Würde ich jetzt auch gerne, aber ich lasse die beiden lieber alleine.

»Willst du mir ein bisschen erzählen von Ruanda?« Opa hat eine ganze Menge Mut gebraucht für diesen Satz. Ich weiß das. Er schaltet nämlich bei der Tagesschau immer weg, wenn es um Krieg, Elend und Naturkatastrophen geht. Und wenn Frau Bundes-Merkel im Bild ist oder andere Hosenanzüge.

Eigentlich guckt er nur den Wetterbericht.

»Es war schlimm. Absolut schlimm.« Mama spricht so leise, dass Opa den Kopf etwas runterbeugen muss.

»Ja. Das glaube ich dir sofort.« Opa nickt.

»Das kannst du dir nicht vorstellen.«

»Doch, doch.«

»Man ist so hilflos.«

»Armes Ding.«

Mama seufzt und scheint recht dankbar für Opas Mitgefühl.

»Diese Ziege!«

Opa stutzt. »Welche Ziege?«

Mama nimmt den Kopf von seiner Schulter und redet los.

»Diese kleine Engländerin. So eine doofe Ziege. Sie sah natürlich total süß aus mit ihren roten Haaren, der Himmel weiß, wie sie die da so schön geföhnt gekriegt hat. Und sie ist nur Krankenschwester gewesen.« Mamas Stimme ist jetzt laut geworden.

Kurze Frage: Ist Ärztin besser als Rothaarige?

Ich blicke fragend nach oben. Wieder einmal fällt mir auf, dass Mama ganz und gar wie Opa ist. Besonders, wenn sie sich aufregt. Das gefällt mir. Und gibt so ein schönes Gefühl im Bäuchlein.

Mama ist ganz rot im Gesicht geworden und ist aufgesprungen.

»Aber, aber«, Opa versucht, sie wieder auf die Bank zu ziehen, »das ist doch nur, weil du jemanden in Verdacht hast, dir die Show zu stehlen.«

»Bitte? Du verstehst gar nichts, Papa, gar nichts!«

»Na, na, junge Dame. Wer soll denn mein Mädchen verdrängen können?«

»ICH KOMME MIR NICHT VERDÄNGT VOR!«

»Und warum wird meine Kleine dann so laut?«

»Das stimmt gar nicht. Du hast ja keine Ahnung!«

Opa ist irritiert. Zum einen wohl, weil er immer dachte, er habe von allem viel Ahnung, und dann, dass Mama so unfassbar sauer auf die beschriebene junge Dame ist.

»Schon gut, Sara. Ich habe einfach gedacht, du hättest in Ruanda andersartige Katastrophen erlebt als nur eine rothaarige Engländerin.«

Mama ist außer sich. Sie fuchtelt wie wild mit den Armen herum. Opa zieht die Augenbrauen hoch.

»Ja, du weißt ja nicht, wie es war! Greg hier, Greg da!« Mama hat ihre Stimme verstellt. Sie klingt jetzt wie Chrystel-Paris. »Ahahahaha, Greg du bist der Tollste. Hihi. Ich helfe dir gerne. Ich bin ja so eine süße Krankenschwester. Und deine doofe Frau dahinten, die studierte, ausgezeichnete, einfühlsame Ärztin UND MUTTER DEINES KINDES IST, die darfst du ruhig ignorieren!«

»Ihr wart also in unterschiedlichen Teams?«

Mama guckt Opa jetzt ganz entgeistert an: »Wenn das alles ist, was du dazu zu sagen hast. Ja, ich habe geimpft. Greg hat einige OPs gehabt.«

»Ich, äh, verstehe nicht ganz. Sie war also seine OP-Schwester?« Opa kratzt sich an seiner Glatze, die in der Vormittagssonne freundlich glänzt.

»Na ja. Wir waren doch da, um zu helfen. Die Leute sehen jedes Jahr vielleicht mal einen Arzt. Einmal im Jahr! Stell dir das vor! In Deutschland rennt man wegen jedes bisschen zum Arzt. Und die, wenn sie Glück haben, einmal im Jahr! Die laufen meilenweit, um zu uns zu kommen!«

»Und du warst fürs Impfen zuständig?« Opa wird etwas unruhig.

»Ja, impfen.«

»Ich dachte, du bist gegen das Impfen? Es ist nämlich so, ich muss dir auch was sagen –« Aber Mama hört ihm gar nicht zu.

»Impfen. Ja, Impfen. Natürlich impfen wir alle Kinder dort. Wie kommst du denn da drauf, dass wir das nicht tun? Wir haben geimpft, bis uns das Serum ausgegangen ist.«

Opa guckt zu mir rüber, und ich zeige auf meinen Arm. Opa legt schnell seinen Zeigefinger auf die Lippen.

»Da!«, mache ich und zeige noch mal auf meinen Arm.

Mama sieht mich nicht. Meine schwere Verletzung von damals, die mir sogar Kuchen eingebracht hat, ignoriert sie ganz und gar. Empörend, vielleicht hätte ich ein zweites Mal Kuchen bekommen.

»Wie sie immer Greg angehimmelt hat! Und der fand das natürlich toll.«

»Oh.«

»Ja, wirklich! Ich bin so sauer!«

»Hat er denn mit der –?«

Jetzt wird es interessant. Es wird immer interessant, wenn Erwachsene nur halbe Sätze sprechen und vorsichtig zu mir rüberlinsen. Schnell so tun, als höre ich gar nicht zu. Lalalaaalalaaaa.

»Natürlich hat er mit der!«

»Wirklich!«

»Jeden Morgen! Stell dir das vor, jeden Morgen!«

»Wie bitte?« Opa wird ganz rot.

»Natürlich! Morgens um sieben Uhr! Pünktlich! Und sie lachte dann immer so doof! Wir haben um sieben Uhr die Tore aufgemacht, und dann wurde geimpft und operiert. Und sie hat ihm assistiert. Jeden Morgen um sieben Uhr. Wie ich das gehasst habe! Also nicht die Arbeit. Das nicht. Die Patienten sind zauberhaft. Ganz geduldig und hinterher so dankbar.«

»Ach so. Operiert.«

»Mir hat keiner assistiert! Ich bin ja die doofe Ärztin, die alles alleine machen muss.«

»Oh. Das tut mir leid. Aber so doof bist du ja gar nicht.« Opa tätschelt ihr etwas unkonzentriert die Hand. Mama hat das nicht gehört. Sein Glück.

»Und ich musste mir den ganzen Tag anhören, wie sie ihn anhimmelte. Und über jeden seiner Scherze hat sie gelacht.« Mama grollt. »›Ah, wie witzig, Greg. Du bist ja so witzig! Und so süß zu den Kindern!‹«

»Aber, äh, aber ich dachte jetzt an Ruanda.« Opa kratzt sich am Kopf. »Aber was ist mit Ruanda?«

»Bitte?«

»In Ruanda. Wie war es denn da? Ich meine jetzt die Hutu und die anderen?«

Der fremde Junge kommt wieder angekrabbelt. Meine schöne Schaufel hat es ihm wohl doch angetan.

»Bitte? Ach so. Nein, wo wir waren, war es ganz friedlich.«

»Ach.«

Mama stößt wütend ihre Stiefelspitze in den Sand.

»Kann es sein, dass du eifersüchtig bist?«, fragt Opa, nachdem er einmal tief Luft geholt.

Oh, oh. Opa, das war mutig. Ich erstarre in der Schaufelbewegung und starre Mama an.

»EIFERSÜCHTIG?« Mama springt auf. Der Junge, der noch einmal nach meiner Schaufel greift, lässt sie augenblicklich fallen und macht sich so schnell aus dem Staub, dass er nach ein paar Metern mit dem Gesicht voll in den Sand knallt. Jetzt heult er. Seine Mutter interessiert das nicht, sie diskutiert mit einer anderen Mutter über die Wichtigkeit glutenfreien Essens.

»Ich bin NICHT EIFERSÜCHTIG!«, brüllt Mama und stapft mit dem Fuß auf.

Opa wird von allen Anwesenden angestarrt. Er fasst seine Tochter bei der Hand, zieht sie zurück auf die Bank. »Sie hat gerade eine schwierige Phase«, stammelt er in die Runde der neugierigen Zuschauer und grinst unbeholfen. Eine Frau steht auf und bietet ihm eine Möhre an. Dankend nimmt er sie an und beißt rein.

»Wie kann er nur.«

»Wer jetzt?«

»Greg!«

»Natürlich. Greg. Gregor Nowak. Was genau hat er denn getan. Ist er vielleicht mit der Dame – intim geworden?« Den letzten Halbsatz flüstert Opa.

Wieder der Blick zu mir.

»Was?! Nein. Das würde er nicht tun. Aber er hat sich anhimmeln lassen. Die ganzen Wochen.«

Ist das schlimm? Mich himmeln alle an, ich dachte, das sei normal!

»Hast du mit ihm denn darüber gesprochen?«

»Gesprochen?«

»Ja, gesprochen. So mit Wörtern.«

»Ich REDE doch nicht mit dem! Das muss er doch SELBER wissen, dass mich das auf die Palme bringt! Diese Haare, und eine Figur hatte die! Da war doch nichts dran an der!«

»Ich weiß gerade nicht –«

»Die hatte absolut keine Möpse!«

Peinliche Pause. Opa wird rot, atmet durch.

Möpse? Ist das nicht das mit dem leckeren Trinken drin? Warum bekomme ich das eigentlich nicht mehr? Mama hat tolle Möpse.

»Nun ja. Wirklich, Sara, ich weiß gerade nicht –« Opa weiß schon nicht mehr, wo er hingucken soll. Jetzt guckt er hoch in den blauen Himmel über Berlin. Ob ihm da einer helfen kann?

»Und die hat keinen Arsch in der Hose. Aber in der Pause hat sie sich immer den Kittel ausgezogen. Und da drunter nur ein dünnes Hemdchen. Und keinen BH!«

»Oh. Das ist natürlich furchtbar –«

Aha. Offenbar findet Opa BH-losigkeit furchtbar. Oder doch nicht? Er grinst doch da in seinen Bart rein?

»Kannst du dir das vorstellen? Keinen BH!« Sie grollt schwer vor sich hin.

»Nein, vielleicht besser nicht.«

»Und dann habe ich jeden Tag am Telefon gestanden und gewartet, bis ich es benutzen konnte. Da war immer eine lange Schlange, weil da kein Handy funktioniert.«

»Oh.«

»Und in der Zeit ist er mit ihr was trinken gegangen!«

»Oh.«

»Und ich hab Ninfa angerufen und danach erst mal eine halbe Stunde geheult. Ich hatte so Sehnsucht nach Finn.«

»Armes Ding.« Opa legt den Arm um sie, aber nur kurz. Ich glaube, er traut sich nicht mehr so recht.

»Und dann bin ich zu den beiden gegangen und sah ganz verheult aus!«

»Ja, verstehe.«

»Und deswegen trenne ich mich von Greg.«

»Bitte?«

»Das ist doch wohl selbstverständlich.«

»Bitte?« Opa schaut seine Tochter irritiert an.

»Ja, Greg ist doch das Letzte!«

»Wie war das?«

»Das hast du doch von Anfang an gesagt …« Mama klingt plötzlich unsicher.

»Fräuleinchen!«

»Ja?«

»FRÄULEINCHEN!«, brüllt Opa. Irgendwie ist er ganz rot im Gesicht.

»Reg dich doch bitte nicht so auf, Papa. Du bist ja ganz aufgebracht!«

»Aufgebracht? Ich?«

»Äh, ja?«

Opa überlegt kurz: »ICH BIN AUFGEBRACHT!«, brüllt er. Einige Mütter gucken, runzeln die Stirn und packen kurzentschlossen ihre Sachen zusammen. Mama wirkt völlig überrumpelt von Opas Lautstärke.

»Das ist aber gar nicht gut für dich, Papa.«

»Fräuleinchen! Willst du etwa andeuten, dass du Gregor verlassen willst und uns dazu – ich sage ausdrücklich: und UNS dazu, also MICH, aber auch Frau Ninfa, Gregor und meinen guten Kumpel Gunnar –« Hört, hört! »Du willst uns verlassen und zu den Amis überlaufen, weil Gregor ein netter, patenter, kluger Mann ist? Den andere Frauen, und seien es rothaarige kleine Engländerinnen, anschmachten? Das ist der Grund, weswegen du Familien auseinanderreißt? Und weil du meinst, du siehst nicht gut aus, weil du eine gute Mutter bist und etwas weinst, weil du deinen Sohn vermisst? Deswegen?«

»Nein! Weil er –«

»Weil er ein netter, patenter, kluger Mann ist! Punktum! Und man muss sich nicht für Tränen entschuldigen! Wo kommen wir da hin, wenn man sich für jede Träne schämt!«, brüllt Opa.

»Aber Papa, ich habe dir das doch erklärt!«

»Nix da! Du bleibst hier. Zumindest bleibst du bei deinem Mann!«

»Geht nicht.«

»Warum?

»Weil ich Schluss gemacht habe.«

»Dann nimmst du das zurück. Stell dich nicht so an, Kind.«

»Nein Papa! Ich nehme das nicht zurück!«

»Oh doch, Fräulein!«

»Nein.«

»Doch.«

»Nein.«

»Doch.«

»Er ist blöd!«

»Er kann gar nicht blöd sein. Er hat einen ganz fabelhaften, verantwortungsbewussten, patenten Vater! Und du nimmst dein dummes, albernes, beleidigtes Schlussmachen zurück.«

»Auf gar keinen Fall, Papa!«

»Überhaupt: Schluss machen! Pah! Damals, nach dem Krieg, da hat niemand Schluss gemacht! Da hatten wir nämlich nichts, um Schluss zu machen! So war das. Wo kommen wir denn da hin! Wenn jeder hier Schluss machen würde!« Opa bleibt die Luft aus.

Dann schmollen beide für einen Moment.

»Auf gar keinen Fall, Papa!« Wenn Mama anfängt, sich zu wiederholen, hat man fast gewonnen, glaube ich. Keine Ahnung, ob das wirklich so ist, es hat noch nie jemand gegen Mama gewonnen.

»Dann sag ich es Frau Ninfa!«

»Oh! Nein! Nicht Ninfa sagen, Papa!«

»Doch.«

»Nein. Das ist gemein! Die schimpft mich doch nur aus!«

Ja, das glaub ich auch.

»Ich sag ihr, du machst Schluss, weil du eifersüchtig bist. Weil dein Mann nett ist zu Kindern und zu Möpsen, äh, zu rothaarigen BHs, äh, DU BRINGST MICH GANZ DURCHEINANDER!«

Hm. Das kann dauern. Ich leg mich mal hier auf den warmen Sand. Hasi? Kann ich meinen Kopf auf dich legen?

Ganz ehrlich. Erwachsensein ist doch albern.

Den Rest des Zankens bekomme ich nicht mit. Als ich aufwache, liege ich in Opas Armen, und Mama hat den Kopf an seiner Schulter. Und die Bank, auf der wir so gemütlich beisammen sind, steht plötzlich im Schatten. Hat die einer herumgetragen?

Auf dem Nachhauseweg sagt Mama plötzlich: »Papa, du bist ein Raumschiff aus einer anderen Welt!«

Und dann sagt sie erst mal nichts. Opa auch nicht. Sie gehen weiter, und ich bin gespannt, was da noch kommt. Und dann bleibt sie stehen.

»Und manchmal denke ich, man hätte die Passagiere dieses Raumschiffs nicht so leichtfertig wegschicken dürfen.«

Oh.

Ein neuer Morgen, der Sommer scheint richtig schön zu werden. Die Sonne lacht. Blauer Himmel. Vögel zwitschern, und wir gehen in den Zoo, der eigentlich »Zoologischer Garten Berlin« heißt, worauf Opa Gunnar gleich wieder alle aufmerksam machen wird. Einer meiner Lieblingsplätze.

»Wusstest du, dass der Berliner Zoo als der artenreichste weltweit gilt?« Papa wirkt in seiner Kapuzenjacke jungenhaft neben Opa Gunnar. Der hat natürlich seinen Strohhut auf und guckt skeptisch. Er mag es nicht, wenn so viele Leute um ihn herum sind. Er zieht die Schultern hoch und zupft unablässig an seiner neuen Kopfbedeckung, die irgendwie nicht recht passen will. Noch nicht. Er schiebt meinen Buggy direkt auf die Elefanten zu.

Hasi habe ich an der Sicherheitsleine um meinen Körper. Drei Mütter haben meinen Vater schon darauf aufmerksam gemacht, dass ich am Daumen lutsche. Er dankt irritiert, weiß aber ansonsten nichts mit der Info anzufangen.

»Der heißt ja eigentlich Zoologischer Garten.« Opa Gunnar zupft meine Hand aus meinem Mund. Mist.

Das Gespräch zwischen Opa Gunnar und Papa verläuft naturgemäß ganz anders als das zwischen Mama und Opa Wilhelm. Die beiden haben sich ja gestern alles um die Ohren gehauen – egal, ob der andere alles verstanden hat oder nicht. Die beiden hier sind anders. Ganz anders. Aber ich verstehe sie, ehrlich gesagt, genauso wenig.

»Viele Leute hier.« Opa Gunnar umkreist das Problem ganz langsam. Natürlich will er wie ich wissen, ob mein Papa Mama noch so richtig liebhat.

Ich glaub ja schon. Das mit dem Liebhaben. Wer kann Mama nicht liebhaben. Aber bei Erwachsenen ist das ja alles so kompliziert. Da will man nicht bloß liebgehabt werden, da will man auch verstanden werden.

Als ob das wichtig wäre.

Wer versteht mich schon?

Hasi vielleicht.

»Ist Ihnen schon aufgefallen, dass Ihr Kind am Daumen lutscht?« Die Mutti sollte lieber auf ihr blödes, rosa Blag aufpassen, dass es nicht in die Flamingogruppe integriert wird. Doofe Petze!

»Äh. Danke.« Papa nickt uninteressiert.

»Also wenn so viele Leute da sind, dann fühle ich mich unwohl.« Opa macht es aber spannend. Was genau will er denn sagen?

»Ja. Unwohl.« Papa hört nicht richtig hin.

»Fühlst du dich unwohl, Junge?«

»Bitte?«

»Also, ich fühle mich unwohl.« Opa schiebt mich so an das Gehege heran, dass ich gut sehen kann. Einige Elefanten stehen lustlos in der Sonne herum und essen Äpfel. Aber selbst ein lustloser Elefant sieht phantastisch aus.

»Ich weiß nicht. Was meinst du, Papa?«

»Man weiß doch, ob man sich wohl fühlt, Junge.«

»Ach so.«

»Und?« Opa Gunnar spricht langsam, aber ich habe das Gefühl, er will was wissen.

»Na ja.«

»Sag schon. Wie fühlst du dich, Junge?«

»Unwohl.«

»Aha!«, macht Opa Gunnar. Danach schweigen wir alle. Der Elefant macht ein lautes Grummelgeräusch, was ganz gut passt, denn irgendwie ist mir nach Trommelwirbel.

Papa kratzt sich am Kopf und nestelt an meiner Strickjacke rum. Dann zeigt er auf den Elefanten.

»Guck mal, Finn. Ein Elefant.«

Armer Papa. Den nimmt das mit meiner Mama aber echt ganz schön mit. Ich halte ihm Hasi hin. Er hat Tränchen in den Augen. Opa Gunnar hat keinen Hasen. Er reicht seinem Sohn stattdessen wortlos ein Stofftaschentuch.

Anschließend schweigen wir – wie echte Männer.

»Da. Eine Bank.« Opa steuert den Buggy Richtung Bank in der Sonne, und wir gucken hübsch in die Botanik. Ich bekomme ungefragt meine Wasserflasche in die Hand gedrückt. Dabei bin ich gar nicht durstig. Na, egal. Die ist schön bunt, und ich kaue gerne auf dem Verschluss rum.

»Sie sollten das Kind nicht so viel an so einer Flasche nuckeln lassen. Das ist schlecht für die Zähne!«

Noch eine Petze! Haben die heute alle Wandertag?

Papa hat das Taschentuch in die Hosentasche gestopft. Wir gucken in den Himmel.

»Wie war es denn so in Ruanda?«

»Hm.«

»Also wir haben hier in Berlin bei Willem und natürlich auf meinem Hof, äh, höflichen Anwesen oder so, tolle Sachen gemacht, nicht wahr, Finn?«

Klar, aber darum geht es jetzt doch nicht!

»Tolle Sachen, kann ich dir sagen, Junge! Haben wir gemacht. Einfach so. Einfach mal tolle Sachen gemacht. Wir können das nämlich.« Opa, du redest ja echt viel!

»Aha.« Papa hat Mühe, irgendwas zu sagen. Er hält meine Hand. Boah, hat Papa riesige Hände! Wie bekommt der die denn so schön sauber? Meine sind irgendwie immer ein bisschen klebrig. An so einem großen Daumen kann man bestimmt prima nuckeln. Ich beiße mal ein bisschen rein. Hm, schmeckt super.

»Finn bekommt Zähnchen.« Papa sagt das, als wäre das der Weltuntergang. Ich glaube, er denkt, er sieht nie wieder Zähnchen von mir.

Aber, aber, Papa! Meine Opas bringen das schon alles wieder in Ordnung.

Opa zieht noch mehr seine Schultern hoch, als er sieht, wie sein Sohn wieder das Taschentuch rauskramt.

»Unwohl, hm?«

»Ja.« Papa nickt mehr, als dass er spricht.

»Willem ist ja so ein ganz forscher.«

Opa? Warum wechselst du schon wieder das Thema?

»Wie?«

»Opa Willem. Vattern von Sara. Das ist ja so ein ganz forscher. Der weiß ja alles besser!«

Opa? Was soll das denn werden?

»Äh. Ja?«

»Der gibt einem immer so ein bisschen das Gefühl, man macht alles falsch. Oder?«

»Ich kenne ihn gar nicht so genau. Hab ihn ja nur einmal gesehen. Zweimal, um genau zu sein.« Papa kann mit Opas Themenschwenk nicht mithalten. Ich glaube, er ist ein bisschen enttäuscht, dass Opa seine Tränchen ignoriert. Ich versuche zu pusten, um Papa zu zeigen, dass ich mich wenigstens kümmere.

»Forsch ist er. Man denkt immer ein bisschen, der will alles alleine machen.«

»Na ja. Ich wollte ja eigentlich eher was von Sara und mir erzählen …« Papa ist ganz verwirrt.

»Und dabei macht er selber ganz und gar nicht alles richtig, der Willem. Aber immer ganz forsch vorneweg. Aber wenn es um Finn geht –« Opa schnalzt ganz laut, dass zwei junge Damen (ich möchte fast behaupten: blutjung) stehen bleiben und Opa angrinsen.

»Aber wenn es um Finn geht, dann ist er ganz gefühlvoll. Also so nett und so. Das mit dem forsch, das meint der gar nicht so.«

»Ja, aber Sara und ich …«

»Das darf man nicht so eng sehen, wenn der Willem was sagt, da muss man einfach nicht hinhören. Der braucht auch einen, der ihm hilft. So jemanden wie mich zum Beispiel. Ich bin ja eher ruhig.«

»Stimmt«, Papa klingt irgendwie resigniert, »habe dich noch nie so viel reden hören wie jetzt gerade. Dabei wollt ich doch …«

»Ich zum Beispiel, ich bin ganz wichtig für den Willem. Wenn er so vorprescht und dann nur Unsinn dabei rauskommt. So stell ich mir die alten Preußen vor.«

»Was für Preußen?«

»Ich, zum Beispiel, ich bin so der ruhige Typ. Und der andere Opa, das ist eher so der Forsche.«

Papa sagt gar nichts mehr. Er hat aufgegeben.

»Und wenn Willem so rummeckert, dann hör ich gar nicht hin. Er wollte Finn gar nicht rausrücken, wusstest du das? Aber nicht mit mir!« Opa läuft zur Höchstform auf.

»Ich also hin zu Willem und habe gesagt: So nicht!«

Das waren doch eher Frau Pietsch und Ninfa, aber egal.

»Ich also hin. Und nun sind wir dicke Freunde. Waren zusammen beim Babyschwimmen. Ich sag dir, wenn man zusammen Babyschwimmen überlebt hat –«, er schlägt sich auf die Schenkel, »dann übersteht man alles! Wir sind ein richtig gutes Team. Und wie wir die Geburtstagsfeier zusammen geplant haben. Und so. Gutes Team.«

»Hm.«

Papa, nun hör doch zu. Es ist doch so nett, was Opa sagt. Aber irgendwie ist das wieder so eine Erwachsenengeheimsprache. Man sagt was, meint aber was völlig anderes. So gesehen, meint Opa wahrscheinlich jemand ganz anderen. Nicht sich und Opa Wilhelm, sondern, hm, lass mal überlegen.

Hasi und mich?

Opa Wilhelm und Hasi?

Mama und Papa?

Ja, genau! Er redet über dich und Mama! Code geknackt! Du bist wie Opa. Genau. So still und ruhig. Und Mama mehr so wie Opa Wilhelm, so forsch und so fürchterlich laut und mit so vielen Worten immer.

»Sara will mich nicht mehr!« Papa ist ganz, ganz niedergeschlagen. Opa, so tröste ihn doch. Ich puste wieder.

»Ich bin einfach hingegangen und habe gesagt: So nicht, mein Freund!«

Das nennst du Trösten?

»Hörst du mir überhaupt zu, Papa? Also sie will mich nicht mehr. Ich bin zu langweilig!«

»Und dann hab ich mir den Finn geschnappt. Und dann sind wir aufs Land. Willem dachte erst, das Land wäre ihm zu langweilig, aber dann fand er es großartig.«

Das muss mir entgangen sein, Opa. Wann hat er das denn gesagt?

»Hallo, Sie da!« Wieder so eine Petze, haben die heute alle Wandertag?

»Ihr Kind nuckelt an dem Daumen!«

Papa guckt verwirrt auf. Dann holt er tief Luft: »Jetzt lassen Sie mich doch mit dem Kleinkram zufrieden! Bis mein Sohn heiratet, wird er wohl das mit dem Daumen lassen!«, brüllt er die Passantin an, die schnell davonschleicht.

»Genau so!« Opa Gunnar klatscht Beifall. Dann packt er meinen Papa am Oberarm. »So, und nun fahren wir nach Hause zu deiner Frau, und du sagst ihr das genau so!«

»Äh?«

»Was du gerade gesagt hast!«

»Was hab ich denn gesagt?«

»Das schaffst du schon, Kleiner, das schaffst du schon!« Der Elefant trötet fröhlich zu uns rüber. Ich winke ihm mit Hasi zurück.

Opa zieht meinen Vater etwas ungelenk hinter sich her, während er meinen Buggy mit erstaunlichem Geschick Richtung Ausgang schiebt.

»Ist Sara da?«, fragt Opa Gunnar atmenlos, als wir bei Opa Wilhelm ankommen.

»Ja, das verstockte Kleinkind ist im Garten. Ich würde da jetzt nicht hingehen«, zischelt er zurück und sieht sich vorsichtig um.

»Geh, Bub! Geh hin, und sag ihr das, was du mir gerade gesagt hast!« Opa Gunnar ist so süß zuversichtlich. Das kann ja nur danebengehen!

»Was soll ich?« Papa dreht sich zu seinem Vater um, der ihn resolut Richtung Garten schubst. Dann geht er sehr widerwillig durch die Balkontür.

»Was hat er denn gesagt?«, will Opa Wilhelm wissen, während wir alle Papa nachschauen, als wären wir nicht sicher, ob wir ihn jemals unversehrt wiedersehen.

»So was wie: Sie soll die Klappe halten.«

»Ah.«

»Ein guter Plan, was?«

»Ich bin mir aber nicht sicher, ob das hilft.« Opa Wilhelm stellt sich schutzsuchend hinter meinen anderen Opa, was sehr witzig aussieht, da Opa Wilhelm doppelt so breit und ein ganzes Stück größer ist. Dann starren sie wieder in den Garten, so gebannt wie sonst nur Ninfa in die Flimmerkiste.

Mama und Papa reden.

Dann wird es laut draußen.

Mama gestikuliert raumgreifend. Jetzt zeigt sie auf ihr Haar und dann auf ihren Po und dann auf ihren Busen.

Mittlerweile brüllen sie so laut, dass wir jedes Wort verstehen können. So, als hätte man den Ton angestellt.

Gut, dass sie nicht Spanisch reden.

»Dir ist doch alles egal!« Mama.

»Und du bist nie zufrieden!« Papa.

»Geh doch zu dieser Schnepfe!« Mama, noch lauter.

»Zu wem? Warum kapier ich nie, was du meinst? Sag doch, was du meinst!« Papa, verzweifelt schrill.

»Selber!«

»Was? Dann, dann – Und du, du geh doch –«

Und da verließen sie ihn. Papa kann einfach nicht ordentlich streiten. Opa Wilhelm sollte das mal mit ihm üben.

»Hilf ihm doch!«, raunzt Opa Gunnar Opa Wilhelm an.

»Ich? Das ist *dein* Sohnemann!«

»Aber es ist *deine* Zicke!«

»Zicke?«

»Ja, Zicke!«

»Du nennst meine Tochter Zicke?«

Hallo, hallo? Ich kann gar nicht mehr hören, wenn ihr hier so laut seid.

»Dein Sohn ist ein zarter, kleiner Milchbubi. Kein Wunder, dass der nicht mit meiner charakterstarken Tochter zurechtkommt!«

»Charakterstark? Die ist bloß dickköpfig!«

»Das nimmst du zurück!«

»Und du bist auch dickköpfig!«

»Ich?«

»Ja, du! Was sag ich, du hast einen Betonkopf!«

»Und du bist ein Weltverbesserer!« Opa Wilhelm wirft sein schlimmstes Schimpfwort in den Ring.

Oh. Draußen ist man fertig mit Schreien. Wer kommt denn da aus dem Garten zu uns? Den Schritten nach zu urteilen, ist das –

»Warum schreist du denn den Gunnar so an, Papa!« Oh, Mama ist da. Jetzt aber flott in Deckung! Hier bei den Porzellanelefanten bin ich sicher.

»Er hält dich für eine Zicke!«, petzt Opa Wilhelm.

»Dein Vater ist ein Dickschädel! Ein ganz schlimmer Dickschädel!« Opa Gunnar zeigt auf meinen anderen Opa.

»Nun lass doch mal den Wilhelm in Ruhe, Papa!« Mein Vater ist hinterhergekommen. Wie immer ist er süß, aber wenig hilfreich.

»Papa«, Mama wirft schwungvoll ihre Haare zurück, »der Gunnar ist ein ganz toller Vater. Ganz ehrlich! So einen hätte ich gerne gehabt. Einen, der verständnisvoll ist, der Gregs und meine Arbeit zu schätzen weiß, und dann ist er auch noch bio!« Mama rauscht an uns vorbei und zur Haustür hinaus. Es knallt ordentlich.

Ninfa und Frau Pietsch kommen aus der Küche. Alles guckt Papa an.

»Willst du nicht hinterher?«, fragt Frau Pietsch. Alle gucken auf die geschlossene Haustür. Jeder scheint was anderes hinter der Tür zu vermuten.

Papa streckt den Rücken.

»Gut. Ich gehe ihr nach.«

Er bewegt sich nicht vom Fleck.

»Sie is 'ne Gute, Jungchen.« Opa Gunnar nickt. Dann haut er Opa Wilhelm sachte auf den Bauch, so, wie er es bei seinen Pferden tut.

»Einfach nicht hinhören, wenn sie Zicken macht.« Opa Wilhelm nickt ihm aufmunternd zu.

»Und wenn sie weg ist?« Papa ist unsicher.

»Die sorgt schon dafür, dass du sie findest. Weiber sind so.«

»Bitte?« Ninfa ist entsetzt.

Oder nicht? Sie lacht ja in ihr Geschirrtuch. Endlich hat das arme Geschirrtuch mal was zu lachen!

Opa Wilhelm packt Papa an der Schulter und schiebt ihn zur Tür. Opa Gunnar macht die Tür auf und schiebt ihn hinaus.

Dann macht er die Tür ganz schnell wieder zu.

Toll. Das ist das, was man Familie nennt, oder?

»Ich mache dann mal Kaffee«, sagt Frau Pietsch und nickt Ninfa an.

»Und ich Tee.«

Au ja. Gibt es auch Kuchen?

»Lass uns rausgehen, Gunni.«

»Ja, Willi. Ist ganz gutes Wetter.«

»Wir sollten Finn mehr beim Laufenlernen unterstützen.«

Bitte?

»Da sagste was!«

»Einfach mal laufen soll er.«

»Wenn wir uns nicht um seine Erziehung kümmern«, Opa Gunnar schüttelt den Kopf.

»Dann wird das nix.« Opa Wilhelm hebt mich hoch und reicht mich an Opa Gunnar weiter. Sie tragen mich an den Resten der Rosenbüsche und dem turnenden Bagger vorbei.

»Und hier muss mehr Platz zum Laufen sein.«

»Und er braucht einen Fußball.«

»Recht haste!«

Bekomme ich dann dein Herta-Trikot, Opa Willi?

»Ninfa! Einen Schnaps brauchen wir!«

»Kommt sofort, doctor.«

Opa Wilhelm muss ganz und gar was richtig gemacht haben, denn Ninfa erlaubt ihm sonst keinen Alkohol.

Und ich muss jetzt wohl laufen lernen, oder was?

Hasi? Was sagst du dazu?

»Soll nicht mal einer nach den Kindern sehen?« Frau Pietsch bringt den Kuchen. Opa Gunnar und Opa Wilhelm stehen auf und schieben den Damen die Stühle zurecht. Man setzt sich. Ich bin bei Opa Gunnar auf dem Schoß.

»Da!« Ich zeige auf den Kuchen. Alles ist begeistert von mir. Klar.

»Eigentlich sind die Kinder ja schon recht groß«, wirft Opa Wilhelm begütigend ein, da sich absolut keiner bereit erklärt, hinter den beiden herzugehen.

»Ja, schon recht groß.« Opa Gunnar schaut nur auf das Kuchenstück, das Frau Pietsch ihm zuteilt.

Er denkt doch nicht im Ernst, er darf das alleine essen?

»Na, Finn? Auch was haben?«

Hmmmm.

»Guck mal, wie er zappelt!«

Nach zwei Stückchen Torte und einer Tasse Tee steht plötzlich meine Mama vor uns. Ihr Gesicht spricht Bände.

Ich stehe bei einem alten Stein und ziehe mich dran hoch. Ich soll ja laufen lernen, ich glaube, jetzt ist eine gute Gelegenheit.

»Habt ihr mir den hinterhergeschickt?«, schimpft sie meine Opas an.

»Ja.«

»Jau.«

»Ihr habt euch geirrt, wenn ihr glaubt, ihr könnt uns versöhnen, nur damit ihr den Finn behalten könnt. Übermorgen bin ich weg.«

Ninfa wird ganz weiß.

Frau Pietsch fällt die Gabel ins Gras.

»Na, denn.« Opa Wilhelm stopft sich Kuchen in den Mund.

»Sollen wir dich zum Flughafen bringen?« Opa Gunnar schiebt ein paar Krümel auf seinem Teller zusammen.

»Ihr macht mich irre!«, brüllt Mama und stampft durch den Garten. Es sieht aus, als wollte sie die Erde feststampfen.

»Doctor! Was ist denn mit Ihnen beiden los? Eben haben Sie doch noch versucht zu helfen? Gebt ihr auf? Hört ihr schwer? Finn soll übermorgen weg! Weg!«

»So tut doch was!« Frau Pietsch zermatscht aus Versehen ihren Kuchen.

»Die lassen wir mal kurz ihr Mütchen kühlen.« Opa Wilhelm macht eine kreisende Bewegung vor seiner Stirn.

»Ja, kühlen.«

»Hilft jetzt gerade ohnehin nichts. Nur Pause.«

»Pause ist immer gut.« Die Augen meiner Opas blitzen so merkwürdig.

»Das ist Psychologie. Das verstehen Frauen nicht.«

»Eben. Pah, Trennen.« Opa Gunnar schaufelt sich ein mächtiges Stück in den Mund.

Offenbar haben sie beschlossen, die beiden Streithähne in Ruhe zu lassen. Psüchololololo. In der Kinderkrippe lässt Hagen manchmal auch zwei zickende Mädchen einfach weiterzicken. Die beruhigen sich, wenn es ihnen langweilig wird.

Oh, da kommt jemand zurück.

Mama stapft an uns vorbei, schnaubt wütend und geht zurück ins Haus. Man hört eine Weile allerlei Türen knallen.

»Eiche«, sagt Opa Wilhelm nur.

»Stabiles Material. Verwende ich auch nur.«

»Kinder.«

»Ja, Kinder brauchen stabiles Material.« Opa Gunnar nickt wieder.

Ninfa ist ehrlich erschrocken.

»Aber doctor! Sie können das Mädchen doch nicht gehen lassen.«

»Niemand hat vor, – äh – jemanden gehen zu lassen.« Opa Gunnar ist von seinen eigenen Worten irritiert.

»Nicht?« Frau Pietsch hält sich eine Hand ans Herz.

»Das wird schon. Gunni und ich werden den beiden nämlich morgen eine schöne Abschiedsfeier organisieren.«

»Romantisch.« Opa Gunnar lächelt.

»Sehr romantisch.« Opa Wilhelm hebt den Zeigefinger.

»Oh, nur das nicht!«, ruft Ninfa.

»Das wird schon, Frau Ninfa. Die wollen sich doch gar nicht trennen. Ich kenne mich aus mit Psychologie. Ich hab das studiert!«

»Und ich mich mit bockigem Vieh!«

»Die wollen nur wichtig tun.«

»Wir machen das mit einer Feier wieder gut.« Opa Gunnar nimmt seinen Hut ab und wirft ihn lässig an einen Ast.

»Ein Klacks für uns, so eine Feier.« Opa Wilhelm zückt sein Taschentuch, um mir meine dreckigen Hände abzuwischen.

Guckt doch mal! Ich kann stehen!

Ninfas und Frau Pietschs Gesichtszüge gleiten in eine raumgreifende Panik ab.

## 17

## Alle Leut, alle Leut gehen jetzt nach Haus

Es ist so traurig. Ich sitze in Opa Wilhelms Wohnzimmer zwischen all den schönen Bauklötzen. Meine Opas sitzen neben mir und Ninfa und Frau Pietsch. Keiner sagt was. Nicht mal, wenn ich den Daumen in den Mund stecke, aber ich habe ohnehin keinen Appetit auf Nuckeln.

Es hat alles nichts genutzt.

Die Feier und die Romantik.

Hat alles nichts genutzt.

Mama ist oben und packt, Papa ist losgefahren, um sich eine Wohnung zu suchen oder, besser gesagt, ein Zimmer. Er will nicht bei Opa Gunnar auf dem Hof wohnen. Schade, das hätte Opa Gunnar sicher ein bisschen getröstet, sagt Opa Wilhelm.

Immer wieder holt er sein Taschentuch aus der Tasche und tupft sich das Gesicht ab. Hauptsächlich unter den Augen. Er denkt, wir merken das nicht, aber wir tun's. Hasi ist auch schon ganz nass. Ich kann gar nicht mehr richtig schlucken. Da ist jetzt wirklich was in meinem Hals. Ganz viel Traurigkeit.

Und Frau Pietsch hat wieder ihr grünes Hütchen auf.

Es ist alles so schrecklich traurig.

Was ist los mit der Welt? Wo ist das schöne Leben geblieben, wenn man es mal braucht? Hat doch bisher immer so gut geklappt!

Eigentlich sollte es gar keine Abschiedsfeier werden, denn Opa Wilhelm war sich ganz sicher, dass meine Eltern sich noch liebhaben und deshalb zusammenbleiben würden. Alle waren in Hochstimmung.

»Wenn wir so was organisieren, dann klappt das schon!«, hat Opa Wilhelm Ninfa versprochen, die jetzt gar nicht mehr ohne ihr Geschirrtuch auskommt.

»Das wird schon«, hat Opa Gunnar bestätigt.

»Psychologie!«

»Ja, wie mit dem Vieh.«

Meine beiden Party-Opas haben diesmal ganz und gar auf große Gesten verzichtet. Es war einfach nur gemütlich. Frau Pietsch und Ninfa hatten jede einen Kuchen gebacken, es war ein großer Tisch im Garten aufgebaut, genau so, dass man die halbfertige Abenteuerspielplatzruine nicht sehen konnte, und es stand ein schöner Pott Rosen auf dem Tisch.

Und dann gab es Tee und Kaffee, und Mama und Papa haben nebeneinandergesessen und sich ein bisschen angelächelt. Das war echt schön.

Nicht wie früher, sondern viel besser, weil ich ja jetzt meine Opas habe und Ninfa und Frau Pietsch.

Erst sagte niemand so recht was, alle haben nur bewundert, wie schön ich mich schon an Opa Gunnars Hose hochziehen und beinahe ein paar Schritte machen kann.

Irgendwie habe ich den Sinn des Laufens immer noch nicht so recht verstanden. Ich wollte einfach Mama und Papa eine Freude machen. Aber das ist jetzt auch vorbei. Ich werde nie laufen. Nie!

Alle waren guter Stimmung. Fast ausgelassen, ohne Taschentuch, Hütchen, Geschirrtuch – oder nassen Hasi.

Und dann hat Papa einen kleinen Karton mit Herzchen drauf hervorgekramt und sich vor Mama hingekniet. Frau Pietsch hielt sich das Herz, Ninfa grapschte nach einer Serviette, und Hasi und ich waren total begeistert.

»Was ist das?«, fragte Mama ganz schüchtern. Und das ist das Schöne gewesen. Meine Mama ist nämlich ganz tief drin schüchtern. Irgendwie ist das jeder, aber bei meiner Mama denkt man das immer nicht, weil sie so stark ist. Und mein Papa hatte Tränchen in den grünen Augen, aber ich habe ihm Hasi nicht gegeben, weil ich von Ninfas Flimmerkiste wusste, dass diese Tränchen schwer was hermachen, wenn man sich als Mann hinkniet. Und da habe ich Hasi mir dann einfach vor die Augen gehalten, weil ich das alles doch ein bisschen peinlich fand. Es war so wie in den unsäglichen Barbiefilmen, die Chrystel-Paris immer geguckt hat.

»Ist es endlich das, was ich mir so erhofft habe? Endlich, nach all den Jahren und dem Jungen, ja? Ach, süßersüßersüßer Greg du bist so –« Und dann hat Mama das Kästchen aufgemacht.

Und war voll sauer.

Auf den Tisch hat sie gehauen. Alle Vögel sind weggeflogen.

»Kein Ring?«, fragte Ninfa.

»Jungchen! Was soll das denn?« fragte Frau Pietsch entsetzt.

Nein. Da war kein Ring drin. Ich weiß jetzt nicht, warum Mama unbedingt einen Ring haben wollte, denn sie hat ja genug Ringe am Finger, und mehr als zehn Ringe bringen ihr ja doch nichts, aber sie wollte wohl einen ganz neuen Ring haben. Aber da war nur ein Schlüssel in dem Karton.

»Was ist das denn für ein Schlüssel?«, fragte sie, und dann sagte Papa dummerweise:

»Für unsere eigene Praxis.«

Praxis, das muss ich noch schnell erklären, ist so was wie eine Wohnung, in der man nicht wohnt, sondern doofe unbequeme Stühle stehen hat, und zwar ganz viele, weil man ganz viele Gäste erwartet, aber die bekommen dann keinen Kuchen, sondern sollen nach und nach in ein anderes Zimmer, wo nur ein Stuhl steht.

Also wie beim Hintzemann, aber ohne Spielzeug.

Und Mama wollte noch nie eine Praxis. Sie wollte nur einen Ring. Mama will sich nämlich nicht einsperren lassen, aber ein bisschen fürs Herz darf es wohl trotzdem sein. Hat sie gesagt, und dann hat sie Papa den Schlüssel auf seinen Kuchen gematscht und ist weggelaufen, allerdings nicht ohne die genauen Abflugzeiten durch den Garten zu brüllen.

Und jetzt packt sie.

Ninfa ist zu ihr gegangen. Ninfa sagt, sie sei zwar nicht die Mama meiner Mama, aber die Mama meiner Mama hätte gewollt, dass jemand meiner Mama beim Packen hilft. Weil sich das so gehört, dass man jemanden, den man ganz doll liebhat, auch bei Sachen hilft, die einem selber ganz doll weh tun.

Und da hat Opa Wilhelm genickt und Opa Gunnar in den Arm genommen.

Das ist nicht schön, wenn so große Männer weinen. Ich sag das nur schnell mal, weil ich dann hoffe, dass andere Leute das besser machen.

»Vielleicht haben die beiden einfach nicht zueinander

gepasst.« Frau Pietsch hatte sich anschließend Ninfas Geschirrtuch geholt und dann Opa Wilhelm und Opa Gunnar was zu trinken hingestellt.

»Vielleicht.« Opa Gunnar hat sich zu mir auf den Boden gesetzt und sieht aus, als habe er keine Ahnung, was er mit den Bauklötzen anfangen soll.

»Aber sicher passen die zusammen.« Frau Pietsch scheint total wütend.

»Den jungen Mann trifft keine Schuld. Er hat es nur gutgemeint.« Ich bin ein bisschen erstaunt, dass Opa Wilhelm meinen Papa in Schutz nimmt. Da Opa ja eher ist wie meine Mama, hatte ich gedacht, dass er gegen meinen Papa ist. Oder zumindest gegen den doofen Schlüssel, der an allem schuld ist. Aber wahrscheinlich ist er weise.

»Er hat so schöne Locken«, sagt Opa Gunnar und wuschelt mir durchs Haar. Ich weiß nicht so genau, ob er meine Locken meint oder die schönen dunklen Locken von meinem Papa.

Ich mag meinen Papa unheimlich gerne, und wenn ich sprechen und vor allem alleine die Treppen hoch könnte, ich würde meiner Mama sagen, was ich an meinem Papa so gerne mag. Und dann würde sie es auch mögen, und dann würde sie auch nicht ohne Papa sein wollen.

Wie ich.

Ich mag zum Beispiel Papas Stimme. Es ist so eine Stimme, die irgendwie immer da ist, auch wenn ich alleine in meinem Bett liege und etwas Angst habe. Sagen wir mal, vor Gewitter. Und das will ich mal klarstellen, bei Gewitter hat sogar Hasi Angst und ist mir keine große Hilfe. Und dann hab ich aber schon die Stimme von meinem Papa im Ohr – noch bevor er zu mir ins Zimmer kommt.

Er sagt dann immer so was wie: »Finn, nicht erschrecken. Das ist bloß eine luftelektrische Entladung, ein Wetterphänomen, das jetzt 1600-mal gleichzeitig auf der Welt passiert.«

Und ich kann gar nicht sagen, wie wenig ich das verstehe, aber wie ich das liebe, wenn er das sagt. Er quetscht sich dann in mein Bett und bleibt so lange liegen, bis er Rückenschmerzen hat.

Seine Haare sind immer zu lang, und Mama schimpft dann immer darüber und streicht ihm da durch. Aber immer sieht es so aus, als wäre sie ganz fasziniert von diesen wuscheligen Haaren. Und er hat ganz grüne Augen. Mama sagt immer, sie steht mehr auf blaue Augen. Und dann zählt sie ganz viele Namen auf, alles Männer, die sie aus dem Fernsehen oder Kino kennt, die alle blaue Augen haben. Bis auf den einen, der wohl irgendwie sehr charmant Kaffee verkauft, der hat braune Augen. Und nachdem sie gesagt hat, wer alles viel schönere Augen hat, küsst sie Papa ganz lange. Man kennt das ja aus diesen unsäglich rosafarbenen, peinlichen Barbiefilmen, dann wird getanzt oder so was Ähnliches. Chrystel-Paris zwingt mich immer, das zu gucken.

Aber das zählt jetzt wohl nicht mehr.

Frau Pietsch hat mir das erklärt. Sie hat gesagt, niemand kann was dafür, wenn Eltern sich nicht mehr liebhaben. Niemand. Nicht mal der liebe Gott könne was dagegen tun.

Und dass Papa Mama liebt oder liebte, verstehe ich sowieso. Es hat was mit ihren Haaren zu tun. Die sind ganz lang und hell, und wenn Mama damit so herumwirbelt, Mensch, da muss man doch hingucken!

Aber natürlich ist es dieses Besondere, keine Ahnung. Es ist, wenn sie den Raum betritt. Dann ist alles gut. Bauchschmerzen gehen dann weg. Einfach so.

Ich würde ihr sofort einen Ring kaufen, wenn ich nur groß genug wäre. Ach, komm her, Hasi. Wann bin ich wohl endlich groß genug?

Jetzt sitzen wir hier alle so traurig rum. Draußen regnet es auf den Kuchentisch. Aber Frau Pietsch und Ninfa gucken nur zu, wie der Kuchen nass wird, die Teller, die schöne Rosentischdecke von der Oma, die ich nicht kennenlernen konnte. Und wie es in den Tassen ›Pling‹ macht, wenn ein dicker Tropfen reinfällt.

»Jetzt regnet es«, sagt Frau Pietsch leise.

»Jau.« Opa Gunnar guckt aber gar nicht hin.

»Morgen sind sie dann weg.« Opa Wilhelm meint aber wohl nicht den Tisch, sondern Mama und mich. Wir fliegen morgen mit dem Flugzeug. Hasi auch.

Wir dürfen leider nicht Opa Wilhelm oder Opa Gunnar oder Ninfa oder Frau Pietsch mitnehmen.

Das ist schlimm.

Ich will die alle mitnehmen. Immer. Und ohne Papa? Das geht einfach gar nicht. Ich glaube, in dem Land, wo ich hin soll, gibt es auch Gewitter.

Oh.

Da.

Es hat geblitzt.

Ich will zu Papa!

»Nicht weinen, Finn. Nicht weinen!« Opa Wilhelm hat gut reden, der weint ja selber!

Mama steht in der Tür. Sie hat zu Ende gepackt und will

mit mir in ein Hotel, das ganz in der Nähe des Flughafens ist. Aber draußen ist doch Gewitter!

»Ach, Finn, nicht weinen.« Ich werde von Opa Wilhelm gedrückt, der mich an Opa Gunnar weitergibt. Der kann gar nichts sagen, sondern nur so schlimm schlucken, als hätte er eine Kartoffel im Mund, die er nicht richtig am Gaumen zermatscht hat.

Nun ist Ninfa dran. »Finn, Finn. Mein Prinz«, summt sie leise in mein Ohr. »Du hast deinen Opa sehr glücklich gemacht, sehr. Ich hatte Angst, sein Herz wäre in den Rosenbeeten vergraben gewesen, aber sein Herz ist am rechten Fleck, Finn.« Sie küsst mich auf die Stirn, und dann laufen ihr dicke Tränen über die Wangen und fallen aus großer Höhe auf das Geschirrtuch in ihrem Schoß. Frau Pietsch kann nicht so mit Worten. Sie drückt mich nur ganz fest und gibt mich dann wortlos an meine Mama.

»Ich muss dann jetzt los«, sagt Mama, und alle nicken.

Draußen blitzt es wieder. Ich zucke zusammen, als der Donner kommt. Auch ich weine jetzt, obwohl hier schon genug geheult wird. Ich winke, was aber nicht die gewünschte Wirkung hat, denn jetzt drehen sich alle weg und schniefen.

»Wir können ja skypen, dann seht ihr Finn ja immer. Und ich erzähle euch, wie er sich entwickelt.« Das ist typisch Mama. Immer praktisch, immer tough.

»Da!«, versuche ich es und zeige auf meine Opas.

Aber Mama hört mich nicht. Sie hat übrigens auch rote Augen. Das ist etwas, was ich nicht an Erwachsenen verstehe. Sie machen Sachen gegen ihren eigenen Willen, glaube ich. Nur wessen Willen ist es dann? Ich mache nie was gegen meinen eigenen Willen. Ich glaube, das Leben ist sowieso dazu gemacht, dass man es schön hat. Und dann kommen Erwachsene und machen erwachsene Dinge, die irgendwie alles durcheinanderbringen.

Aber Frau Pietsch hat gesagt, da kann man nichts tun.

Ich sowieso nicht. Ich kann ja nicht mal sprechen und nicht mal laufen.

Oh.

Blitz. Schnell den Kopf an Mamas Hals legen, gleich kommt der Donner.

Mama zieht die Haustür auf, weil der Taxifahrer geklingelt hat. Er holt das Gepäck, und wir laufen durch den dichten Regen zum Auto. Die Tropfen sind ganz kalt. Und groß. Auf dem Boden platscht es überall. Von der Regenrinne plattert es in eine Pfütze. Und wenn der Blitz kommt, ist alles hellrosa für einen Moment.

Das ist furchtbar!

Merkt das denn keiner?

Im Mädchenmärchen kommt immer der Prinz, und dann wird es goldfarben. Und mit Regenbogen.

Blitz.

Ich kann nichts dagegen machen, ich habe Angst vor dem Donner. Er ist so überall und ganz doll. Ich will das nicht, ich will das nicht!

Wieder muss ich weinen. Es schüttelt mich am ganzen Körper.

Ich will nicht in das Auto einsteigen. Ich will hier bleiben. Ich will meinen Papa und meine Mama und meine Opas und Ninfa und Frau Pietsch!

»Aber, aber Finn, nicht erschrecken. Das ist bloß eine luftelektrische Entladung, ein Wetterphänomen, das jetzt 1600-mal gleichzeitig auf der Welt passiert.«

Papa!!!

Er steht da neben dem Taxi. Er ist ganz nass. Mama ist ganz erschrocken, weil sie nicht mit ihm gerechnet hat. Und weil sie so erschrocken ist, vergisst sie, in das Taxi einzusteigen. Wir werden ganz nass, denn es regnet gerade besonders stark. Ich weiß gar nicht, zu wem ich lieber auf den Arm will. Zu Papa wegen des Gewitters oder bei Mama bleiben, aus Angst, dass sie sonst weggeht.

Oh. Blitz. Kopf einziehen.

Hasi hat sich voll dem Regen ergeben. Der tropft nur noch.

Papa kommt langsam näher.

»Du bist ganz nass.« Mama hat wohl einfach keine Ahnung, was man in solchen Situationen sagen soll, denn das sieht ja nun echt jeder. Die schönen Locken von Papa sind weg, die Haare liegen ganz dunkel an seinem Kopf an, und man sieht, wie dünn Papa ist. Seine Lippen sehen erstaunlich entschlossen aus, als er auf uns zukommt. Er streicht Mama und mir gleichzeitig über den Kopf.

»Ich weiß, du hältst mich für einen Waschlappen«, sagt er.

Unsinn, Papa, du bist mein Held. Nicht mal Hasi halte ich für einen Waschlappen, obwohl er genauso aussieht! Besonders jetzt.

»Wer sagt, dass ich dich für einen Waschlappen halte? Ich? Niemals!« Siehste, Mama ist meiner Meinung. Sie streicht jetzt Papa über das Haar.

»Du siehst aus wie Finn, wenn die Haare so nass sind.«

Frauen. Selbst im Regen nur Gespräche über Frisuren!

»Es tut mir so leid. Ich wollte dich nicht ärgern mit der Praxis. Und ich finde, du kannst weiter so durch die Welt fliegen. Und all das machen, was du so gut machst. Wirklich! So groß ist die Welt gar nicht, finde ich. Zumindest nicht, wenn ich weiß, dass du darin bist«, sagt Papa. Und ich glaube, das ist nicht nur Regen in seinem Gesicht.

»Oh.« Mama bekommt nicht viel mehr raus. Das ist ein gutes Zeichen.

»Wenn ich doch nur weiß, dass du nach deinen Reisen bloß wieder zu mir zurückkommst oder mich mitnimmst, egal wohin, dann, dann –« Papa weiß nichts mehr. Aber ich glaube, das muss er auch gar nicht.

»Ich will ja gar nicht weg von dir! Aber ich dachte, ich sei dir zu –« Sie reibt sich das Wasser aus dem Gesicht. »Ich bin halt nicht so wie diese Zicke da mit den roten Haaren.«

»Wie wer?« Papa zuckt jetzt auch beim Blitz zusammen. Mama lacht. »Aber die war so hübsch und dünn und –«

Papa zieht sie ganz dicht an sich ran. Mama hört auf zu reden.

Plötzlich hört es auf zu regnen. Ach nee. Tut es nicht. Irgendwas wird über uns gehalten. Oh, zwei Regenschirme.

Hallo Opas!

Mama und Papa merken das gar nicht. Papa hat Mama einfach noch fester an sich rangezogen. Sie küssen sich nämlich jetzt. So schön! Ich will auch geküsst werden!

Und Hasi!

Mann, war das knapp!

Opa Gunnar und Opa Wilhelm kamen mit Regenschirmen an, und Frau Pietsch hat den Taxifahrer auf eine Tasse Tee reingebeten. Und Ninfa hat mich schnell warm abgeduscht und in eine dicke Hasendecke gehüllt. Papa hat Hasi trockengeföhnt, aber das war ganz schön schwer für ihn, weil Mama ihn immerzu abgeknutscht hat. Papa, nicht Hasi. Ja, Frauen. Sie sind schon was Feines. Aber Hasi sollte jetzt langsam trocken sein.

Leider heulen schon wieder alle, als ich in die Küche zurückkomme. Ninfa, die mich hereinbringt, ist ganz erschrocken: »Was ist jetzt bitte los? Was habe ich nun wieder verpasst? Wieder Streit«, faucht sie.

Zu Recht, langsam sollte mal wieder Ruhe einkehren in diesen Haufen, den ich ab jetzt meine persönliche, ganz doll tolle, geliebte, unverzichtbare Familie nenne!

»Fami!«, rufe ich.

»Er kann sprechen!« Mama zeigt mir ihre Hand. Zwischen den ganzen goldenen und silbernen Ringen ist ein ganz rotes Bändchen am Finger. »Da kommt mein Ring hin! Und heute Abend machen wir ein kleines Fest, ja? Verlobung. Uiii. Das ist schön, deine Mama mag das.«

Jaja. Frauen stehen voll auf Verlobungen, das weiß ich von Chrystel-Paris. Sie hat sich schon mit allen Jungs in der Nachbarschaft verlobt. Auch mit mir.

Den richtigen Ring haben wir dann nachmittags gemacht. Er ist aus Holz. Papa und ich haben gebastelt, wie echte Männer. So schön war das! Dafür sind wir zu Opa Gunnar gefahren und haben da in seiner Werkstatt gearbeitet. Mit Holz und mit ganz viel Staub. Und wir waren in einem Baumarkt. Da gehen nur richtige Männer hin und kaufen Holz und Nägel und Dinge, die so merkwürdig heißen wie »Schwingschleifer« oder »46-teiliges Steckschlüsselset«. Zum Schluss hatte Papa dann diesen Ring in der Hand. Ganz stolz hat er ihn rumgezeigt, und ich durfte einmal drauf beißen.

Dann, abends, draußen regnet es immer noch, haben Ninfa und Frau Pietsch in der Küche einen Tisch gedeckt. Mit Kerzen. Gefährlich!

Papa hat sich hingekniet, und dann hat er Mama den Ring aus Holz an den Finger gesteckt.

Und was war dann?

Richtig.

Alle haben tüchtig geheult.

Ich nicht.

Aber Hasi.

»Und ich als Vater der Braut –«, beginnt Opa Wilhelm und erhebt sich am Abendbrottisch in der Küche, aber er wird sofort von Opa Gunnar weg gedrängelt. »Nichts da! Ich, als Vater des Bräutigams –!«

Ach, meine Opas! Wie süß, aber ganz ehrlich, nach dieser warmen Milch, die mir Ninfa gerade gemacht hat, bin ich raus aus der Nummer, was sagst du Hasi?

Schlaft gut!

## Epilog

Es sollte eigentlich eine ganz kleine Hochzeit werden.

Aber leider verstehen meine Großväter nichts von kleinen Feiern. Vermutlich erstaunte es niemanden, dass es diesen klitzekleinen Zwischenfall mit dem Ordnungsamt gab, weil plötzlich ein Riesenrad in unserer Straße stand.

Aber wie gesagt, meine Opas verstehen sich nicht auf kleine Feiern.

Ninfa und Frau Pietsch waren allerdings ganz merkwürdig drauf. Natürlich war klar, dass die sich total freuen würden, aber sie sangen immerzu das gleiche Lied.

Das geht so: »Storch, Storch, Langbein – bring mir ein kleines Brüderlein!« Und dann fingen sie an zu kichern, und dann sangen sie lauter weiter: »Storch, Storch bester – bring mir 'ne kleine Schwester!«

»Warum singen Sie nur diesen Unsinn!«, sagte Opa Wilhelm schließlich, als er zusammen mit Opa Gunnar im Garten eine kleine Rutsche für mich aufbaute.

»Keine Ahnung, gib mir mal den Schraubenschlüssel. Nix, den anderen.«

»Ach, schön viel Leben hier im Garten, was Gunni?«

»Hä?«

»Erst wenn man genau weiß, wie die Enkel ausgefallen sind, kann man beurteilen, ob man seine Kinder gut erzogen hat.«

»Was meinste?« Opa Gunnar wischt sich den Schweiß von der Stirn.

»Erich Maria Remarque.«

»Kenn ich nicht.«

»Banause!«

»Ich? Und der Herr Doktor kann einen Kreuzschlitzschrauber nicht von einer Rohrzange unterscheiden!«

Opa Wilhelm öffnet eine Flasche Bier. Reicht sie Opa Gunnar, öffnet eine zweite.

»Prost, Gunnar.«

»Prost Willi.«

»Prolet!«

»Biedermann.«

Wir wohnen jetzt alle bei Opa Wilhelm. Oben. Da wird jetzt alles umgebaut, und Opa Wilhelm wohnt nur noch unten. Opa Gunnar hat sogar seinen eigenen Schlüssel für das Haus. Morgens gehe ich nun doch nicht in die Krippe, sondern bleibe hier und einer der Opas oder beide passen auf mich auf.

Frau Pietsch ist auch oft hier. Jetzt gerade backt sie Kuchen, und Ninfa bügelt. Und sie singen.

Das Küchenfenster ist auf. Opa Gunnar hat was zu trinken für sich und Opa Wilhelm geholt. Das Zusammenbauen gestaltet sich wohl als sehr anstrengend. Von oben im Haus hört man Mama reden, wie sie mit Papa im Badezimmer die Fliesen aussucht.

»Gibt es das auch in schön, Greg?«

»Schatz, das ist doch schön!«

»Nicht schön genug!«

»Soll ich deinen Vater und meinen Vater bitten, dass sie das Badezimmer umbauen, Sara?«

»Um Himmels willen! Dann sag du, welche wir nehmen!«

»Die vielleicht?« Das ist typisch mein Papa, da darf er echt mal was entscheiden, und dann klingt es doch eher wie eine Frage.

»Sag die andere, und wir einigen uns.«

Mama und Papa machen Schmatzgeräusche. Oh, ich weiß schon, die küssen sich. Ich will auch in den Arm genommen werden. Ich stelle mich jetzt einfach hin und laufe zu meinen Opas rüber. Die Krabbelzeit ist jetzt vorbei. So. Ups, etwas wackelig. So. Und nun. Ja, so geht es. Vielleicht, wenn ich schneller bin? Ja, das geht!

In der Küche wird das Singen unterbrochen.

»Das Kind!«, brüllt Ninfa. Vor Schreck falle ich hin.

Alle gucken mich an. Opa Wilhelm und Opa Gunnar lassen die Rutsche umkippen und kommen zu mir, am Küchenfenstern sind Ninfa und Frau Pietsch. Oben aus den Fenstern gucken Papa, Mama und die Handwerker.

»Was ist?«

»Oh Gott, was ist!«

»Finn ist gelaufen!«

»Donnerwetter!«

»Toll!«

»Was für ein Staatskerl!«

»Prima!«

Alles lacht mich an, und ich winke zurück.

Ninfa und Frau Pietsch singen jetzt noch viel lauter: »Storch, Storch bester –«

»Jetzt hört doch mal auf zu singen!«, ruft Opa Gunnar.

»Ja, was soll das überhaupt für ein Lied sein.«

Aus der Küche ist ein Lachen zu hören. Und auch von oben. Von Mama und Papa.

»Das heißt doch nicht –« Opa Wilhelm steht neben meiner Rutsche und guckt erstaunt.

Opa Gunnar guckt ihn an. Dann lachen beide laut und fangen an zu tanzen.

»Wirklich?«

»Sara, ist das wahr?«

Ich verstehe kein Wort. Wovon reden die alle? Von Störchen? Zumindest waren diese Störche auch das Gespräch beim Babyschwimmen. Nicht nur, weil meine Opas neue Badehosen haben. Es war einfach diese tolle Sache mit der klitzekleinen Hochzeitsfeier, auf der mal wieder jeder eingeladen war. Und beim Hintzemann gab es deswegen sogar Applaus im Wartezimmer. Und dann waren wir natürlich auch sehr angesehen, beim Turnen. Und immer werden die beiden gelobt wegen der »klitzekleinen« Feier, und danach reden alle über den Storch.

Warum?

Hier habe ich noch nie einen Storch gesehen!

Eigentlich ist alles gut, wenn man bedenkt, dass meine Eltern nun verheiratet und frisch verliebt sind, dass sie ihr Weltverbesserertum nicht aufgeben wollen und auch nicht müssen, dass selbst Opa Wilhelm stolz ist da drauf. Und dann vor allem Opa Gunnar und Opa Wilhelm nun hauptamtlich auf mich aufpassen werden. Allerdings muss ich dann irgendwann in den Kindergarten, aber in die Krippe muss ich nicht. Zumindest nicht so lange, wie Opa Gunnar und Opa Wilhelm noch etwas einfällt, was wir unbedingt zusammen unternehmen können.

»Sara, nun sag schon!« Opa Wilhelm und Opa Gunnar stehen nun am Haus und gucken hoch zum dem offenen Fenster. Da stehen mein Papa und meine Mama. Mein Papa hält den Bauch von Mama fest, als könnte der runterfallen.

»Ja. Stimmt. Der Storch klappert schon!«, lacht Mama.

»Und warum erfahren wir das nicht?«

»Ja, warum?« Opa Gunnar lacht, obwohl er doch eigentlich sauer sein sollte.

»Das lässt sich wohl kaum verheimlichen!«, ruft Papa.

Aber was ist das für eine Sache mit dem Storch? Und Mamas Bauch, auf den nun alle freundlich gucken?

Oh nö! Jetzt hat man mir das erklärt.

Blöder Storch!

Ich bin echt sauer auf den. Und wenn ich sauer meine, da meine ich so ein Sauersein, wie sich meine Mama drauf versteht.

Pah! Von wegen, das Leben ist eine feine Sache. Wer hat denn je so einen Blödsinn behauptet!

Was passiert ist? Das Schlimmste! Na, was wohl!

Meine Eltern bekommen ein Baby. Der Storch, der Volltrottel. Wenn ich den im Anflug sehe, dann setzt es was!

Erst fand ich es ganz nett, diese Idee. Hasi auch.

Aber dann rückten sie mit der ganzen Wahrheit raus.

»Finn, weißt du was? Mama und Papa bekommen ein Baby. Der Storch bringt es. Stell dir vor. Noch so ein nettes Baby! Und wir machen es uns richtig gemütlich hier bei Opa, ja? Und das Tollste ist«, Papa hüpft ein bisschen, »es wird ein MÄDCHEN. Das wird bestimmt ganz doll nett!«

Nein!!!

Pah! Mädchen sind doch alles, außer nett.

Und wisst ihr was? Meine Eltern meinen, dieses Mädchen-Baby bekäme dann auch zwei Opas.

Und zwar nicht irgendwelche!

Sondern MEINE!

Frechheit.

## Die richtige Nutzung und Pflege von Opas

### TIPPS UND TRICKS VON FINN

Vor dem Gebrauch eines neuen, handelsüblichen Opas ist im Grunde kaum etwas zu beachten, da Opas in der Regel bis zu neun Monate Zeit haben, sich auf den ankommenden Enkel einzustellen. Bei mir lief es etwas anders, schade, aber man kann die verloren gegangene Zeit mit Geduld, Spucke und dem richtigen Lächeln schnell wieder reinholen.

**1. Viel gelobt ist halb gewonnen**
Sorgt bitte dafür, dass beide Opas mindestens einmal am Tag ihren Bekannten davon berichten können, warum sie als Opa zufällig den schönsten und besten Enkel der Welt haben. Außerdem sollten Opas das Gefühl haben, dass es ohne sie nicht geht, das stärkt ihr Selbstbewusstsein. Während des opaseitigen, öffentlichen Vortrags über seine Lebenserfahrung ist es daher unerlässlich, durch Zwischenrufe wie »Ohohoho Opapa!«, lustiges Quicken und Lachen bei fortgeschrittener Eloquenz des Opa-Nutzers auch ganze Sätze wie »Mein Opa ist der Beste!« seine Ausführungen zu bereichern.

**2. Viel Brei um nichts**
Beim Mittagessen empfiehlt es sich, farbenprächtige Essensreste wie Spinat, Nudeln in Bolognesesoße oder Möhr-

chenmatsch mit dem Opa mittels Löffelchen, aber auch gerne »von der Hand in den Mund« zu teilen.

Das intensiviert die Beziehung.

**3. Opa in Full-HD**

Fernsehen will gelernt sein! Deshalb ist es wichtig, dass der zuständige Enkel gemeinsam mit dem verfügbaren Opa fernsieht. Nur so können wir herausfinden, wie der Opa auf bestimmte Sendungen reagiert. Das ist eine wichtige Grundlage für die weitere Medienerziehung. Schließlich ist es untragbar, wenn wir Enkel andauernd Schlagersendungen und Volksmusik vorgesetzt bekommen. Zum Glück sind Opas unter fünfzig Jahren vor allem damit beschäftigt, den Wetterbericht zu begreifen, und können weiterführende Eindrücke oft noch gar nicht verarbeiten. Opas über sechzig hingegen sind pflegeintensiver. Hier dürfte allerdings ein Heinz-Rühmann-Film pro Woche eine ausreichende Menge an Nostalgie sein, der Rest darf großzügig mit Sesamstraße und Spongebob gefüllt werden.

**4. In drei Handgriffen zum Transport-Opa umgebaut**

Opas kann man wundervoll fürs Wandern begeistern, denn sie besitzen einen ungebremsten Forscherdrang, den Blick fürs Detail und eine nostalgische Lust, Neues zu entdecken.

Perfekt also, wenn ihr euch wie ich dazu entschließt, es mit dem Laufen etwas ruhiger angehen zu lassen. Einziger Nachteil: Oft stimmen Opas auf einer Wanderung ambitionierte Gesänge an und tragen hässliche eierschalenfarbene Funktionskleidung. Aber da helfen, Hasi-aufden-Mund-Drücken und beherztes Zukleckern mit Möhrchenbrei.

**5. Eine Werkbank kommt selten allein**

Basteln muss sein. Allein schon wegen der Motorik, die lässt ja spätestens mit 60 rapide nach. Nichtsdestotrotz werden Opas in der Regel beim Basteln (Kastanientierchen etc.) schnell olympisch. Das kann dem ein oder anderen schon mal zu lange dauern. Da hilft es, durch ein gezieltes Schläfchen oder das Einnehmen einer dargereichten Milchflasche die Werkzeit verkürzen. Die gewünschten Bastelziele werden auf jeden Fall erreicht.

**6. Highway to hell**

Gerade Kinder mit Bewegungshintergrund wissen, wie mühsam es sein kann, den rüstigen Großvater für die Nutzung von Klettergerüsten zu begeistern. Die Angst, sich zu verletzen, ist groß (»Ich setz mich nicht noch mal auf eine Wippe!«) und häufig gekoppelt mit anderen Phobien (»Die Rutsche ist viel zu schmal, da bleib ich wieder stecken«).

Hier gilt es, besonders geschickt zu sein und den Opa davon zu überzeugen, dass es völlig ausreicht, vom Sandkastenrand aus zuzugucken. Und dann könnt ihr endlich mal die große Freiheit spüren! Denn eines ist klar: Opa wird nicht schnell genug sein, um euch daran zu hindern, auf das hohen Klettergerüst zu steigen.

**7. Altherrentorte**

Wenn Enkel und Opas zusammen backen, kann das ein wunderschönes gemeinsames Erlebnis sein – und zugleich eine reinigungsintensive Katastrophe.

Wichtig ist es, den Opa jederzeit zu unterstützen und zu motivieren. Denn viele leiden noch darunter, dass man ihnen in ihrer Kindheit eingeredet hat, Männer können nicht Haushalt. Falsch. Sie können genauso gut einen Kuchen anbrennen oder Eier den Tisch herunterkullern lassen wie ihr. Kuchen unbedingt probieren und Krümel verstreuen. Das zeigt die enkelseitige Bereitschaft, sich mit Opas Erzeugnissen zu identifizieren.

**8. Ich will keinen Seniorenteller**

Erkundigt euch immer vorher, ob Opas ohne Begleitung des zuständigen Erziehungspersonals (Mama oder Papa des Babys) erlaubt sind. In normalen Restaurants und Cafés ist das heutzutage eigentlich kein Problem mehr. In Szenecafés und Drogenhöhlen allerdings dürfen meist keine alleinerziehenden Opas rein. Lasst euren Opa vorher eine große Runde euren Kinderbuggy schieben, beschäftigt ihn gut, damit er müde ist und im Restaurant möglichst guten Appetit hat! Das hebt die Laune und verhindert, dass er euch den Spaß verdirbt, wenn ihr einen Bierdeckel zerkauen wollt.

**9. Grauer wird's nicht**

Glatze, Irokese, Vokuhila, Schnittlauchlocken – auf den Köpfen von Opas sprießen oft die lustigsten Frisuren.

Mit dem Opa zum Modefriseur? Das Geld sparen sich viele Enkel und greifen selbst zur Schere. Aber dafür muss man flinke Hände haben und darf nicht enttäuscht sein, wenn Opa danach doch zum Friseur geht. Bestimmt will er nur angeben, wie toll ihr das gemacht habt mit dem Profihaarschnitt.

**10. Ein Opa ersetzt jeden Sandmann**

Sofern ein Opa zur Verfügung steht, lasst euch bloß nicht von Mama oder Papa ins Bett bringen, denn die machen das einfach zu perfekt. Opas hingegen lassen sich von jedem Blödsinn ablenken. So schafft man es im Handumdrehen, noch ein paar Extraminuten herauszuschinden. Denn Opas sind so nett und vergessen die täglich übliche Bettgeh-Routine. Stattdessen machen sie zu viel Licht und singen zu laut rhythmisch anspruchsvolle Lieder, bei denen man als Enkel gleich wieder voll in Schwung kommt. Außerdem ist es schön, dass der Opa in der Regel am Bett sitzen bleibt, er hat es ja nicht eilig.

Und manchmal, ganz manchmal hört man, wie er flüstert: »Du bist so süß. Und du wirst viel zu schnell groß.«

# Inhaltsverzeichnis